HOTEL
HOTEL
HOTEL

## 김당자 35

**패선지 〈MASAR〉의 편집장**

결혼은 No, 아기는 Yes!
얼굴 잘생기고, 등발좋고, 머리좋고, 성격좋은
최고의 유전자를 가진 남자를 찾아나섰다!
"저 남자… 정자가 수려하겠어."

## 최기찬 33

**한국대학교 식물학교수**

얼굴 잘생기고, 등발좋고, 머리좋고, 성격좋은
최고의 유전자를 가진 남자.
"당자 씨를 책임지고 싶습니다!"
…묘하게 어긋난 포인트로 당자를 공략중?

BAD COUPLE

# 불량커플 1

초판 1쇄 찍은 날  2007년 6월 30일
초판 1쇄 펴낸 날  2007년 7월  5일

원작 | 최순식
소설 | 이정숙
펴낸이 | 서경석

편집장 | 문혜영
책임편집 | 김규진

펴낸곳 | 도서출판 청어람
등록번호 | 제1081-1-89호
등록일자 | 1999. 5. 31
어람번호 | 제 7-0001호

주소 | 경기도 부천시 원미구 심곡1동 350-1 남성B/D 3F (우) 420-011
전화 | 032-656-4452    팩스 | 032-656-4453
http://www.chungeoram.com
E-mail | eoram99@chollian.net

ⓒ 최순식, 이정숙, 2007

값 9,500원

ISBN 978-89-251-0778-3 04810
ISBN 987-89-251-0777-6 (SET)

# 불량커플 1

최순식 원작

이정숙 소설

도서출판 청어람

# prologue

## 누나 못 믿어?

주인의 성격답게 깔끔하게 세차가 되어 있는 중형차가 경춘 국도의 어둠을 가르며 달리고 있다. 차 안에 있는 남녀의 모습이 대조적이다. 운전석에서 핸들을 돌리고 있는 남자의 단정한 시선은 흐트러짐 없이 정면을 향하고 있지만, 보조석 의자를 약간 뒤로 젖힌 채 잠든 듯 누워 있는 여자는 술이라도 취한 듯 흐트러진 모습이다.

그러나 흐트러진 것도, 잠든 것도 모두 그녀의 계산된 연기일 뿐, 실상 전혀 취하지 않았으니 깜빡 잠이 들 리도 없었다. 과묵하게 운전만 하고 있는 남자의 기척을 감시하며 그녀는 교묘하게 실눈을 떠서 차창 밖을 살폈다. 순간 그녀의 눈동자에 한줄기 빛이 일더니 입가에 희미한 미소가 번졌다.

역시나, 대한민국의 사정은 별다르지 않다. 경관이 좋고 인적이 드문 곳에 러브호텔이 들어서지 않을 리가 없지. 주변이 한산해질수록 러브호텔의 화려한 빛은 유혹하듯 밝게 빛난다. 과연 저 러브호텔이 지나가는 과객에게 밤이슬을 피할 수 있도록 제공되는 장소인 건지, 지나가는 연인들에게 그 밤이슬을 열렬히 느끼도록 제공되는 장소인 건지.

물론 그녀, 당자는 당연히 후자 쪽이라는 생각이다. 기회가 왔다면 손에 잡히는 대로 틀어쥐어야 하는 게 당연지사. 그게 고삐든 콧구멍이든 상관없었다.

"우읍!"

당자가 갑자기 불편한 신음을 내며 몸을 일으키자 차분하게 운전만 하고 있던 남자가 고개를 돌려 걱정스러운 어조로 물었다.

"토할 것 같아요?"

당자는 정기적인 관리를 받아 보드랍고 하얀 손으로 입을 막은 채 힘없이 고개를 끄덕였다. 잠깐 전방을 살펴 적당한 갓길에 기찬이 차를 세우자마자 당자는 벌컥 문을 열고 달려나가 웩, 웩 나오지도 않는 구역질을 쏟아냈다.

엘레강스한 내가 도대체 뭘 하고 있는 건지 모르겠네.

그러나 완벽한 시나리오에는 완벽한 연기가 동반되어야 하는 법, 당자는 오스카 여우주연상이라도 거머쥐겠다는 심정으로 열심히 속이 안 좋은 연기에 박차를 가하고 있었다.

그때 등 언저리로 상냥한 손길이 와 닿는가 했더니, 기찬이 당자의 등을 탁탁 두드려 주며 염려가 담긴 어투로 물었다.

“괜찮아요?”

내 참, 이 꼴을 보고 물어라. 너라면 괜찮겠니?

“아아… 사실은 안 괜찮아요. 저기 기찬 씨, 좀 쉬었다 가면 안 될까요?”

당자는 토하느라 ─실상은 토한 연기에 올인 하느라 지친 눈을 들어 기찬을 바라보며 괴롭다는 듯 사정했다.

장신의 기찬은 당자를 내려다보며 ‘휴우’, 한숨을 흘렸다. 그녀가 많이 힘겨워 보이기는 했다. 취한 데다 차 때문에 구토증이 더한 건지, 방금 전 위액을 뱉어낸 당자의 새까만 눈동자에 눈물까지 살짝 맺혀 있었다.

“하지만 금방 어두워질 텐데… 쉴 데도 없고.”

중얼거리는 기찬의 어깨를 살짝 짚고 몸을 바로 세운 당자가 어디까지나 수줍은 얼굴로 주변의 러브호텔을 손가락으로 살짝 가리켰다. 러브호텔은 마치 기다리고 있다는 듯 등대처럼 조명을 밝히고 있었다.

그렇게 닦달하지 마라, 내 곧 이 남자를 끌고 너의 포근한 룸 안으로 안착하고 말 테니.

뜨악한 눈으로 당자의 손가락 끝이 가리키고 있는 방향을 보던 기찬이 영 내키지 않는 듯 미간을 살짝 찌푸리고는 말했다.

“아무래도 차 안에서 좀 쉬는 게 나을 것 같아요. 잠이 잘 오도록 좋은 음악 틀어줄게요.”

너무나 단정하고도 다정한 사나이의 말이었지만, 그런 배려 따위 지금은 별로 안 고맙단 말이다!

허탈함인지, 분노인지 모를 기운으로 당자의 몸이 비틀거리자 기찬이 깜짝 놀라 붙들었다.

이럴 때는 동작도 열라 빠른 남자가, 어찌해서 그런 방면으로는 영 둔한 건지.

기찬에게 단단하게 붙들린 당자는 감촉 좋은 양복 소매를 살짝 쥐고서 단호하게 말했다.

"최기찬, 이 누나 못 믿어?"

물론, 진실로 신뢰하라고 이런 의미의 말을 하는 경우는 100% 없다. 그러나 그런 시커먼 속내와 다르게 당자의 눈동자는 취한 사람치고는 깨끗하기만 하다. 도무지 속을 알 수 없어서 기찬의 눈이 휘둥그레졌다.

"누나 그런 사람 아니야. 내가 '지켜줬으면 지켜줬지, 어떻게 널 자빠뜨리냐. 이 누날 믿어."

그러면서도 우리 앞에 놓인 길은 하나라는 듯, 러브호텔 쪽으로 양복 소매를 슬며시 끄는 당자를 내려다보며 기찬은 기가 차는지 웃음을 흘렸다. 도대체 저런 말에 어떻게 반응해야하는 건지 모르겠다는 표정이었다.

당자는 언제쯤 다시 환자 연기로 돌아가야 하는지에 대해 철저히 계산을 하고서 마지막까지 말했다.

"무인도에서 봤지? 멧돼지하고 싸워서 널 구해준 게 누구야? 나잖아. 이 누나 믿고 따라와!"

도무지 유혹의 씨알이 먹히지 않는 기찬을 두고서 당자는 일방적으로 앞서 걸어가다가 '이때다!' 하고 정확히 타이밍을 맞춰 휘청거렸다.

"조심해요!"

나이스 캐치! 허공으로 맥없이 추락하려던 그녀의 몸이 재빨리 달려온 그 남자의 탄탄한 팔 안에 안착했다. 기찬의 가슴에 갇힌 당자의 입술 끝이 말려 올라갔다. 마음껏 이 희열을 소리내어 표현하지 못한다는 게 아쉬울 뿐이었다.

타이틀 매치 스타트! 게임은 지금부터 시작이거든.


잠시 후, 마지못해 딸려왔다는 게 역력히 드러나는 기찬의 손을 부득불 끌고 룸 안으로 들어선 당자는 일단 욕실 문부터 열어 기찬을 밀어 넣었다. 맛난 음식 재료를 펄펄 끓는 가마솥에 처넣는 듯 신속한 동작이었다.

"샤워해요."

그녀가 내뱉은 말에 기찬은 그 안이 가마솥이라는 걸 알기라도 하듯 완강히 버티기 시작했다.

"아니, 샤워를 왜 합니까?"

어떻게 그렇게 똑바로 물어보니……. 얼른 취한 연기로 내빼자.

"공짜잖아요. 그리고 난 누가 옆에 있으면 잠을 못 자니까, 천천히 해요."

당자는 재빨리 기찬을 욕실로 밀어 넣고 문을 쾅 닫았다. 그때부터 갑자기 바빠지기 시작했다. 눈을 빛내며 비호처럼 침대로 달려가 이불을 휙 걷어내고 침대커버를 벗겨낸 다음 득의양양한 미소를 띤 당자가 백에서 꺼내 양손으로 확 펼쳐든 것은 고쟁이였다.

"다산의 상징! 출산의 전통! 고맙다, 돌순아."

그야말로 반짝반짝 빛나는 눈으로 큭큭 웃다가 고쟁이를 품에 꼬옥 안는 등, 몇 차례 요상한 행동을 하던 당자는 곧 더욱 요상한 짓을 시작했다. 소중한 보물처럼 고쟁이를 천천히 내려 침대 위에 쫘악 펼치고 침대커버를 씌운다. 그리고 그 위에 다시 이불을 펼쳐 놓았다. 그것으로 끝이 아니었다. 방금 전 고쟁이를 꺼낸 백에서 부적과 스카치테이프를 또 꺼내더니, 침대 머리맡 중앙에 부적을 붙이며 중얼거렸다.

"이게 딸을 낳게 해 준다니까… 더도 말고 덜도 말고, 꼭 나 같은 딸 하나만 부탁합니다."

엄숙한 표정으로 중얼거린 당자는 벌떡 일어나 겉옷을 벗었다.

"가만있어 봐. 다음은 뭐지? 그래, 오늘이 보름달이랬으니 달의 정기도 받아야지."

마치 일련의 요상한 행동들에 순서라도 있는 듯 이번에는 문을 열고 베란다로 나가려던 그녀가 홱 돌아보았다.

"아차!"

백 안에서 또 수상한 약을 꺼내더니 그녀는 물컵에 타며 회심의 미소를 지었다.

"한 건 낙찰, 그리고 이번에는……."

컵을 놓고 이번에야말로 베란다로 나선 당자는 어두운 하늘을 올려다보았다. 까만 하늘에는 동그랗게 파내 빛가루에 물을 섞어 고이 색칠해 놓은 듯 밝은 보름달이 떠 있었다. 당자는 원피스의 앞섶을 풀어헤치고 양손을 번쩍 치켜들었다. 그러니까 '누가 보면 혀를 차며 비웃을 법한' 이 행동이 바로 예로부터 원자를 생산하고자 궁중 여인들이 쓰던 비법인 〈달의 정기 받기〉라는 것이다. 지금 이 순간 당자는 진지했다. 실로 중전이라도 된 듯 심호흡을 크게 하며 달의 정기를 빨아들이고자 숨을 깊이 들이마셨다.

'어서 이 안으로 함초롬한 생명 하나를 잉태하게 해 주소서.'

그 고지식한 사고방식으로 욕실 안에서 샤워나 제대로 하고 있을지 모를 남자를 두고서 당자는 열심히 기원했다.


당자의 염려 그대로 샤워는커녕 마지못해 가볍게 세수만 한 기찬은 욕실 문 하나를 두고서 난감하게 밖을 의식하고 있었다. 그러나 계속 이대로 있을 수도 없는 일이다. 기찬은 어쩔 수 없이 샤워를 하고 밖으로 나갔다. 쭈뼛거리며 천천히 침대로 다가간 순간…….

"헉!"

자신도 모르게 숨이 턱 막혔다. 있어야 할 사람이 있긴 했는데, 하필이면 앞섶이 풀어헤처져 뽀얀 가슴 선이 그대로 드러나 있는 것이다. 그녀가 바로 조금 전까지 달의 정기를 마시며 생난리를 떨던 여인이라는 것도 모른 채, 기찬은 어쩔 줄 몰라 하며 이리저리 왔다갔다 룸 안을 돌아다녔다.

'난감하군.'

도대체 어떻게 저렇게 무방비하게 잠이 들어 있는 건지!

탓하려고 당자가 누워있는 침대를 휙 노려… 본다기보다 벌게진 얼굴로 곁눈질을 슬쩍 하다가 '허걱!' 하고 그 흐트러진 여체에 또다시 놀라버렸다.

기찬은 이래선 안 된다며 자신을 가라앉혔다. 사실 이런 장소에서 저런 모습을 보면 어떤 남자든 당혹스럽지 않겠는가. 평소처럼 고요하게 자신을 유지시키려 했으나 요상하게도 가슴이 제멋대로 벌렁거린다. 숨이 턱턱 막히고 갈증이 일어 그는 가까운 곳에 놓인 물을 벌컥 들이켰다.

꿀꺽꿀꺽!

그 안에 무엇이 용해되어 있는 줄도 모르고 시원하게 목울대를 울리며 넘기자, 당자는 눈을 감은 채 속으로 마녀처럼 웃었다.

'그나저나 언제쯤에야 효력이 나타나려나?

물에 탄 '그것'의 스피디한 효과를 기대하면서 당자가 눈을 감은 채 귀를 기울이고 있자니…….

"가시나무, 금잔화, 백일홍, 사랑초, 제비꽃, 진달래, 사과나무, 연산홍, 상사화."

식물학 교수답게 그 남자, 아무래도 욕망의 분출을 식물로 승화시키고 있는지 청초한 이름들을 웅얼웅얼 흘리고 있다.

당자는 '킥!' 웃음이 나올 것 같았지만 꾹 눌러 참았다.

세상 모든 꽃을 다 데리고 와 봐라, 비아그라 한 알에 이길쏘냐.

“처녀고사리, 고추나무, 처녀치마, 개쉽싸리… 며느리밑씻개… 으아!”

기찬이 갑자기 미친 듯 자신의 머리를 감싸 쥐며 베란다로 뛰쳐나갔다.

덕분에 당자는 눈을 번쩍 떴다가 금세 실눈으로 바꾸고는 베란다를 살폈다.

근데 ‘며느리밑씻개…’ 는 뭐니?

‘으응, 아무래도 약발이 나타나기 시작했다는 것 같은데?’

본인께서 며느리밑씻개와 어떤 투쟁을 벌이건, 만족스러워진 당자는 단추를 더 풀어 가슴을 더욱 열어 젖혔다. 베란다 쪽에서 쌀쌀한 바람의 기운이 흘러들었다. 그 아까운 약발이 식으면 안 될 텐데, 내심 걱정을 하고 있는데 다행히 안으로 들어오는 남자의 기척이 느껴졌다.

“으응…….”

당자는 어디까지나 잠결에 몸을 뒤척이는 척하면서 길다란 한쪽 다리를 살짝 다른 쪽의 종아리 위에 얹었다. 짧은 치마를 입었으니 쭉 빠진 각선미가 저 남자 안에서 화학작용을 일으키고 있는 비아그라의 분해를 왕성하게 촉진시키리라.

당자의 예측대로 우뚝 멈춰선 기찬의 몸은 그야말로 불이 확 붙어 있었다. 베란다에서 마음을 진정시키기 위해 숨을 크게 들이마시고 들어왔건만 아무런 소용이 없었다.

‘안 돼, 절대 안 돼.’

어떻게든 덮개를 눌러보려는 기찬.

‘흥, 얼마나 버티나 두고 보자.’

그리고 그 덮개를 열려는 당자와의 팽팽한 접전이었다.

“하앙.”

마치 고양이가 갸르릉 거리는 듯한 신음소리와 함께 낭사의 허벅지 속살이 슬쩍슬쩍 드러나자 기찬의 몸 중심으로 더운 피가 확 몰렸다.

‘젠장!’

어떻게든 이 위기를 탈출하고자 그는 고개를 돌려 TV를 켰다.

순간 룸을 울리는 고성의 신음 소리!

기찬은 깜짝 놀라 전원을 꺼 버렸다. 그러자 마구 엉켜 열렬하게 달려들던 남녀의 모습이 브라운관에서 사라졌다.

“헉! 헉!”

기찬은 그야말로 명이 줄어드는 걸 느끼며 테이블을 짚고서 호흡을 고르다가 방안을 휙휙 둘러보며 정신을 돌릴 만한 것을 찾았다. 그러다가 우연히 당자에게 시선이 닿는 순간, 숨결을 흘리고 있는 매끄럽고 도톰한 입술, 포근해 보이는 요염한 가슴, 미끈하게 쭉 뻗은 종아리, 만지고 싶은 허벅지, 허벅지 위로… 며느리밑씻개…….

흐억!

더 이상 참을 수 없어진 기찬은 주머니에 이쑤시개가 있었던 걸 떠올리고는 얼른 꺼내서 자신의 허벅지와 손바닥을 찔렀다.

뭔가 부족해!

땀을 뻘뻘 흘리면서 이번에는 안주머니에서 볼펜을 꺼낸 다음 테이블에 왼손을 쫘악 벌려놓고 손가락 사이를 마구 찍어댔다.

욱! 악! 툭! 탁! 욱!

요상한 소리를 내며 무슨 대단한 작업이라도 하는 양 찍기에 집중하고 있는 기찬의 절절한 옆모습을 당자는 실눈으로 흘끗 살피며 혀를 쯧쯧 찼다.

'나도 참, 한 지랄 하지만 너도 참… 생쇼한다.'

약효가 나타난 지 한참이나 된 것 같은데 도무지 접근하지 않고서 〈제정신으로 미친 짓 하기〉의 진수를 보여주고 있는 기찬을 가만히 쳐다보고 있던 당자는 눈을 가늘게 뜨고서 '으응', 신음을 흘렸다. 그 소리에 더 흥분했는지 기찬이 볼펜을 획 집어던지고서 방안을 왔다갔다하기 시작했다. 안 나오면 쳐들어갈 수밖에 없지. 당자는 살짝 상체를 일으켜 잠결인 척 중얼거렸다.

"뭐하세요?"

순간 기찬의 어깨가 흠칫 떨리며 고개를 홱 돌렸다.

"예?"

두 사람의 시선이 마주쳤다. 당혹스러운 기찬의 눈빛과 달리 당자는 잠에 취한 척 부드럽게 미소를 지었다. 물론 나른하게 유혹의 빛을 흘리는 것도 잊지 않았다.

"뭐하시냐구요. 왔다갔다하지 말고 이리 와요."

"네? 아, 아니 그게……."

멀어지려는 기찬의 손을 당자가 얼른 잡았다. 물론 어디까지나 부드러운 동작으로, 그러나 목적은 확실하게 하기 위해 잡은 손에 힘을 주어 슬쩍 끌어당겼다.

“설마 교수님이 나쁜 짓 하겠어요?”

하얀 얼굴에 박꽃처럼 깨끗한 미소가 배어 있어 기찬의 눈동자가 한순간 멍해졌다가, 곧 뒷걸음질을 치며 버티기 시작했다.

절대 안 돼, 제발 이러지 맙시다! 교수는 남자 아니랍니까?

그러나 그런 번민도 잠시, 어느 순간 한 번에 힘을 빡 준 당자에 의해 기찬의 몸은 이불 속으로 철푸덕 엎어지듯 끌려 들어가고 말았다. 사실 그녀의 힘 때문인 건지, 이 요상하게 뜨거워지는 몸의 반응 때문인 건지 기찬도 알 수 없었다. 부지불식간에 약을 먹었다는 걸 전혀 모르는 그로서는, 오늘따라 욕구에 충실해져만 가는 자신이 원망스러울 뿐이었다.

물론 눈앞의 여자가 매력적이지 않은 건 아니지만, 자신이 이렇게나 한심하게 욕망 앞에 무릎을 꿇을 줄은 몰랐던 것이다. 지금까지 나름대로 도덕적이고 건실하게 살아왔…….

“우리, 손만 잡고 자요.”

그때 손을 꼭 잡은 그녀가 속삭이듯 중얼거리자 기찬의 의식은 점점 멀어져만 갔다. 말과 함께 나긋나긋한 숨결이 다가와 귓가를 적신 느낌이랄까? 전신에 ‘지릿’ 하는 전기적인 충격이 느껴지면서 심장이 쿵 내려앉았다가 따라가지도 못할 만큼 엄청난 기세로 벌컥벌컥 뛰기 시작했다.

‘우리 손만 잡고 자요.’

평소의 자신이라면 안심해야 할 그 말에 오히려 화를 내고 싶어졌다.

정말… 손만 잡아야 합니까!

도대체 자신이 왜 이러는지 알 수가 없었다. 긴장으로 온몸이 뻣뻣하게 굳었다.

그래도 어떻게든 이성을 꽉 붙들어놓으려고 삐질삐질 땀을 흘리고 있는데, 물컹한 것이 팔뚝에 와 닿는가 싶더니 가슴부터 이마, 다리 순으로 당자의 몸이 닿아왔다. 그리고 찰싹 달라붙는다! 그녀에게 접촉해 있는 피부로 모든 신경이 쏠리면서 일순 폭발하듯 피가 끓어올랐다.

"하암… 따뜻하다."

능청스럽게 졸리는 연기를 하면서 당자는 기찬의 탄탄한 근육을 자신의 몸을 이용해 살짝살짝 건드렸다.

살짝!

벌벌.

살짝!

벌벌.

손가락이 우연히 우람한 허벅지 선이라도 건드리면 촘촘한 근육이 벌벌 떠느라 정신이 없는 것이다.

당자는 웃겨서 미칠 것 같았지만 꾹 참고서 더욱 유혹의 박차를 가했다. 살짝 다리를 감아가며, 따뜻하니 뭐니 중얼거리며 그의 가슴에 이마를 기댄다.

"으읏!"

더 이상 참지 못한 기찬이 신음소리를 터뜨리며 당자를 와락 끌어안았다. 갑작스러운 공격에 흠칫 놀란 당자가 얼른 정신을 수습하고는 어깨를 밀어내는 척하며 콧소리를 흘렸다.

"어머어머, 교수님, 안 돼요. 손만 잡고 자자고……."

"미, 미안해요. 하지만… 하지만!"

그의 몸은 뜨거웠다. 내리쪼이는 시선도 뚫어버릴 듯 강렬했다. 무섭게 쳐다보며 왈칵 달려드는 그 몸을 아무리 밀어내도 델 듯이 뜨겁고 무거운 어깨와 가슴팍은 꼼짝도 하지 않았다. 철근 같은 남자의 기세와 이미 제어가 불가능할 정도로 거칠어진 호흡이 정수리에 파고드는 걸 느끼며 당자는 그의 품안으로 '얼싸!' 하고 빨려 들어갔다. 물론 겉으로는 어디까지나 당황한 기색으로.

"안… 돼요, 으음… 하아… 안……."

안 돼요… 안 돼, 돼… 돼요.

체중에 눌린 채 입술이 겹쳐졌다. 욕망이 담긴 숨결이 혀에 섞여 입술을 가르고 일순 파고들었다. 뜨거운 혀가 격렬하게 움직이며 치열을 정신없이 쓸고 혀를 휘어 감자 당자는 현기증마저 일었다. 아찔한 키스에 당자의 호흡소리도 가빠지고 두 몸이 한 몸인 양 미친 듯 엉켰다. 적극적으로 기찬을 끌어안고서 침대를 온통 구르는 당자의 입가에 승리의 미소가 피어올랐다.

숨막히는 섹스를 목전에 두고도 당자의 생각은 오로지 하나였다.

'앗싸! 드디어 대한민국 최고의 유전자를 손에 넣는 거야!'

# 정자가 필요해

"시험관 아기는 결혼 안 하면 시술 못하는 거 모르셨어요?"

"뭐라구요?"

데엥!

몸에 꼭 맞는 단정한 스커트 정장 차림의 여자는 흔들리는 뇌를 부여잡으며 어깨를 축 늘어뜨린 채 병원 건물을 빠져 나갔다.

〈시험관아기 시술센터〉

며칠의 고민 끝에 당자가 찾아온 곳이었다.

시험관 아기라니, 내가 지금 무슨 생각을 하고 있는 거지?

혼란스러운 마음으로 자신에게 물었지만 정확한 답은 나오지 않았다.

무지무지 아팠던 어느 날, 현관 앞에서 친구의 딸인 연두가 보

살로 승화해 서 있는 걸 본 순간, 당자는 문득 자신의 삶을 돌아
보게 되었다.

　지금 상황에서 딱히 부족한 건 없었다. 더 욕심내고 싶은 것도
없었다. 하지만 확실히 자신은 외롭다는 사실도 함께 인식해 버
렸다. 애완동물도 없으니 독신으로 살다가 그 애완동물에게 뜯
어 먹힐 가능성도 전혀 없다. 그런데 무언가 두려운 기분이 슬금
슬금 들기 시작한 것은 왜일까. 그래서 병원에 찾아온 것이었는
데.

　기가 막히게도 한국에서는 미혼녀에게 시험관 아기의 시술 자
체를 하지 않는다는 것이다!

　뭐가 이래? 혼외출산을 금기시하느라 싱글의 고독을 수수방
관하다니. 이기적이고 손 많이 가는데다 살만하면 바람까지 덤
으로 피워대는 남편이란 존재를 자의로 걷어차고, 한세상 쌈빡
하게 살아가겠다는 여성의 인권을 어째서 이렇게 가볍게도 무시
해 주는 거냔 말이야!

　너무나 커다란 충격이고 아픔이었다. 눈앞이 캄캄해지면서도
한편으로 아이를 얻는 것이 불가능하다고 하니 더욱 매달리고
싶어졌다. 그저 '소망' 정도였는데 이젠 간절함까지 더해져서,
어떻게든 그 소중한 생명을 갖고 싶었다.

　결국 진지하게 임전태세에 돌입한 당자가 그날 저녁 친구들에
게 비상시국을 선포하고 일련의 일들을 설명했을 때 한영의 반
응은 요랬다.

　"네가 보통이 아니라는 건 알지만, 어쩜 거기 갈 생각을 다 했

니? 기집애, 나이는 들고, 애도 하나 없이 살려니까 똥줄이 땡겼구나. 근데, 어떻게 해? 정자은행에서도 퇴짜 맞고. 어쩔 수 없이 혼자 늙어야겠다.”

아무튼 조놈의 한영 표 주둥이는 사람 긁는데 선수다. 어째 저리 싸가지 없게도 말씀을 하시는지, 저것도 능력이라면 능력이다. 담달에 남편이 월급 타오면 딴 것보다 ‘싸가지’부터 좀 사 놓으라고 말해줘야겠다.

“내년에라도 결혼하면 되지, 뭐.”

그나마 돌순이 편을 들어 주었지만 그쪽도 전혀 영양가 없는 위로였다.

“쟤 결혼 안 한대잖아. 능력 있는데 독신으로 살면 좀 어때. 솔직히 김당자가 들어앉아 살림만 할 수 있을 것 같지도 않고.”

잘났다, 이 계집애야. 그렇게 남 사정이 잘 점쳐지면 돗자리라도 깔지 그래?

이죽거리고 있는데 돌순이 심각한 얼굴로 진지하게 말했다.

“하긴, 외국에 보니까, 커리어우먼들이 괜찮은 남자 잡아서 씨를 받는 여자들도 있긴 있더라.”

“으음, 나도 그런 생각을 하긴 했는데…….”

외국에서는 일부러라도 정자은행을 이용하는 사례가 있다. 외모가 매우 준수한 인물로부터, 특별히 똑똑한 뇌를 가진 사람으로부터, 기타 등등의 사유로 최고의 유전자를 가진 자식을 갖기 위해 정자은행을 이용한다는 것이다.

이 기회에 국적을 포기하고 이민을 가 버릴까?

그런 생각을 할 만큼 당자는 필사적이었다. 헌데 좀 다른 의미로 필사적인 인물이 있었으니.

"그게 뭐야? 결국 씨받이잖아."

바로 김당자에게 고이 엿을 바치느라 필사적인 인물이었다. 대한민국 남자들이 다 바람 피워도 유일하게 홀로 안 피울 사람을 남편으로 갖고 있는, 바로 그 한영. 그럼 그 유일한 남편이 바람을 피우면 대한민국 남자들은 모조리 다 외도꾼이 되는 건가? 그 건실한 남편 분을 때려준 경험이 있는 당자가 톡 쏘듯 말했다.

"씨받이는 남자를 위해서 아이를 낳아주는 거고, 이건 나를 위해서 씨를 받는 거야. 굳이 표현하자면, 씨상납자, 씨제공자, 씨납부자, 씨진상자……."

"그럼, 씨를 준 남자는 어떻게 하고?"

돌순이 충분히 고민스러울 법한 안건을 내놓았지만 당자는 가차없이 대답했다.

"철저하게 관계를 끊어야지. 그나저나 주위에 그런 사람 없어? 우선, 덩치 좋고. 으음, 남자는 뭐니 뭐니 해도 키도 크고 몸이 좋아야지. 머릿결도 좋고 대머리 기미는 절대 없어야 해. 얼굴 잘 생긴 건 당연히 기본이고, 지성은 풀 옵션이고, 성격은……."

끝없이 조건을 내걸며 최고의 유전자를 찾는 당자에게 친구들이 간단히 처방을 내려주었다.

"있지, 잘 골라 봐. 장동건, 조인성, 정우성 중에 하나로."

물론, 최선의 방책이었다. 다만 문제가 있다면 그쪽에서 전혀 이쪽을 봐 주지 않는다는, 아주 사소한 걸림돌만 없다면 말이다.

패션잡지가 빼곡하게 꽂힌 편집장실의 유리문 너머에서 당자는 통화를 하며 사진을 한 장 한 장 넘기고 있었다. 각종 메모와 사진들이 붙은 대형보드, 벽면을 꽉 채운 패션 서적과 자료들, 바로 패션잡지 〈MASAR〉의 편집장실의 풍경이었다.

연예인 만삭 누드에 관한 통화를 끝낸 당자는 사진을 들고 자리에서 일어났다. 몇 개는 보드에 꽂고 하나를 골라 편집실로 나가 은자를 찾았다. 은자는 다른 기자들과 원탁에 둘러앉아 회의인지 대담인지 모를 것을 하고 있었다.

"은자 씨, 우리 연예인들 중에 만삭사진 찍은 사람들 조사 좀 해봐. 누드면 더 좋고. 참 그리고 차인숙 컬렉션도 찾아가 봐."

"다음 달에 올리시게요?"

"감이 터진 건지, 뉴욕물만 잔뜩 먹은 건지, 사진 찍어오는 것 봐서. 김지수 컬렉션은 몇 시지?"

"네 시예요."

당자는 고개를 끄덕이며 일을 마무리짓기 위해 편집장실로 돌아갔다. 가을 의상 컬렉션에 들렀다가 가려면 시간이 빠듯했다.

오늘 저녁에 친구인 돌순의 집들이에 가야 했다. 남편에, 딸에, 새 아파트에, 있을 건 다 있는 주제에 아줌마 주책까지 풍부하게 갖춘 사랑하는 친구의 새집 장만 기념 파티이니, 특별히 단단하게 감긴 두루마리 휴지를 사가야겠다는 생각을 하며 당자는 씨익 웃었다.

　"나 왔어!"
　컬렉션이 끝나자마자 마트에 들렀다가 도착한 당자를 귀여운 생명체들이 먼저 뛰어나와 맞았다. 한영의 아들인 순둥이 찬과, 돌순의 딸인 리틀 여우 연두다. 한영, 돌순, 당자, 이렇게 세 사람은 그 옛날 꿈 많던 십대 때부터 지금까지 쭉 우정을 철근처럼 씹어 먹으며 친분과 다툼을 되풀이해 온 끈끈한 관계였다.
　"이모, 이모!"
　초등학생인 두 아이가 한꺼번에 안겨오자 당자는 웃으며 그 보드라운 몸들을 각각 안고 볼을 살짝 잡았다가 놓았다.
　찬아, 누나라고 불러도 좋단다.
　웃으며 아이들을 보고 있는데 먼저 와 있었는지 한영이 주방에서 나왔다.
　"왔어, 골드미스?"
　아이들을 놓고 한영을 보는 당자의 시선에 어쩐지 당혹감 같은 게 어렸다. 돌순이 이사를 온 이 아파트는 이미 한영의 구역이었다. 벌써부터 먼저 살고 있었으니까. 그러니 이제 같은 동에서 지내게 된 두 여자는 앞으로도 쭉 붙어 지낼 걸 생각하며 한껏 들떠 있을 것이다.
　오늘 같은 날 세 친구가 모이는 게 당연한 일인데도, 막상 한영의 얼굴을 보자니 당자의 마음은 무겁기만 했다. 마트를 가는 도중에 그런 일만 없었다면, 그 현장을 목격하지만 않았다면 좀 더 가벼운 마음으로 집들이에 임할 수 있었을 텐데…….

당자는 한영의 시선을 슬쩍 흘리며 말했다.

"으응, 근데 나돌순 여사는 주방에 계셔?"

"그렇지 뭐. 너는 오늘 의상이 꼭 음료수 모델 같다? 그 왜 무슨 스웨트 있잖아."

한영의 말대로 당자의 오늘 의상은 물빛 원피스였다. 시원하고 세련된 푸른색이 당자의 날씬한 몸매를 잘 드러내준다.

"그게 뭐였더라? 뻑가리스웨트인가? 오늘은 완전히 뻑가리 아가씨네?"

내 참, 언제나처럼 한영의 속 긁기가 시작되고 있었다. 세 사람 모두 친한 사이이긴 하지만, 누구에게나 싱글벙글 웃는 얼굴을 보여주는 돌순과 달리 한영과 당자 쪽은 약간의 부딪침이 없지 않았다. 한영이 대한민국의 평범한 주부 대표로 홍 코너에 선다면, 당자는 자유롭게 일과 생활을 누리는 독신 대표로 청 코너에 서는 식이었다.

주방으로 가니 나돌순 여사가 〈MASAR〉의 사진기자인 남편 용구와 다정한 모습으로 요리를 하고 있었다. 괄괄하고 약간은 덤벙대는 면이 있는 돌순에게 섬세하고 다정한 용구는 딱 맞는 짝이었다. 두 사람에게 자신의 가택 내 입성을 알린 당자는 음식을 차릴 때까지 시간이 남자 끝내 한영에게 물어보았다.

"윤석 씨는 안 와?"

"으응, 수술이 있대. 늦게 끝난다는 것 보니까 큰 수술인 것 같아."

식탁에 앉아 한가롭게 음식을 집어먹는 한영의 태평한 얼굴을 보고 있자니, 무언가가 속에서 확 하고 올라오려 했다. 답답함을 수반한 분노 비슷한 것이었다.

"자아, 맛있게 식사합시다. 나돌순과 조용구의 새 보금자리를 축하해주러 오신 여러분들 너무너무 감사합니다. 연두야, 찬아! 어서 와서 저녁 먹자!"

불쑥 터져 나오려고 했던 말은 안주인인 돌순의 파티 개회사로 인해 다시 안으로 들어갔다.

오늘 같은 날은 정말 좋은 말만 해야 하는데, 하마터면 곤란한 일을 만들 뻔했다. 아무튼 무언가 신경 쓰이는 게 있으면 속에 담아두지 못해서 탈이다.

당자의 고민을 뒤로 한 채, 행복한 가정의 새 보금자리를 축하해 주기 위한 그들만의 만찬이 시작되었다.

"근데 김 실장, 정말 결혼 안 해?"

식사 도중 용구가 물어온 말에 당자는 어깨를 으쓱했다. 같은 사무실에서 매일 보는 용구는 솔직한 마음으로 당자를 걱정해 주고 있는 것이리라. 그런 면에서 보면 사진기자라는 그의 직업은 섬세하고 세심한 성격에 잘 어울린다.

결혼이라…….

물론 혼인 적령기에 이른 여자라면 당연히 들을 수 있는 질문이다. 일에 꽉 붙잡힌 일상을 보내느라 당자 역시 적령기가 지나도 한참 지났다. 결혼이 우선이고 일이 뒤로 미뤄지는 것이 일반적이긴 하지만, 어째서 저런 질문만 들으면 일이라는 본처를 버리고 결혼이라는 여시와 바람을 피우는 것처럼 느껴지는 것일까.

확실히 골드미스니, 성공한 독신 여성이니 하는 말로 아름답게 꾸미고는 있지만, 세간의 이목을 조금만 틀어보면 올드미스나 노처녀라는 단어로 압축될 수 있는 상황이다.

당자는 부드러운 크림소스 파스타를 돌돌 말아가며 말했다.

"별로, 난 지금 이대로가 좋아. 내 일에 좀 더 열중하고 싶기도 하고."

백 퍼센트 진심이다. 아직은 별로 생각이 없었다. 별다른 상황 전개가 되지 않는 한은… 어쩌면 영원히 생각이 없을 지도.

"흐미, 기집애. 열중? 지금보다 더? 아예 잡지책하고 결혼하지 그러냐? 반질반질하니 화려한 패션 잡지니까 인물 따지는 너한테 딱 맞는 짝이겠네."

"흥, 돌순 여사. 무슨 소리야? 내가 무슨 인물을 따져? 지금은 결혼과 일을 병행할 시기가 아니니까 안 하겠다는 거지."

"그러니까 애 독신주의자라니까요."

한영이 포크로 당자를 가리키며 쏙 끼어 들었다. 물끄러미 한영을 쳐다보던 당자가 천천히 입을 열었다.

"그래, 맞아. 나 독신주의야. 결혼은 싫어."

"너도 참 너다. 듣자니까 주위에 남자도 많다면서."

"그러게 말이야. 콧구멍이 짝짝이야, 엉덩이가 짝짝이야? 지가 무슨 하자가 있는 것도 아니고. 남자 자빠뜨리는 데 선수겠다, 마음만 먹으면 언제든지 할 수 있는데 왜 안 하려들어?"

입술을 삐쭉거리며 투덜거리고 있는 한영을 향해 당자는 자신도 모르게 말했다.

"영아, 넌 네 남편, 믿니?"

역시 하지 말았어야 할 질문이었는지 한영이 당자를 휙 노려보았다.

피류우우, 파바밧!

한영이 눈빛으로 날리는 염파와, 끝내 물어버리고 만 당자의 호신파가 주방을 압도했다.

분위기가 좋지 않은 방향으로 흐르리란 걸 퍼뜩 예감한 돌순 여사가 얼른 나섰다.

"너 오는 길에 불량종교라도 만났어? 무슨 도를 믿느냐는 투로 묻고 그래. 하하하."

"그랬냐? 그러게 말이야."

"가만있어 봐. 넌 어떻게 친구라는 애가 그렇게 싸가지 없는 질문을 하니? 넌 내가 불행했으면 좋겠어?"

"왜 말이 또 그렇게 돼? 난 그냥 네가 걱정돼서……."

당자는 섣불리 말을 흘린 자신을 내심 질타하고 반성했다. 그러나 한영은 인생 최대의 모욕을 받은 모습으로 계속 파르르 떨었다.

"그러니까 그런 걱정을 왜 해야 하는데? 오늘 윤석 씨 안 왔다고 그러는 모양인데, 대한민국 남자 다 바람피워도 우리 윤석 씨만은 아니거든? 그러니까 걱정 붙들어 매시지."

"알았어. 잘 붙들어 맬 테니까 그만 화 풀어. 미안해."

점점 격양되어 가는 분위기에 당자는 한숨을 삼키며 시선을 돌렸다. 물론 이건 자신의 잘못이다. 한영은 지금 아무 것도 모르고 있을 테니까. 친구라면서 이런 뜬금없는 말이나 하고 있으니 한영의 입장에서는 충분히 서운할 수 있다.

확실히 한영은 엄마 뱃속에서 나올 때부터 앞치마를 두르고 국자를 들었을 것 같은, '딱' 주부 그 자체인 여자다. 행복이라는 울타리에 둘러싸인 가정 안에서 남편 내조하고 아이 뒷바라지 하는 걸 업으로 알고 살아가는 보통 주부.

그런 그녀에게 세상의 전부이자 커다란 바람벽인 남편이, 그 잘난 닥터 김윤석이 딴짓을 하고 있다는 게 알려지면 한영은 더 이상 살지 못할 지도 모른다. 숨겨줘도 모자랄 판에 자신이 지금 한 짓이 무엇인가.

"그만 그만, 아무튼 니들은 마주치기만 하면 못 잡아먹어서 안달이야. 니들만 보면 내가 아주 바짝바짝 말라. 하도 말라서 멸치가 되겠어. 아주 비린내가 폴폴 난다니까."

중재 전문 돌순의 재빠른 재치로 분위기는 서먹한 와중에 그나마 정상 비슷하게 돌아갔다.

하지만 이미 벌어진 일이라면 더 복잡해지기 전에 어서 한영이 눈치 채서 남편을 제자리로 돌리는 게 낫지 않을까?

당자는 계속해서 혼란스러운 마음으로 한영을 의식하고 있었다.


낮에 가을 컬렉션을 마치고 마트로 가는 길이었다. 마침 신호가 바뀌어 정지선에서 멈춰 선 당자의 차 옆으로 고급 차가 미끄러지듯 다가와 섰다. 꽤 눈에 익은 차종이라 당자는 무심코 고개를 돌렸다.

별다른 생각은 없었다. 신호등 앞에서 나란히 서게 된 상대가 만약 눈이 휘둥그레질 정도로 멋진 남자일 경우 자신의 휴대폰을 휙 던져 작업을 거는 모 광고를 흉내낼 심산이었을 뿐.

그러나 운전석으로 향한 당자의 시선은 그대로 멈칫했다. 놀라움이 곧 경악의 빛으로 변했다.

딱 젓가락에 휘감기는 산낙지 포즈였다. 새빨간 립스틱을 바른 여자가 운전석의 남자에게 휘감겨 이 밝은 대낮에 낯뜨거운 장면을 연출하고 있었는데, 문제는 그 산낙지에 휘감긴 젓가락의 정체였다. 초고추장을 입술에 바른 여자의 짧은 키스 공세를 받는 남자는 한영의 남편 윤석이었다.

'실례지만, 지금 왜 고로코롬 휘감겨 있으십니까?' 라고 물어볼 필요도 없었다. 더위를 먹어 착시를 보는 게 아니라면 이건 필시 친구 남편의 바람 현장을 직통으로 목격한, 기분 더러운 경우란 말이다.

"나쁜 놈."

더 지켜보고 자시고 할 것도 없었다. 잇새로 말을 내뱉은 당자는 벌컥 문을 열고 나가 그대로 옆 차로 직행해 운전석 문을 부술 듯 열었다. 그리고 스티커처럼 달라붙어 있는 친구 남편을 초고추장을 묻힌 여자로부터 찌익 뜯어내 밖으로 왈칵 끌어내렸다.

"뭐, 뭐⋯⋯!?"

갑자기 행패를 당해 정신을 못 차린 당사자가 겨우 고개를 들었다가 쌍심지를 켜고 있는 당자와 시선이 마주치자 눈을 휘둥그렇게 떴다. 동시에 섬섬옥수가 아까울 정도로 희디흰 손에 멱살이 잡힌 닥터 김은 그대로 아래로부터 치솟은 주먹 연타에 맥없이 비틀거렸다.

"다, 당자 씨⋯⋯."

당자고 나발이고! 필라멘트가 끊겨버린 당자에게 용서는 기대할 수 없었다. 절충도, 타협도 불가능했다. 급기야 맥없이 풀어지는 윤석을 똑바로 일으켜 세워 그대로 이단옆차기까지 꽂고서야 끝을 냈다.

도로 한복판에 갑작스럽게 등장한 여성 K-1 선수의 출현에 시민들이 놀라 돌아보았고, 좋다고 몸을 비벼대고 있던 산낙지 여인은 있는 대로 비명을 질러댔다.

"시끄러워!"

당자는 버럭 소리치며 새빨간 산낙지를 노려보았다. 빽빽 소리치는 폼이 꽤 예쁘장하게 생겼지만, 당자의 눈에는 한강을 탈출한 괴물 정도로밖에 보이지 않았다. 7번 괴물이 비었다던데, 그게 너니?

손을 탁탁 털면서 윤석을 위에서 내려다보았다. 솔직히 지금 건 오해라는 말을 듣고 싶었다. 물론 자신이 저 남자의 아내도 무엇도 아니었지만, 한영과의 오랜 애증 관계를 생각했을 때 결코 쉽게 넘어갈 수는 없는 일이다. 이 나이까지 싸운다는 건 그 정도로 친하다는 뜻과도 같으니까.

그러나 몸을 추스른 윤석은 돌아보지도 않고, 변명 한 마디 안 하고서 차에 올라 쌩 출발해 버렸다.

침묵의 도주는 긍정과 다를 바가 없다. 일말의 희망마저 사라진 당자는 부글부글 끓어오르는 속을 옷매무새와 함께 가다듬고는 차에 올랐다. 꽁지가 빠져라 도망가는 차 후미를 쳐다보고 있자니 더 때려줄 걸 그랬다는 후회가 밀려들었다.

"이러니까 결혼 같은 것, 할 마음이 들다가도 원상복귀라니까."

단순히 윤석의 그릇된 행동 때문에 화가 난 게 아니었다. 한영이 대충 남편을 믿고 사는 여자라면 이렇게 열통이 터지지도 않겠다. 한영에게 남편의 존재는 그야말로 전부였던 것이다. 한데 남편이라는 불량 종자는 지금 어떠한가. 때마다 물 주고 비료 주고 햇빛까지 쏘여 줬더니 저렇게 내 땅이 아닌 남의 땅에 가서 껄떡대고 있는 것이다. 직접 목격하지 않았다면 모를까, 눈앞에서 본 광경은 망막에 새겨져 분노와 크로스를 해 어쩔 수 없이 치가 떨려 왔다.


"우리 윤석 씨, 요즘 수술이 너무 많아서 큰일이야. 몸 안 상하게 쉬엄쉬엄 했으면 좋겠는데."

대낮에 그 바쁜 남편을 눈앞에서 목격한 당자는 한영이 말을 하면 할수록 손끝까지 부르르 떨려왔다.

요즘 의사들은 훤한 대로에서 붙여시 몸을 더듬는 걸 큰 수술이라고 부르나?

돌순과 용구가 솜씨를 부려 만든 음식을 먹는 둥 마는 둥 하며 그녀는 조용히 한영을 바라보았다. 금방 돌순 부부의 분위기에 동화되어 말갛게 웃고 있는 그 얼굴을 보고 있자니, 어쩐지 음식이 목에 걸린 듯 답답해졌다.


"어라, 이건 뭐지?"

그날 저녁, 집들이를 마치고 빌라로 돌아와 쇼핑백을 열던 당자는 처음 보는 크로스백을 발견하고 고개를 갸웃거렸다. 구입한 기억이 전혀 없는 물건이 쇼핑 봉투 안에 숨어 있으니 그럴 만도 했다. 아니 구입한 게 문제가 아니라, 이건 애초에 새 상품도 아닌 것 같다.

"대관절 이게 왜 여기 있지?"

쇼핑 봉투 안에 있는 걸 보면 분명히 마트 쪽에서 집어넣은 것 같은데, 사은품인가? 무슨 사은품을 비닐포장도 안 해서 주는 거지? 열어봐야 알겠지? 호기심이 고양이를 죽인다지만 뭐 어때.

열어볼 자격은 충분히 된다는 생각에 그녀는 벌컥 가방을 열었다. 뜬금없이 서류가 몇 장 보인다. 팔랑팔랑 넘겨보다가 당자는 괜히 봤네 투덜거리며 탁 덮었다. 보기에도 머리가 아픈 화학 구조와 유전자 기호, 어려운 영어들로 가득 차 있었다.

"요즘은 사은품도 꽤 위험하네."

당자는 유전자 기호가 덤비기라도 하는 듯 눈살을 찌푸리고는 서류를 던지듯 내려놓고 가방을 다시 뒤졌다. 바스락거리는 소리가 들려 쑥 꺼내보니 이번엔 비닐 팩이었다. 식탁에 거꾸로 흔들자 씨앗 같은 것이 쏟아져 나왔다.

"이게 뭐지? 무슨 씨 같은데… 이거 내가 너무 착하게 살아서 흥부의 박씨가 딸려온 건가?"

중얼거리며 유심히 씨를 살피던 당자는 일단 마트에서 있었던 일을 떠올려 보았다.

그러니까, 먼저 집들이 선물을 골랐었지. 특별히 단단하게 말린 두루마리 휴지를 살까, 특별히 때가 잘 빠질 것 같은 세제를 살까. 길지 않은 고민 끝에 휴지로 낙찰을 하고서 한 박스를 카트에 실었다. 그리고서 와인 판매대로 갔다.

"아 참! 그때 꽤 괜찮게 생긴 남자랑 같은 와인을 집었는데!"

커다란 손이 불쑥 나타나서 흘끗 올려다보니 마트에서 우연히 마주친 과객치고는 상당히 잘생긴 남자가 서 있었다. 살짝 올라간 서늘한 눈매하며, 매력적으로 우뚝 선 콧날, 탄탄해 뵈는 체격이 흡사 다비드 상의 모델이라고 해도 될 법한 용모였다.

"그래서 내가 우아하게 양보를 하고… 가만, 지금 내 목적은 잘생긴 남자를 떠올리는 게 아니라 이 가방의 정체를 생각해내는 거잖아."

목표에 유념해 다시 생각에 돌입해 보았지만, 미남 앞에서 저절로 발동되는 우아한 오로라를 풍기며 남자를 지나간 것말고는 딱히 특별한 일이 떠오르지 않았다.

"뭐, 고민한다고 씨가 제 정체를 알려줄 것도 아니고."

요거요거 심으면 섹시한 남자 가정부가 열리는 나무 같은 걸로 자라지 않으려나? 씨앗의 요정이 나타나서 세 가지 소원을 들어주는 정도도 참아줄 수 있는데.

쿡쿡 웃으며 당자는 얼른 베란다로 달려나가 빈 화분을 꺼내 씨앗을 심었다. 술은 마셔줘야 도리, 씨앗은 심어줘야 도리가 아닌가.

바로 그 씨앗이 마트에서 마주친 과객의 논문 발표에 관계된 귀중한 개량 품종이라는 것도 모른 채, 그 덕분에 논문 발표가 2개월이나 미뤄졌다는 사실은 더더욱 모른 채, 우연히 굴러 들어온 씨앗은 그렇게 당자의 작은 화분에 심어지게 되었다.

"섹시한 남자 가정부는 됐고, 이왕이면 아주 예쁜 꽃이었으면 좋겠다."

어쩐지 오늘 하루 동안 겪은 일련의 불쾌한 경험들이 정화되는 기분이었다. 화분 앞에서 쭈그리고 앉아 있는 당자의 얼굴에 평화로운 미소가 번졌다.


"하아……."

며칠 후, 당자의 침실에서는 열에 눌린 신음소리가 떠다니고 있었다. 어제 퇴근 직전부터 시작된 열이 이제는 정상 체온을 훨씬 웃돌며 성화를 부리는 참이었다.

"으으."

이런 상황, 좋지 않다. 전에는 몰랐는데, 나이가 들면 들수록 혼자 몸살 감기를 앓는 게 싫어지고 있다. 빨리 나았으면 좋겠는데 몸은 말을 들어주지 않고, 마음대로 되지 않으니 더 속이 상하고, 괜히 꾹꾹 묻어 두었던 외로움마저 쓸데없이 밀려드는 것이다.

나 외로웠던 건가? 그럴 리가 없는데…….

중얼거려 보았지만, 무방비하게 누워 있으면 자동적으로 평소의 활기찬 삶이 물밀듯이 그리워진다. 어쩌면 자신은 바쁜 일상을 습관처럼 여기고 살아온 건지도 모르겠다. 일에 위로를 받으며, 일에 의지를 하며, 일에서 자기위안을 얻으며.

결코 억지로 한다거나 어쩔 수 없이 하는 게 아니었다. 그녀는 패션잡지 편집자라는 이 일을 좋아하고, 프로로 서는 것에 그 어떤 것과도 비교할 수 없는 자부심을 느낀다.

그런데 이렇게 아플 때만 되면 어쩐지 일과 자신의 주종관계가 바뀌어버린 것 같다. 일님을 한시도 손에서 놓을 수 없다는 조바심이 이는 것이다. 내가 아픈 동안 일님이 떠나가시면 어쩌나 하는 불안함. 그런데도 손가락 하나 까딱해 주지 않으니 또 화가 나고, 아픈 걸 질색하게 되고.

어깨춤에 꽂아두었던 온도계를 꺼내 열 때문에 흐릿해진 눈에 힘을 주어 쳐다보니 떨어질 기미는 전혀 보이지 않는다.

그녀는 상체를 겨우 짚고 일어나 미리 지어두었던 약을 먹었다. 손이 떨려 가루약이 반쯤은 떨어졌다. 흩어져 내린 가루를 보고 있자니 괜히 울컥해졌다. 신경질이 나서 눈물까지 핑 돈다. 아마도 마음이 약해진 탓이겠지.

"휴우."

베개에 뒷머리를 대고 누운 당자는 멍한 눈으로 천정을 올려다보았다. 혼신의 힘을 짜내 연락하면 달려올 법한 인간들을 추출해 전화를 해 보았지만, 오늘따라 연락이 잘 되지 않았다. 그나마 겨우 연결이 되어도 이런저런 사정으로 모두 바쁜 것 같다.

능력 있는 독신이란 분명히 필요할 때 늘 주위에 누군가가 있어서 사람의 부족함을 느끼지 않는 것이 아니었던가. 그런데 어째서 가장 필요한 오늘 같은 날, 그 잘난 남자들이 하나같이 코빼기도 비치지 않는 걸까.


—나 지금 좀 바쁜데 어떡하지? 내일 내가 전화할게. 그래, 미안.
—나, 지난달에 결혼했어. 너한테까지 연락하기는 좀 그렇더라.
—이번 주말까지 홍콩 출장 중입니다. 메시지를 남겨주시면…….


아예 자동응답기를 개인비서로 채용한 인간까지 있다. 더럽게 써먹을 곳 없는 인간들.

가는 날이 장날이다, 딱 그 속담 짝이었지만 본래 살다 보면 이런 날도 있고 저런 날도 있는 법. 외로움이 약해진 마음을 파고들어 일시적인 공황 상태를 만드는 것뿐이다. 몸이 급박하게 옆에 있어 줄 누군가를 원하니 조바심이 더 이는 것뿐이라고.

순간에 현혹되어서는 안 되느니.

힘을 낸 당자는 한영의 번호를 눌러보았다. 그런데 오늘따라 친구년들까지 집구석에 붙어있지 않고 백화점에 가 있다고 했다. 당자는 멍한 눈으로 돌순의 번호를 이어 눌렀다.

[여보세요. 누구세요?]

"아아, 연두니? 엄마 집에 계셔? 계시면 좀 바꿔 줄래?"

[어? 언니?]

맹랑한 것이 당자의 목소리를 알아듣고 언니라는 둥 여우 짓을 해온다. 당자의 바짝 마른 입술에 어쩔 수 없이 작은 미소가 피었다. 연두가 지금 이런 식으로 당자를 부르는 데는 이유가 있었다.

며칠 전에 돌순이 남편과 함께 멀리 마실을 가는 바람에 이틀 동안 연두를 맡아 주었는데…….


"이게 뭐 하는 짓이야? 내 옷 만지지 말랬잖아."

"너 꼭 아줌마, 아줌마 그래야겠니?"

"10분 안에 이 옷 다 제자리에 집어넣고, 얼굴 깨끗이 지워! 안 그럼 저녁 없어!"

조용하고 평온하던 자신의 공간을 어지르는 작은 생명체가 귀찮기만 해서 매몰찬 말들만 흘렸었다. 그렇게 소중하게 여기는 옷을 헤집고 화장까지 하고서 여우 짓을 하는 조그만 것을, 친구 딸만 아니라면 콩 때려주고 싶을 정도였다. 워낙 혼자 지내는 것이 몸에 배어서인지 아이는 괜히 손이 가고 가만히 있어도 신경을 거스르는 소악마에 지나지 않았다.

"너 산수도 못해? 넌 벌써 세 조각 먹었으니까 이건 내 거야."

그래서 따뜻한 밥을 지어줄 생각은커녕 피자만 덜렁 시켜주었다. 그것도 모자라 어린 것과 싸워가며 내 배 채울 피자 확보에만 여념이 없었다.

"침대에서 같이 자면 안 돼요?"

"안 돼. 저 방에 가서 자. 난 옆에 누가 있으면 잠을 못 자."

엄마와 떨어져 홀로 자게 된 아이에게 비어 있는 침대 옆 자리도 내주지 않았다. 작은 아이가 만드는 번잡함에 귀찮은 마음뿐이었다.

하지만 시간이 흐를수록 당자의 생각은 천천히 달라졌다. 이튿날은 하루 종일 연두를 데리고 이곳저곳 쇼핑도 다니고 맛있는 것도 사 먹기로 했는데, 테이블에 마주보고 앉아 음식을 받아먹기도 하고 먹여주기도 하는 시간이 생각했던 것보다 훨씬 행복하고 평온했던 것이다. 통통거리며 뛰어다니다가도 갑자기 어른스러운 말로 진짜 어른을 기가 차게 만드는 영악한 소녀는 더 이상 소악마가 아니었다. 요즘 아이들이 다 그렇듯 당돌한 만큼 너무나 사랑스러웠다. 아이란 이렇게 귀여운 표정을 지을 수 있구나, 라는 걸 처음으로 알았다.

예쁜 핀을 그 보드라운 머리카락에 꽂아주는 동안 이런 딸이 하나 있었으면 좋겠다는 생각이 솜에 물이 스며들듯 자연스럽게 배어들었다. 솔직히 어릴 때 인형의 머리카락을 빗어 묶어주던 느낌과 완전히 다른 건 아니었다. 하지만 확실히 인형과는 다른, 살아있는 작은 아이는 어느 새 당자의 심장을 촉촉하게 적시고 있었다.

혼자 다니곤 하던 백화점을, 늘 혼자 지내던 빌라의 공간을, 혼자 식사를 하던 식탁을 그 작은 존재가 더없이 커다랗게 채워

주었다. 그건 정말이지 기묘한 느낌이었다. 자신보다 한참은 작은, 어쩌면 눈에 잘 띄지도 않는 조그마한 몸인데, 함께 다니고 있자면 옆의 공간에 아주 커다랗고 따뜻하고 부드러운 공기가 녹아있는 기분.

귀찮도록 말 많고 참견 많은 개구쟁이에, 잘난 척을 톡톡 해대며 조숙한 척을 하는 얄미운 아이일 뿐인데, 아이란 어떻게 그렇게 특이한 느낌을 줄 수 있는 걸까. 그 작은 입술을 열어 한 마디 한 마디를 할 때마다 기특해서 자신도 모르게 머리를 쓰다듬어 주곤 했다.

손을 꼭 잡고 걸을 때 다른 사람과 부딪치지 않도록 신경 써주면서, 가끔 눈이 마주칠 때마다 꼭 웃어줘야 할 것 같은 기분을 느끼며, 그 외에도 하나하나 챙겨주면서 당자는 자신이 어른이라는 사실을 다시 깨달았다. 그럴 때마다 뭔가 뿌듯해지면서 충만함이 밀려들었다. 그래서 꼭 안아주고 싶고, 무슨 말이든 들어주고 싶었다. 마음이, 초콜릿 녹이듯이 달콤하게 흐물흐물해져 가는 느낌이었다.

"이모, 안녕. 또 놀러올게."

그래서 그 달콤함으로 이루어진 존재가 엄마를 따라 집으로 돌아갈 때는 어쩐지 가슴 한 부분이 텅 비는 것 같았다. 부드럽게 녹았던 초콜릿은 어느새 굳었고, 아무리 혀끝을 대 보아도 예의 그 달콤함이 느껴지지 않았다.

서운하다는 감정. 본래 혼자였던 공간에 혼자 남게 되는 것일 뿐인데 어째서 외롭다는 감정이 밀려든 것일까. 옛 어른들 말씀이 하나도 틀린 게 없다더니, 확실히 들 때는 몰라도 날 때는 알았다. 연두가 가버린 순간, 가만히 보니 딸을 찾으러 온 모친께서 당자의 컬렉션과 비싼 옷을 걸치고 있었던 것이다. 그 주책맞은 아줌마가 딸만 데려간 게 아니라, 의상룸의 품목들까지 몇 개 갖고 튀었다!

"기집애, 좀 더 있다가 오지."

그러나 빼앗긴 옷 생각은 나지도 않고 빼앗긴 연두 생각만 나니 신기한 일이었다. 연두가 놓고 간 인형의 머리카락을 쓰다듬듯 만지자 마치 연두를 만지고 있는 것처럼 손끝이 따스해졌다. 연두의 새까만 눈동자는 정말 활짝활짝 잘도 웃었는데, 혼자 남은 인형의 눈동자는 어쩐지 슬퍼 보였다. 너도 외롭냐고 묻고 싶었다. 항상 똑같은 표정을 짓고 있느라 힘들기도 하겠지. 그 인형이 마치 자신 같다는 생각은 일부러 하지 않았다.

창문을 열어 밤하늘을 올려다보았다. 그날따라 도심에서는 쉽게 보이지 않는 별이 떠 있었지만, 마치 해님이 두고 가버려 쟤네들만 혼자 남겨진 것 같다는 생각에 그 별조차 예뻐 보이지가 않았다.


[엄마 무슨 모임 간다고 지금 안 계세요. 근데 어디 아프세요? 목소리가 이상해요.]

연두의 목소리에 당자의 의식이 현실로 돌아왔다. 당자는 엷게 웃으며 고개를 살짝 저었다.

"으응, 아니야. 아프긴. 그럼 우리 연두, 잘 지내. 끊을게."

당자는 천천히 수화기를 내려놓고 가슴에 두 손을 가만히 얹었다. 아줌마라고 부르지 말라고 구박했더니 그날 그 귀여운 앙큼쟁이는 대뜸 언니라 부르며 살갑게 안겨왔었다. 얄미운 만큼 더없이 예쁘고 사랑스러운 아이.

"아이라……."

연애는 Yes, 결혼은 No.

분명 자신의 방침이었다. 아이가 갖고 싶다는 욕심이 들긴 했지만, 역시 일과 결혼을 병행할 자신이 없었다. 현재 하고 있는 일과 새로 시작하고 싶은 일들만 해도 하루 24시간이 부족할 정도다.

"기집애들. 아플 때가 제일 서러운데 어떻게 한 년도 없냐."

역시 만만한 게 친구라고, 일부러 그런 것도 아닌데 달려와 주지 않는 친구들에게 투정을 부리고는 천천히 눈을 감았다.

"애완동물은 절대 키우지 말아야지."

어떤 책에서 독신으로 늙어죽은 여인이 자신의 애완견에게 뜯어 먹히는 일화가 있었다.

생각해보면 별로 심각한 상황도 아니라고, 당자는 스스로를 설득했다. 어차피 감기 같은 건 누가 옆에 있으나 없으나 자신이 견뎌내야 하는 게 아닌가. 사람은 누구나 아프면 약해지는 법이고, 하물며 한 떨기 꽃처럼 연약한 자신임에야.

"……라고는 하지만."

겨우 일어나 라면을 끓여놓고 식탁에 앉은 당자는 괜히 구불거리는 면발이 서러워서 훌쩍거리기 시작했다. 다른 이유는 아니었다. S자를 자랑하던 면발이 빨간 국물에 퉁퉁 불어 1자 몸매가 된 것이 어쩐지 슬프고 애처로웠을 뿐이다.

훌쩍거리는 자신을 다독이며 수저를 드는데 초인종이 울렸다. 당자는 수저를 도로 내려놓고 천천히 일어나 힘없는 걸음으로 현관으로 갔다.

"누구세요?"

신문 대금 받으러 온 거면, 가만 안 둔다. 그런 생각으로 현관문을 열어주었을 때, 눈앞에 나타난 건 신문 대금을 받으러 온 총각도, 세탁물을 돌려주러 온 아저씨도 아니었다.

"많이 아파, 이모? 이거 죽이야. 이모 아픈 거 같아서 내가 사 왔어요."

마치 한 줄기 따스한 서광이 비친 것처럼, 현관 앞에 보살이 서 있었던 것이다.

당자는 당장이라도 달려들어 와락 안아버리고 싶은 마음을 겨우 누르며 그저 놀란 눈으로 연두를 바라보기만 했다. 사실 몸도 생각대로 움직여주지 않았지만, 아무튼 겨우 정신을 차리고 당자가 천천히 중얼거렸다.

"네가 돈이 어디 있어서 죽을 사왔어."

좋아하는 남자에게 고백을 하는 것처럼 가슴이 두근두근 설렌다. 대상에 관계없이 아주 많이 기쁘면 이렇게 설레기도 하는 걸까.

"나 돈 많아요. 저금통에 아주 많은 걸. 꼭 필요할 때 쓰면 되는 거랬어요."

멍하니 안으로 들어오는 작고 귀여운 소녀를 바라본다.

"이모, 라면 먹고 있었어? 라면은 내가 먹을 테니까 이모는 죽 먹어요. 식기 전에 얼른 먹으랬어요."

이따금씩 어른 흉내를 내는 저 밉살맞은 입술.

하지만… 너무 사랑스러워.

당자는 이끌리듯이 걸어가 작고 보드라운 연두의 몸을 끌어안았다. 사랑스러워서 미칠 것 같아. 가슴 안에 폭 가두고서 마음으로 고맙다는 인사를 한다. 당장이라도 표현하고 싶었지만, 입술이 갈라져 제멋대로 열려주지 않는다는 핑계를 대며.

'딱 너 같은 딸 하나 있었으면 이 이모 내지 언니는, 소원이 없겠어.'

어쩐지 소망처럼 간절해지는 마음을 가라앉히며 당자는 보드라운 온기를 계속해서 느꼈다. 그건 저금통을 열어서 사 왔다는 연두의 죽 만큼이나 따뜻한 것이었다.


"저 남자!"

"응?"

"정자가 수려하겠어."

그것은 그로부터 얼마 후, 종합병원의 대기실에 앉아 있는 당자의 입에 요즘 붙어있는 말이었다. '정자(精子)'가 필요했다. 보살 연두를 목격한 이래 예쁜 딸을 갖고 싶은 마음이 점점 커지고 있는 그녀에게 결혼하지 않고서 아이를 가질 수 있는 방법 중 가장 쉬운 길은 '병원'이었다.

"김당자 씨!"

간호사가 부르는 소리에 퍼뜩 정신을 차린 당자는 다소의 혼란이 담긴 얼굴로 천천히 일어섰다. 그리고 앞으로 자신의 미래를 바꿀 지도 모를 길로 걸어갔다. 그러나 의사에게 들은 것은 안타깝게도 이것이었다.

"시험관 아기는 결혼 안 하면 시술 못하는 거 모르셨어요?"

막상 불가능 선고를 들으니 당자는 더욱 착잡해졌다.

며칠 전에 존경하는 은사님의 부고 소식이 전해졌다. 독신으로 가족을 남기지 않은 당신의 마지막은 외로웠다. 아무리 제자들이 많다고 해도, 그건 표면적인 위로일 뿐이었다. 외로운 영정을 지킬 자식 하나 없는 당신의 모습이 자신의 모습과 겹쳐서 보였다.

그것은 당자에게 다른 의미의 〈크리스마스 캐롤〉이었다.

꿈에서 깨어난 스크루지는 어떤 결정이라도 내려야 했다. 앞으로의 인생을 변화시킬 방법으로 자신이 내린 결정은, 아이가 있으면 좋겠다. 그 살가운 미소를, 나와 피를 나눈 소중한 존재를, 아이가 존재하는 곳에서만 불어오는 훈풍을 느끼며 살고 싶다. 그건 마음에 드는 남자와 사랑에 빠지고 싶을 때 드는 욕심과는 조금 다른 마음이었다. 좀 더 조심스럽고, 좀 더 성실하고, 좀 더 숭고한… 어떤 것.

생각하지 않았다면 모를까. 한 번 자신의 곁에 사랑스러운 작은 존재가 존재할 수 있다는 생각을 하기 시작하자, 가능성에 대한 욕심은 점점 더 커져만 갔다.

어쩐지 빌라가 너무 크게 느껴지면서 자신을 꼭 닮은 상상 속의 아이가 머릿속에 더욱 또렷이 그려져, 한시라도 빨리 소중한 온기를 현실로 곁에 두고 바라보고 싶었다.

그 고사리 같은 손을 꼭 잡고 다니고 싶다. 말랑말랑한 뺨을 가진 축복 같은 존재를 한 팔에 안고서, 당당한 엄마로서 거리를 활보하고 싶다. 조금 크면 머리카락에 예쁘게 컬을 말아 공주처럼 귀엽게 입혀서 모두의 시선을 받게 하고 싶다. 부러운 눈으로 쳐다보면, 싱글 맘으로서 온화하게, 그러나 당당하게 웃어 줄 것이다.

한데… 아들이 태어나면?

일단 그쪽은 잠시 제쳐두고. 지금은 아들이냐, 딸이냐 하는 것보다 아이가 갖고 싶다는 것이 중요하니까.

하지만 여전히 결혼은 싫다. 결혼의 환희는 순간일 뿐, 생활로 이어지는 때부터 여자만 힘들어진다. 한마디로, 옷 쫙 빼입고 친구의 결혼식에 갔다가 피로연이 끝난 후에 느끼는 '다 끝났다'는 상황과 비슷하다고나 할까.

그 증거는, 주위의 유부녀 표본 집단을 통해 산출한 것만으로도 충분했다. 결혼한 친구, 선배, 후배들 모두 입을 모아 〈혼자 살아〉 교리를 설파했다.

"능력 있으면 혼자 살아. 내가 너라면 혼자 살겠다. 결혼이 어떤 줄 아니? 똑같이 바깥 일 하는데 퇴근하면 TV 앞에 누워 꼼짝도 안 하는 남편 모시고, 휴일이면 밀린 집안일에 허리가 휘고, 겨우 시간 나면 애 공부 봐줘야 하고. 그렇게 노력해도 애 성적 떨어지기라도 하면 모조리 다 엄마 책임이고. 혼자 살아. 인생 뭐 있니? 즐기면서 사는 거야. 절대 혼자 살아."

만약 그 여인들이 모조리 자신의 반대 세력이라서, 자기네들만 행복하겠다는 일념으로 일부러 행복을 불행인 것처럼 속이는 게 아니라면, 확실히 유부녀들의 삶은 너무나 고독하고 외로운 항해였다. 열심히 노를 저어도 보물섬에 도착해서 행복해하는 건 남편뿐이라는 얘긴데, 그런 불공평한 지배를 당자로서는 절대 용납할 수 없었다.

게다가 가장 친한 한영의 남편인 윤석 때문에 받은 충격도 한몫 했다. 자신이 애완견에게 뜯어 먹히면 그건 다 윤석의 책임이다. 나중에 납골당이라도 세우면, 비용의 반 이상은 그 잘난 닥터에게 청구를 해야겠다.

상황이 이러하니 결혼이라는 제도에 얽매이고 싶지 않다. 오로지 완벽한 프로가 되고 싶다. 확실히 이 상황에서 결혼은 꿈일 뿐.

하지만 두 가지를 적당히 절충한다면?

결혼이라는 커다란 원과 연애라는 똑같이 커다란 원이 겹치는 접점, 그 교집합의 부분을 가만히 들여다보면, 이런 결론이 도출된다.

**연애는 Neutral, 결혼은 No, 아기는 Yes!**

결국 이것이 바로 병원까지 찾아오게 된 경위였다.

〈질 좋은 정자를 구합니다.〉

그날 이후 당자가 내건 슬로건이었다. 일단은 정자은행이 아닌 자신의 힘으로 남자를 찾아보기로 했다. 그러다 보니 앞을 지나다니는 모든 남자들이 정자의 질로 판가름이 되는 요상한 현상까지 일어났다. 정자가 쓸모 있어 보이는 남자와 그렇지 않은 남자라니.

그러나 그게 또 쉽지가 않아서 밤의 화려함을 이용해 접근해 본 남자들은 반은 사기꾼, 반은 미친놈이었다.

하긴 좋은 유전자가 길거리에서 낚시하듯 쉽게 잡혀줄 리가 없었다. 본래 귀중한 것은 몸을 사리고 고귀하게 숨어있는 법, 밤의 낚시는 일단 접기로 했다.

그렇다고 그대로 포기할 김당자가 아니었으니. 어느 볕 좋은 날, 거사 일을 잡은 당자는 청담동 패션거리를 마음먹고 쓸었다. 카드를 척 들고서 명품 의상 간판을 훑어 내려가며, 패션숍에서는 옷을, 고급 구두매장에서는 하이힐을, 액세서리 샵에서는 선글라스와 백과 액세서리를, 그야말로 머리부터 발끝까지 꼼꼼히 구입했다.

〈귀여운 여인〉의 줄리아 로버츠 마냥 온갖 점원들의 구십도 인사를 받으며 당자는 확실히 자신을 최고의 여성으로 꾸몄다.

"자, 이제 나만의 리처드 기어를 만나러 가는 거야. 솔직히, 리처드 기어보다는 좀 더 나아야겠지만."

킬킬 웃으며 꿈에 부풀어 당자가 찾아간 곳은 청담동의 고급 레스토랑이었다. 주위도 둘러보지 않고 곧장 직행한 별실에는 소위 마담뚜, 혹은 중매쟁이, 혹은 커플매니저, 혹은 사랑의 작대기라 불리는 유명한 여인이 당자를 기다리고 있었다. 가벼운 인사를 주고받고서 두 사람은 서로를 마주하고 앉았다.

"아직 혼자라면서?"

부적을 써야겠어! 당장이라도 그런 말이 튀어나올 듯, 어쩐지 점쟁이 같은 어조라고 생각하며 당자는 미소와 함께 고개를 끄덕였다. '유감스럽게도 그리 불리고 있습지요.'라는 표정을 저변에 으슥하게 깔았다.

지금 그녀는 순수하게 결혼 자체를 원하는 여성으로 보여야 했다. 실상 그녀가 원하는 게 남자 전체가 아니라, 그 남자가 갖고 있는 1%의 올챙이 뿐이라는 사실을 굳이 알릴 필요가 없었다.

"으이그, 그때 그냥 내 말 들었으면 지금 사모님 소리 듣고 있잖아."

당자는 이 여인을 철썩 같이 믿고 있었다. 우연한 만남을 제외하고, 질 좋은 정자를 구할 수 있는 〈정자의 보고〉는 확실히 이 여인이 갖고 있는 정보망이 최상이었다. 그 데이터베이스에 자리 잡고 있는 최고급 정자 리스트는 감히 눈이 부셔 똑바로 쳐다볼 수 없을 정도이리니. 장독대에 정화수를 떠놓는 행동까지는 하지 않았지만, 마지막 보루로써 당자는 바라옵건대를 되뇌며 결전에 임했다.

"아무튼 됐고요. 가지고 온 자료나 보여주세요."

당자는 여인이 내민 사진을 하나하나 유심히 살펴보았다. 생각보다 마음에 딱 와 닿는 얼굴이 쉽게 잡히지 않았다. 물론 외적으로는 확실히 하나같이 빛나 보이지만, 한눈에 마음을 확 끄는 얼굴 어디 없으려나.

그때 어쩐지 안면이 있는 남자가 있는 것 같아 당자는 그 사진을 콕 집어 들었다.

"이 사람, 어디서 봤는데……."

표정이 너무 사진스럽게 딱딱하게 굳어 있긴 했지만 확실히 잘 생긴 얼굴이다.

이상하네, 이 정도 남자라면 내가 기억하지 못할 리가 없는데. 혹시, 전생의 인연?

"아아, 서울대 교수야. 식물학자. 왜, TV에도 많이 나오지?"

아아, 당자는 그제야 납득하고 고개를 끄덕였다. 확실히 이 남자, 교수이자 식물학자로 며칠 전에 TV에서 본 기억이 있었다. 하지만 그보다 먼저 마트에서 봤다는 사실은 전혀 기억하지 못하고 있었다.

"사람은 진국 중에 진국인데, 아무나 들이밀 수 없는 집이야."

여인의 말에 흥미가 일어 당자는 상체를 기울였다.

"왜요?"

"경주 최씨 양반 가문 장손이야. 아직도 전통 한옥에 갓 쓰는 집이래."

한마디로 '허얼' 이다.

지금 뭐요? 전통 갓이 한옥을 써?

"요즘도 그런 집이 있어요?"

"그러니까, 일하는 사람은 손 놔야 돼. 총각은 한번 본 적이 있는데, 그런 사람이 없어. 예수님이야."

거기에서는 당자의 눈빛이 다시 번쩍였다. 호오, 그러니까 그 말로만 듣던, '기독교 신자에게는 예수님이요, 불교 신자에게는 부처님 가운데 토막'이라 표현되는 바로 그 전설의 남자가 여기 이 남자란 말이지?

흐음, 여자가 말을 하고 있든 말든 당자는 사진만 뚫어져라 보았다.

"이 남자……."

"응?"

……정자가 수려하겠어.

차마 밖으로 내뱉지 못하는 말을 삼키는 당자의 눈동자가 깜빡이는 등처럼 묘하게 반짝거렸다. 그렇게 골똘히 생각하기를 한참.

'결정했어, 바로 이 남자야!'

당자는 마음을 굳히고 낙찰을 보았다.

최씨 양반 가문 자손이라 일하는 여자는 불가능하다?

하지만 그 집의 며느리로 들어갈 마음 따위는 털끝만치도 없으니 그녀가 알 바 아니었다.

그 외에는 직업도 그렇고 외모도 그렇고 일단 마음을 확실하게 끌었다. 서로 협력하여 내 자식을 만들 사람이니, 무엇보다 느낌이 좋아야 했다. 이 남자는 어쩐지 남 같지 않아서 더욱 끌리는 무언가가 있었다. 이상하게도 여러 번 만난 것 같은 느낌.

식물학자라는 면도 마음에 들었다. 식물이 무엇인가. 이 건조한 세상을 아름답게 채워주는 데코레이션. 나름대로 자연을 이용한 패션의 일종이니, 궁합도 이렇게 잘 맞는 궁합이 없다고.

제멋대로 끼워 맞춘 당자의 입가에 도전적인 미소가 번졌다.

'정자가 필요합니다. 우리 서로 사이좋게 나눠 가집시다.'

공동재산, 공동분배. 사유재산 철퇴!

자유 민주주의 대한민국에 살고 있는 서른다섯의 독신 여성 김당자, 갑작스러운 마르크스론을 내세우며 최기찬이라는 남자의 소유물인 세포 한 조각을 공동 소유할 야심 찬 계획을 세우기 시작했다.

# 실레지만, 좀 자빠뜨려도 되겠습니까?

### -현재 위치

모처의 수목원, 동경 126도 40분 북위 36도 33분. 아님 말고.

### -목표 대상

활동하기 편해 보이는 러프한 차림의 키가 큰 남자. 어깨까지 넓다.

### -최종 목표

저 금욕적인 교수님께 최고의 유전자를 분배받기. 예수님 혹은 부처님이라 평가받음.

### -특이 사항

지하 153미터에서 끌어올린 천연암반수보다 더 깨끗한 여자관계. 질린다 증말.

자빠뜨리더라도 처음부터 하나하나 다 가르쳐 물을 흠뻑 들인 후에야 목적을 이룰 수 있다. 이 나이에 이게 무슨 공든 탑 쌓기람.

당자는 머릿속에 차곡차곡 정리해두었던 데이터베이스에서 필요한 정보를 뽑아 심안(心眼)으로 스캔을 하고는 다시 제자리에 갖다 넣었다. 현재 그녀가 서 있는 곳은 기찬이 강의가 없을 때에 거의 대부분의 시간을 보낸다는 수목원이었다.

주위를 둘러보니 굳이 작업 장소가 아니라고 해도 한 번쯤은 와보고 싶을 만한 곳이다. 가슴까지 탁 트이게 하는 녹음이 최고 유전자를 찾아 헤매는 하이에나 같은 당자의 눈을 깨끗하게 씻어내 줄 것만 같다. 상쾌한 바람이 당자의 작업복을 부드럽게 만지고 지나갔다.

오늘 작업에 임하는 당자의 자세는 급진적이며 호전적이며 적극적이었다. 그래서 선택한 작업복도 섹시의 진수라고 할 수 있는 강렬한 레드와인 계열의 자극적인 드레스였다. 가느다란 팔다리가 미끈하게 드러남은 물론이요, 덤으로 등선까지 살짝 드러내주는 걸 마다하지 않았다. 무조건 시선을 잡아끌어야 한다는 본래의 의도에 맞추어 감각지수를 극도로 건드릴 수 있는 모든 수단을 동원한 셈이다.

두드려라, 그러면 열릴 것이다.

이렇게 최고의 작업복을 입고서 마구 두드려댈 건데, 제아무리 천연암반수라고 해도 안 열어주고 배기겠어? 일단, 계획한

대로만 착착 진행되어준다면 예술 점수 10점, 기술 점수 10점의 최고 점수로 유전자에 한 발짝 다가갈 수 있을 것이다.

'그래. 계획한 대로만 되어주면 말이지.'

문제는 명백한 계획이란 게 없다는 사실이었다. 굳이 표현하자면 '무조건 디밀어라' 정도?

작전명,

〈최고 유전자를 보유한 저 교수님의 시선을 무조건 붙잡아라!〉

현재로서는 최단 기간 내에 얼굴을 익히고, 최단 기간 내에 매력을 어필하여, 최단 기간 내에 저쪽이 유전자를 나누어주고 싶은 마음이 들게끔 조종하는 것이었다.

당자는 마음을 굳게 먹고서, 호신용으로 가지고 온 카메라로 구도도 맞지 않는 사진을 찍는 척 하며 접근해갔다.

**〈작업의 기술〉 1장 3절, 싱글을 공략하는 방법.**

우연을 빙자하여 스킨십을 유도하라.

오랫동안 굶은 사람은 촉감에 취약하다.

바로 그 굶주린 청춘을 공략하기 위해 일부러 과일과 꽃이 조화를 이룬 달콤한 향수인 〈위시 터코이즈 다이아몬드(Wish Turquoise Diamond)〉를 은은하게 뿌리고 나왔다. 사람의 감각은 뇌에서 가장 가까운 시각부터 시작해서 청각, 후각, 미각, 촉각 순으로 예민하다고 한다.

시각이라고 하면 이 선명한 레드가 저쪽을 확 잡아 끌어줄 것이며, 청각이라 하면 은쟁반에 옥구슬 굴러가는 이 가증스러운 목소리를 들려주면 될 것이고, 후각이라 하면 현재 수목원의 바람과 달콤하게 섞이고 있는 향수가 책임져 줄 것이다. 그러니 앞으로는 미각, 촉각만 남는 셈이 된다.

그것도 문제없다. 미각이라 하면 교수님의 입술이 얼마나 달콤한지 느껴주면 되고, 촉각이라 하면 나긋나긋하게 다가가 두꺼운 가슴에 손가락을 미끄러뜨려 주면 된다.

그것으로 작.업.종.료.

완벽한 최고 유전자의 획득이라는 말이었다.

'그렇게 되어야 했는데…….'

자신감 넘치던 당자의 미소는 온데간데 없어지고, 그 얼굴에 돌고 있던 섹시한 표정도 사라진 상태였다. 대신 십 리는 걷다가 지친 노파 같은 찌든 표정이 어려 있었다.

그렇게나 시각과 청각과 후각을 후려치는 최상의 조건을 갖추었는데도, 식물에 집중하고 있는 교수님은 눈 하나 깜빡하지 않는 것이다.

"안녕하세요?"

작업 스타트를 끊는 부드러운 인사도 건네 보았지만, 소 닭 보듯 쳐다보고는 그것으로 끝이었다. 딱 씹던 껌 취급이다. 어쩌면 앞이 보이지 않는다던가, 귀가 들리지 않는다던가, 그런 게 아닐까?

이리저리, 왔다갔다, 살랑살랑, 흐느적 흐느적. 온갖 포즈를 취해가며 가로질러도 보고, 마주쳐도 보고, 이유 없이 웃어도 보고, 별로 예쁘지 않은 들꽃을 보며 괜히 호들갑도 떨어도 보았지만 단 한 번도 시선을 얻어내지 못했다.

'코, 콩 한 쪽도 나눠 먹는 게 인지상정이라는데 이렇게 분배를 거부하다니……'

최고의 유전자를 가진 남자답게 나름대로 대접을 해주었다고 생각했다. 하지만 이쯤 되니 당자도 오기가 발동했다. 여기로 오기 전까지만 해도 최기찬이라는 남자는 최고 유전자를 보유하고 있는 인물 중의 하나일 뿐이었다. 만약 획득에 실패를 하더라도 다른 후보를 찾으면 되는 것. 근데 슬슬 열이 받으려 한다.

'흥! 식물을 사랑한다더니, 스스로 나무토막이 되셨군 그래.'

이 남자의 느낌은 단순히 엄격하고 금욕적인 게 아니었다. 주위를 전혀 돌아보지 않는 무신경이 심장에 뿌리를 내리고 있는 것 같다. 이 볕 좋은 날, 식물만 바라보면서 재미없는 인생을 살아가고 있는 것이다.

"좋아, 내가 자네에게 조청(造淸)과 꿀이 흐르는 새로운 세상을 보여주지."

남자의 무심한 시선이 잠자는 김당자의 코털을 살살 건드리고 있었다. 당자의 머릿속에서 필라멘트가 뚝 끊어졌다.

원기 충전된 염탐녀의 굶주린 시선을 등으로 받아가며 기찬이 향한 곳은 호수였다.

여기 숨쉬는 사람 쪽은 거들떠도 안 보고 수생식물을 사랑해 마지 않는구만.

'뭐, 호수도 운치 있고 괜찮지. 그대, 노 저어 오시려고?'

당자는 평온하게 펼쳐져 있는 수면처럼 잔잔한 미소를 띠었다. 그리고 나긋나긋한 걸음으로 나무다리를 밟으며 다가가는데…….

"으앗!"

하필이면 하이힐의 굽이 나무 틈새에 걸리면서 당자의 몸이 크게 휘청거렸다. 그러니까 딱, 전자마트 앞에서 온몸에 바람을 넣고 춤추는 풍선 인형 꼴이다.

굽이 낀 걸 깨달은 순간 본능적으로 당자의 머릿속을 파바밧 두드리고 지나간 감각은 무엇보다 공포였다. 심장이 덜컥 내려앉으며 이대로 추락한다는 생각이 머리를 스쳤다.

"이봐요!"

순간 휙 뻗어온 든든한 힘이 당자의 팔을 순간적으로 잡아끌었다. 몸이 반사적으로 앞으로 휙 쏠리는 동시에 그의 두꺼운 가슴팍에 튕기듯 닿았다.

그러나 오늘 구원의 신은 절대 그녀의 편이 아닌지, 한숨 돌릴 틈도 없이 하나로 엮인 두 몸이 '어어어!' 소리를 내며 첨벙 물에 빠져 버리고 말았다.

"어푸! 어푸!"

요란한 소리가 정적에 싸여 있던 식목원의 한가로운 오후를 뒤흔들었다.

"어푸! 살려… 어푸! 주세요!"

흠뻑 젖은 당자는 날갯짓 하듯 팔을 휘저으며 정신 없이 소리쳤다. 이것도 나름대로 거리감을 줄인 전화위복이라고 우긴다면 그럴 수 있겠으나, 지금은 그런 생각 따위 전혀 들지 않았다. 오로지 육지로 올라가 살아야겠다는 생각뿐.

'어푸! 물귀신은… 크엇! 될 수 없어…….'

날씨가 그렇게 좋은데도 뼈를 시리게 하는 호수 물을 가르며 허우적거리고 있는 당자의 위에서 얼음장처럼 차가운 목소리가 떨어져 내린 건 그때였다.

"일어나시죠?"

또박또박, 저렇게 단호하고 간결한 어투를 쓸 사람은 이 장소에서 최기찬 교수뿐이다.

허우적거리면서도 왈칵 화가 나서 당자는 고개를 번쩍 들었다. 정말 너무한다, 사람이 이렇게 빠져 있는데 얼른 잡아주지는 못할망정……!?

"……잘 서 계시네요?"

"누구든 잘 섭니다."

하하하…….

머쓱해진 당자는 허우적거리던 팔을 고이 접고서 슬쩍 일어나 섰다. 기가 막히게도 수심이 허리 위치도 오지 않았다.

도대체 어째서, 호수를 더 깊게 파지 않은 거냐!

분명 처절하게 붙들고 늘어졌다고 생각했는데 기찬은 말짱한 얼굴로 꼿꼿이도 서 있었다.

"도대체 뭐 하는 사람입니까?"

그걸 내가 알면 다행이지. 나도 나를 모르겠는데.

물론 화가 날 만도 하다. 느닷없이 동반 다이빙을 했으니 차가운 눈매에 불쾌하다는 기색을 굳이 숨기지 않고 있어도 할 말 없다. 그래도 나름 놀라서 한 짓이니까 그만 좀 째려보소. 그 좋아하는 식물 다 얼려 버리겠소.

날렵하게 몸을 움직인 기찬이 호수 위로 올라가더니 당자를 내려다보았다. 섹시한 레드 와인이 흠뻑 젖어 비 맞은 벽돌색이 된 처량한 신세로 그 시선을 받고 있자니 당자는 이대로 딱 호수에서 살림이라도 차리고 싶은 심정이었다.

"잡아요."

기찬이 냉기가 완전히 가시지는 않았지만 그나마 한풀 꺾인 목소리로 말하며 손을 뻗자 당자는 천천히 손을 내밀었다.

아직, 다 끝난 건 아니란 걸까? 그래, 이런 상황이라도 기회로 만들면 되는 거야. 오히려 물에 흠뻑 젖은 촉촉한 순수로 다가가면 되지 않겠는가.

나리꽃처럼 하얀 손을 그의 커다란 손바닥에 얹자, 기찬이 중심을 잡으며 잡은 손에 힘을 주었다. 그리고 당자를 가뿐히 끌어올렸… 어야 했는데, 그럼 다 끝나는 거였는데…….

"어… 어!"

기찬의 자세가 흐트러지더니 쥐고 있던 손힘이 탁 풀렸다.

"꺄악!"

당자의 눈앞이 깜깜해지는 순간, '풍덩!' 소리와 함께 수면이 한 번 크게 요동쳤다.

단지 바랐던 건, 그대로 그의 굳건한 팔에 몸을 전부 맡기고 딸려 올라가고 싶었을 뿐. 그러나 현실은 참담했다. 두 번을 겹쳐서 물 속으로 빠져버린 두 사람은 이제 완전히 뼛속까지 젖어서 며칠 동안 물을 안 마셔도 될 만큼 호수 물을 들이켜야 했다.

'어푸! 젠장! 크앗! 제기랄! 이게 뭐냐고!'

아무리 애국심이 강해도, 논개조차 이런 식으로 다시 빠지고 싶지 않았을 것이다.

섬세한 당자에게 그 직후 호수의 풍경은 절대 떠올리고 싶지 않은 것이었다.


"아, 따뜻해."

방금 전까지는 딱 호수 밑바닥에서 살림 차리고 싶은 심정이었지만, 현재 당자는 행복했다. 커피 잔에서 부드러운 향기를 풍기며 올라오는 훈김 하나에 이렇게 행복해질 수 있다니, 사람의 마음이란 건 생각보다 더 단순한 건지도 모르겠다. 이렇게 마른 옷을 받아 입고서 양손으로 머그컵을 쥐고 있는 현재가 만족스럽듯이.

비록 젖은 옷들은 연구실 밖에 임시로 만든 빨랫줄에 너덜너덜 걸려 있는데다, 젖은 옷 대신 자신의 작업복을 건네주던 남자의 시선이 아무리 싸늘하다고 해도 말이다.

"감사합니다."

우호적인 의미를 담아 생긋 웃었지만 기찬은 달칵 목례도 하는 둥 마는 둥 하고는 책상으로 걸어가 당자를 등지고 앉아버렸다. 그리고 지금까지 계속 눈앞의 책에 몰두해 있는 상태였다.

저러고 있으니 딱 두꺼운 등껍질을 등에 지고 앉아 있는 거북이 같다.

왜? 목도 다 집어넣지 그래?

이러니 커피 때문에 좋아진 기분이고 뭐고 몽땅 날아가 버리는 것이다. 생각 같아서는 머그컵으로 뒤통수라도 딱 때려주고 싶지만.

'참자, 참아야지.'

외모만은 사랑이란 단어에 너무 잘 어울릴 만큼 달콤하게 생겼는데, 저 뻣뻣한 교수님은 그저 견제 대마왕일 뿐이었다.

'후훗, 사랑이라니……'

당자는 씁쓸한 미소를 흘렸다. 사랑 때문에 이러는 거라면 억울하지나 않겠다. 바라는 건 인생을 축복으로 채워 줄 사랑스러운 생명체인데 그게 참 녹록치 않다.

현재, 생각지도 못한 방해 때문에 접근은 해프닝 같은 상황으로 점철되어 버렸지만 당자는 포기할 줄 모르는 인간이었다. 지금 상황은 확실한 전화위복이다. 적진에 침투를 했으니 어떻게 해서든 수확을 올리고 말 것이다.

다시 한 번 전투태세에 돌입하기 위해 견제 대마왕의 넓은 등을 쳐다보는데, 반갑지 않게도 문득 회의적인 생각이 밀려들었다.

만약 이 접근의 의도를 지금 열심히 책을 읽고 있는 저 남자가 알면 과연 뭐라고 할까? 불우이웃을 도우라고 권유하는 구세군도 아니고, 유전자를 기탁하라는 여자라니.

약간 찔리기도 하고 한심하다는 생각도 들었으나 당자는 얼른 자신의 해이해진 마음을 바로잡았다. 마음먹고 시작한 일, 지금 에 와서 방법의 시비(是非)나 대상목표의 반응에 흔들려서는 안 된다. 다른 대안이 없다면, 힘껏 잡은 동아줄을 더욱 열심히 붙 잡을 뿐. 그렇다고…….

"이봐요. 유전자 좀 제공하시죠?"

"좋습니다. 제공된 임대물의 권리는 이 시점부터 김당자 씨에 게 전권 부여됩니다. 임대료는 아빠 없이 아이를 키우는 노고로 대신하기로 하지요."

이렇게 담판을 지을 수도 없고.

만약 그대로 이실직고를 한다면, 모르긴 몰라도 저 남자 손으 로 고이 땅에 심어질 게 분명하다. 그러니 당자의 앞길은 오로지 유혹으로의 전진뿐이었다.

당자는 자신의 몸에는 좀 큰 작업복의 상의를 느슨하게 내려 가슴 선을 살짝 노출시켰다. 그리고는 커피 향을 혀에 머금고서 달콤한 어조로 입을 열었다.

"근데, 왜 혼자 계세요?"

"오늘은 저만 강의가 없어서요."

"아, 네. 근데요, 주목나무는 살아서 천 년 죽어서 천 년을 산 다고 하잖아요. 그건 왜 그런 거예요?"

그딴 거 전혀 알 바가 아니었지만 당자는 기찬의 관심을 끌기 위해 질문공세를 하는 동시에 더욱 옷을 끌어내려 매끈한 어깨 선까지 드러냈다.

그러나 유혹에 대한 보편타당한 반응 대신 등이 무뚝뚝하게 대답을 해 왔다.

"주목나무는 원래 잔뿌리밖에 없어요. 사람도 소식을 하면 장수하듯이 영양분을 조금씩 먹고……."

교수 병이라도 있는 건지, 질문에만 족족 충실하게 대답하던 그가 무슨 생각이 든 건지 갑자기 고개를 홱 돌리고 깊은 검은 눈동자로 당자를 뚫어져라 쳐다보았다.

단언컨대 그것은 지금껏 무심하기만 하던 단조로운 시선이 아니었다. 마치 당자의 안에 무엇이 있기라도 한 듯 탐색을 하는 눈이다. 천천히 그 눈이 가늘어지는가 싶더니 기찬이 자리에서 벌떡 일어났다.

'에에? 이건 또 무슨 갑작스러운 전개지?'

내심 놀랍기는 했으나 당자로서는 그야말로 쌍수를 들고 환영할 일이었다. 신고 달려나갈 버선이 없다는 게 안타까울 뿐.

"분명히……."

낮고 허스키한 중얼거림이 마치 도발하듯 다가오고 있어 당자의 혈중 아드레날린의 수치가 확 올라갔다.

그러나 당자는 모르는 척 일부러 새침을 떨며 살짝 옆으로 눈을 내리 깔았다.

확실히 걸려든 거지? 어디일까? 이 목소리? 아니면 어깨 선? 똑바로 쳐다보는 걸로 봐서는 이 티 없이 맑은 눈동자려나?

'좋아요. 잘 하고 있어요. 나도 앞으로 모든 식물을 사랑하는 마음으로 살아갈게요.'

거침없이 다가온 기찬의 그림자가 당자의 몸을 덮었다. 그대로 아래로 미끄러지면 입술이 닿을 수 있도록 하기 위해 턱을 살짝 드는데.

"가방!"

그 순간 터져 나온 뜬금없는 외침에 당자의 꿈나라가 일시에 어그러졌다.

"……에?"

"내 가방 말입니다. 확실히 당신이 맞아요. 어디 있어요?"

어깨까지 힘차게 쥐고 흔들면서 가방 타령을 해대는 남자를 이해할 수가 없었다. 물론 접촉을 원했지만 이런 형태는 절대 아니었다.

"잠깐만요. 좀 알아듣게 말해 주셔야죠."

"그 가방 속에 얼마나 중요한 게 들었는지 알아요?"

그걸 내가 어찌 알아? 가방이 뭔데? 중요한 게 들어? 혹시 '가방' 이 교수들 사이에만 암묵적으로 쓰는 은어인가? 심장을 다르게 표현하는 것? 심장 속에 중요한 감정이 들어있다고 돌려서 고백하는 건가? 하지만 단순히 그냥 즉물적인 의미의, 물건을 넣고 다니곤 하는 그 가방을 말하는 게 맞는 거라면… 너 죽는다!

"그걸 지금 유머라고 하는 거예요? 갑자기 교수님 옷까지 빌려 입고, 이런 장소에서 좀 뻘쭘하긴 하지만 그래도 너무 썰렁하지 않아요?"

"내가 지금 농담하는 것처럼 보여요?"

"농담이……."

라고는 생각되지 않는다. 아무리 봐도 그는 무척 진지하고 또 조급함까지 느껴졌다. 도대체 무슨 말을 하는 건지는 모르겠지만, 감정이나 관심이라곤 털끝만큼도 없을 것 같은 그 무심한 눈빛이 이렇게 살아서 꿈틀거릴 수 있다는 게 놀랍다. 다만 문제는 격렬하게 달라붙고 있는 대상이 김당자가 아닌 물건을 넣는 가방이란 건데.

"하지만 물에 빠진 사람은 나예요. 가방을 찾아도 내가 찾아야지, 건져준 사람이 가방을 내놓으라면 어떡해요?"

무엇이 어떤 상황이건 간에, 이 남자의 짙고 검은 눈동자에 힘이 실리는 모습을 보는 건 색다른 충격이었다. 확실히 표정이 있는 편이 어울리는 남자다.

당자와의 대화가 영 핀트가 맞지 않는다는 걸 깨달았는지 기찬이 곧 자신을 가라앉히더니, 뚜렷한 눈썹을 살짝 찌푸리며 무언가를 생각했다.

입술을 꾹 닫고 한참을 신중하게 생각하던 그가 곧 손동작으로 네모난 형태를 그리며 말을 이었다.

"얼마 전에 마트에서 이만한 가방 하나 주워 갔잖아요. 그때 카트가 바뀌었나 봐요. 그쪽 짐에 실린 걸 봤거든요. 하필이면 앞이 막혀서 따라잡지는 못했지만."

당자는 모르고 있었지만, 카트에 자신의 크로스백을 싣고 가는 당자를 기찬이 발견하고 쫓아간 일이 있었다. 바로 앞에서 놓치는 바람에 CCTV로 확실히 얼굴을 확인해 두었었다.

“마트에서?”

당자는 고개를 갸웃거리며 중얼거렸다. 그의 말과 마트를 종합해서 연결해 보던 그녀의 눈이 곧 동그랗게 커졌다.

“설마… 그 가방?”

그제야 기찬의 말끔한 얼굴에 안도감이 돌았다. 그가 견제 대마왕 답지 않게 부드러운 미소를 머금으며 말했다.

“그래요. 그 가방.”

“설마 그게 교수님 가방이었어요?”

“맞습니다, 제 가방이에요. 그 가방, 지금 어디 있어요?”

확실히 그런 일이 있긴 했다. 우연히 굴러들어온 것들이…….  그러니까 그 쇼핑 가방에 들어 있던 정체 모를 크로스백과 더 정체를 모를 씨앗, 영영 정체를 알고 싶지 않은 어려운 유전자 기호들이 적힌 종이쪼가리들이 바로 최기찬의 것이었다는 말?

“근데, 그 가방이 어떻게 나한테 딸려왔어요?”

“그건 내가 묻고 싶은 말입니다.”

저쪽은 답답해하고 있었지만 당자는 유감스럽게도 재미있었다. 아무리 생각해도 참 즐거운 우연이다. 고소가 머금어지면서 ‘우연이 만든 인연’ 이라는 고루한 말까지 떠올랐다.

‘뭐야, 이거? 내가 작업 걸기 전부터 뭔가 알 수 없는 힘이 작용하고 있었다는 거잖아.’

어쩌면 고지로 가는 더 쉬운 길이 있을 지도 모르겠다. 그렇다면 이쪽이 할 일은? 그 기회를 잘 잡아 완벽하게 요리를 하는 거겠지. 일단 잘 생각해 보자. 깊게, 깊게, 절대 도망 못 갈 정도로 치명적인 레시피를…….

"어디 있습니까? 잘 갖고 있는 거죠?"

가방에 집착하면 할수록 점점 김당자의 늪으로 빨려든다는 걸 모르고 계시는군. 남자는 가방에 대한 투철한 욕구만 불태우고 있다.

당자는 듣는 척하면서 머릿속으로 곱셈, 나눗셈을 빠르게 마치고는 슬쩍 물었다.

"그 가방, 꼭 찾아야 해요?"

"예, 반드시!"

이로써, 자신이 우위에 설 '거리'를 하나 획득한 것!

당자는 싱긋 웃었다.

"아마, 우리 집 어디에 있을 거예요. 집에 가서 찾아보고 전화할게요."

"지금 가서 찾아 보면 안 될까요?"

지금껏 그렇게 냉정하고 무뚝뚝하게 굴던 남자가 당자의 팔을 간절하게, 그것도 그쪽에서 먼저 덥석 잡아왔다.

'아아, 내가 미쳐. 왜 이렇게 통쾌하대니!'

당자는 시침을 뚝 떼면서 살짝 눈꺼풀을 아래로 내리떠 잡힌 팔을 흘끗 쳐다보았다.

순간 기찬이 깜짝 놀라며 손을 뗐다.

"미, 미안해요, 하지만 내게는 정말 중요한 거라서요. 갑작스럽겠지만 지금 찾아줄 수 있죠?"

당자의 안에서 심하게 강렬한 폭소 욕구가 스멀스멀 밀려 올

라왔다. 이 남자가 사정하는 모습을 보는 게 이렇게 즐거울 줄이
야. 생각 같아서는 당장이라도 이 잘생긴 남자의 마음을 편하게
해 주고 싶었지만, 그건 말 그대로 생각일 뿐.

내부에서 들끓는 수작 충동을 감쪽같이 가리며 당자는 생긋
웃었다.

"일단 옷이 말라야죠."


"쳇, 아무리 계획이 완벽하면 뭘 해. 상대가 젖은 나무토막인
걸. 가방만 내 수중에 있으면 다 해결될 줄 알았는데 아무리 라
이터를 들이대도 불이 안 붙어. 완전 고자야, 고자!"

"와하하하! 그래서 정말 그런 일들을 겪었단 말이야? 그 김당
자가?"

돌순의 거실은 아파트 천정을 뚫고 나갈 것 같은 커다란 웃음
소리와 당자의 투덜거림으로 꽉 찼다. 신나게 웃는 사람은 이 거
실의 주인인 돌순 여사였다.

당자는 재미있는 개그 프로라도 보는 양 신이 나 있는 돌순을
찌릿 노려보았다.

"그렇게 웃고 싶어? 이쪽은 정말 열 터진다고."

"왜 아니겠냐. 그렇게 생쇼를 했는데도 쳐다보지도 않았다니,
김당자 자존심에 여태껏 자살 안 하고 살아있는 게 용타. 너무
웃겨서 뱃가죽이 다 땡긴다, 야."

흥, 당자는 코웃음을 치며 고개를 획 돌렸다. 돌순이 저렇게
웃는 이유는, 가방을 인질로 해서 기찬을 지하 스튜디오로 꾀어

냈을 때의 일을 들려주었기 때문이다. 남은 뼈가 시릴 정도로 열
받아 죽겠는데 저 혼자 신났다.

당자는 지끈거리는 이마를 누르며 중얼거렸다.

"삽질 정도가 아니라 아주 굴착기로 땅을 팠어, 팠어."


가방을 되찾기 위해 목숨을 거는 남자를 꼬여내기 위해 당자
가 선택한 결전 장소는 지하 스튜디오였다.

확실히 성공 예감 100%였다. 나무토막이 제아무리 뻣뻣하대
도, 나무인 이상은 일단 한 번 불이 붙으면 활활 타올라야지, 지
가 배겨?

기찬이 스튜디오에 도착했을 때, 당자는 타오르는 걸로도 모
자라 숯제 숯검정으로 만들어줄 각오를 하고 일부러 스크린 뒤
에 숨어 있었다.

"조금 전에 촬영이 끝났어요. 옷 좀 갈아입고 금방 나갈게요!"

바로 댁의 눈앞에서 갈아 입어주겠단 말이지.

스크린 너머의 당자가 실루엣만 드러낸 채 움직이기 시작했
다. 바야흐로 작정하고서 벌이는 아슬아슬한 스트립쇼였다.

직접 접하는 자극보다, 스크린에 한 꺼풀 가려진 누드의 영상
이라면 그 무뚝뚝한 견제 대마왕도 어쩔 수 없이 무릎을 꿇으리
라.

손동작 하나하나 섹시하게 신경 써가며, 매끈한 허리선까지
아낌없이 드러내면서, 휙휙 걸치면 될 옷을 평소의 세 배는 시간
과 공을 들여 관능적인 포즈로 갈아입었다. 그리고 드디어 잘 차

려진 밥상을 기대하며 나갔는데…….

"큐브만 맞추고 있는 거야. 쭉 고개 한 번 안 들고서!"

이쪽의 도발로 이미 반쯤은 이성이 날아갔어야 할 남자는 큐브에 몰입한 채 스크린 쪽은 쳐다보지도 않고 있었다. 게다가 그 어려운 걸 세 면이나 맞췄다!

"와하하하. 너 미쳤냐? 그까짓 큐브 할 시간 주려고 옷 벗고 그 생난리를 떨었단 말이야? 내가 다 쪽팔린다야."

"시끄러워, 이 기집애야."

"근데 정말 꿈쩍도 안 해? 확인은 해 봤어? 남몰래 꼿꼿이 서 있었을 수도 있잖아. 와하하하!"

"주책맞은 여편네하고는. 확인이고 뭐고 안 해. 드러눕는 게 취미냐고 묻는 남자한테 뭘 더 바래. 드러눕는 게 취미세요? 흥!"

"그 남자 예리하다. 네 취미까지 단박에 알아맞히잖아. 생각보다 더 관심 있는 거 아니냐?"

"그만 비웃어, 뚜껑 날아가면 너네 집 천장만 뚫려."

"왜? 나 웃으라고 해 준 말 아니었어? 그럼 웃어줘야지."

"됐어. 나무토막이라고 불이 확 붙을 줄 알았더니 완전 젖은 장작일 줄 누가 알았겠어? 어떻게 그렇게 안 볼 수 있어? 보통이라면 스크린째 쓰러뜨려야 정상이 아니냐고."

"그러니까 누가 젖은 장작 앞에서 라이터 들이대래? 자기가 멍청한 짓하고는, 쯧쯧."

당자는 신경질적으로 팔짱을 휙 끼고는 입술을 꼭꼭 깨물었다.

돌순이 비웃느라 흘린 눈물을 닦아가며 물었다.

"그래서 가방은 줬어?"

"줘야지 어쩌겠어. 근데 애초부터 목표는 가방이 아니라 가방에 든 씨앗이라니 그건 또 무슨 경우냐?"

"네가 지금 남 경우 따질 상황이냐? 씨앗은 도대체 뭔데?"

"가방 안에 있었거든. 무슨 유전자를 조작해서 세상에서 하나밖에 없는 씨라나? 가방 받자마자 안을 뒤지더니 씨앗 내놓으라고 또 생난리를 떨더라니까."

씨앗이라면 이쪽도 할 말이 많았다. 저쪽이 이쪽에 퍼뜨려 줘야 할걸 가지고 되려 내놓으라고 난리를 치니 딱 그 뒤통수를 후려 갈겨주고 싶었다. 그러나 기찬은 수목원의 연구실에서처럼 또 절실하게 씨앗만 찾아댔다.

그때 평소와 달리 지금껏 조용히 있던 한영이 물었다.

"그 씨앗은 어디 있는데?"

어라? 너 있었냐? 답지 않게 하도 안 갈궈서 없는 줄 알았네.

"어디 있긴. 화분에 심었지. 내가 또 씨앗만 보면 심고 싶어지는 버릇이 있잖아."

"그건 또 무슨 새로 생긴 버릇이냐?"

돌순이 야유를 퍼부어 왔다. 한영은 어쩐지 입술 끝만 살짝 말아 올리는 어설픈 조소만 짓고 말았다.

쟤가 아무리 봐도 이상하네. 저 정도 수위로 끝낼 애가 아닌데.

그러나 당자도 워낙 열이 받친 상태라 다른 것에 신경을 쓸 여유가 없었다.

"그 남자도 씨앗, 나도 씨앗, 우린 어떻게 요구하는 것까지 이렇게 똑같을까?"

"그것도 공통점이라고 좋아하는 거냐? 그래서 준 거야?"

"뭐, 그 남자가 필요한 게 씨앗이라면 어쩔 도리가 있어? 당연히 줘야지. 단, 거래는 현장에서 직접 이룬다 이거지."

"호오, 그러니까 네 홈구장으로 불러들였다?"

"그렇지! 그런 기회가 또 어디 있어. 자빠뜨리는데 내 집만큼 편안한 데가 있겠냐? 제대로만 진행되면 즉시즉결이잖아."

"근데 표정이 어째 그러냐아?"

당자는 또다시 밀려드는 억울함과 서글픔을 누르고서 친구들을 바라보며 회한의 한숨을 내쉬었다.

"홈으로 끌어들이긴 했는데, 자빠뜨리려고 다리 걸다가 내 다리 부러질 뻔했어."

"이번엔 또 어떻게 당한 거야?"

그러니까 어떻게 당했냐 하면…….


그날의 계획도 역시 완벽했다. 당자는 기찬이 오는 시간에 맞춰 샤워를 하는 체 하며 욕실에 숨어 있었다. 초인종이 울리자 얼른 현관문만 열어주고는 욕실 안으로 튀듯 들어갔다. 그리고 기찬이 안으로 들어온 기척이 들리자 곧바로 작전을 개시했다.

"메시지로 융단 폭격을 했지. 타월만 두르고 온갖 섹시한 포즈란 포즈는 다 잡아서 바로 촬영해서 전송했거든? 그것도 안 통하면 정말 사내도 아니다!"

"근데 안 통한 거지?"

돌순의 제대로 된 대못에 당자는 가슴을 움켜쥐었다. 돌순이 소파를 뒹굴며 웃어젖히기 시작했다. 한영도 비웃듯 쿡쿡 웃었다.

당자는 흰자위로 두 여자를 노려보았다. 이런 것들도 친구라고.

한참 배꼽을 잡던 돌순이 상체를 벌떡 일으키더니 눈을 가늘게 뜨고 말했다.

"근데 김당자, 너 솔직히 말해 봐. 사진 수위가 어느 정도였어? 타월, 끝까지 걸치고 있었어?"

순간 당자가 갑자기 눈동자를 반들반들 빛내더니 소리 높여 웃기 시작했다. 벙 쪄 있는 두 친구 앞에서 날카롭게 웃던 당자가 곧 웃음을 뚝 그치더니 중얼거렸다.

"난 마지막 한 꺼풀마저 솔직하게 벗었어."

쿡쿡, 하하하!

친구들이 다시 웃기 시작했다.

"웃지 마. 이 몸은 패닉이야. 우울증 올라 그래."

"우울증 안 걸리면 이상할 일이다, 야."

"난 최선을 다했다구. 문제는 그 남자야. 아무래도 문 닫은 공장인 게 분명해."

"김당자 등쌀이면 웬만해서는 나자빠질 텐데. 정말 아무런 반응도 없었어? 전혀?"

"어허, 무슨 소리! 반응은 왔었지. 결정적인 순간에 최면이 풀려서 지랄이지."

"그럼 문 닫은 공장은 아니네."

"활짝 열리지 않은 이상, 반쯤 열린 거나 닫힌 거나 뭐가 달라? 야, 생각해 봐. 입구 바로 앞에서 쪼그라들면 그게 섰다고 할 수 있는 거냐?"

"그건 그렇네. 차라리 안 서느니만 못하지."

돌순이 의미심장하게 중얼거리며 쿡쿡 웃었다.


사실 거의 직전까지 접근을 했었다. 확실히 당자가 풀어놓은 저주에 걸린 기찬은 요염을 몸에 바르고서 갓 욕실을 나온 당자를 잘 쳐다보지도 못했다. 얼굴은 포항제철의 용광로보다 더 빨갛게 변해서는 당자가 한 걸음 다가설 때마다 몸을 부르르 떨었다. 숨을 헐떡거리듯 몰아쉬면서 금방이라도 유혹의 거미줄에 철썩 달라붙을 기세였는데…….

"씨, 씨앗!"

기찬의 어깨를 주무르던 손을 가슴팍으로 미끄러뜨리려는 찰나 그 남자가 또 판을 깬 것이다. 매몰차게 당자의 손을 뿌리치고는 주변을 휙휙 둘러보며 재차 소리쳤다.

"씨앗 어딨어요?"

그 순간에 모른다고 하면, 딱 요절날 분위기였다.

“······저기, 베란다 화분에요.”

결국 당자는 얼떨결에 대답하고 말았다.

저 남자는 어떻게 흥분이 가시지 않은 게 분명한 저 얼굴을 하고도 유혹의 도가니탕에서 꾸역꾸역 기어 나올 수 있는 걸까. 동요하고 있다는 걸 그렇게나 역력히 드러내고 있던 주제에.

'자, 일단 마음을 가라앉히고 다시 본능에 충실··· 엥?'

뒤늦게 찾았지만 기찬은 이미 베란다로 내빼서 화분 앞에 앉아 있었다. 손삽을 찾아 흙을 뒤적거리면서 금세 저 할 일에만 몰두한다.

당자는 얼빠진 얼굴로 기찬의 얄미운 등짝만 보아야 했다. 삽질이 당자의 특기라면, 땅파기는 저 남자의 특기인 건지 흙을 뒤적이고 있는 진지한 폼이 그럴싸하기까지 했다.

“이상하네.”

중얼거리는 그 등이 어쩐지 심각해 보였다. 신중한 자세로 몇 번이나 흙을 꼼꼼히 뒤적거리더니 갑자기 고개를 돌렸다.

근데 그 멋지게 휘어진 눈썹이 어째서 또 저렇게 찌푸려져 있는 걸까.

“왜, 왜요? 무슨 문제 있어요?”

“도대체 물을 얼마나 준 겁니까?”

“매일요. 하루도 안 빼 먹었다구요.”

순간 잘 닦아놓은 도로처럼 반듯한 기찬의 이마가 단번에 구겨졌다.

그러나 이 대목에서는 당자도 할 말이 있었다.

"그렇게 잘 보살폈는데 왜 아직 싹이 안 나와요?"

참으로 순수한 의도로 질문을 던졌더니 돌아오는 표정은 북극의 찬바람처럼 쌀쌀맞았다.

"다 썩었어요."

순간 당자의 얼굴이 하얗게 경직되었다.

삽을 획 던지며 일어서는 기찬을 애원하듯 보며 당자가 다시 물었다.

"저, 정말이에요?"

절대 그럴 의도는 없었다. 아주 예쁜 꽃이 열리기를 바랐다. 이 화분에서 예쁜 꽃이 열리면 자신의 안에서도 사랑스러운 생명이 맺힐 것 같았다. 그래서 더 기도하는 마음으로 매일매일 잊지 않고 성실하게 물을 줬다.

아주 작은 씨앗일 뿐이다. 사람의 태내에 수정이 되어 생기는 생명체와 씨앗은 분명히 차이가 있다. 하지만 똑같이 소중한 생명이라고 생각했다. 양분을 빨아들여 싹을 틔우고 줄기를 뻗어 열매를 맺는 그 일련의 과정이, 자궁에 착상되어 모체와 양분을 나누어 가지면서 열 달의 시간을 보낸 후 세상 밖으로 나오는 과정과 하나도 다르지 않았다. 그래서 더욱 성스럽고 힘겨운 일이라 생각하며 신경을 썼는데. 무엇이든 생명이라면 사랑스럽게 보호되어 잘 자라기를 소망했었다.

당자는 마치 바늘에 찔리기라도 한 듯 움찔거리며 기찬을 바라보았다.

'정말… 일부러 그런 건 아니에요.'

하지만 기찬은 그런 당자를 차갑기 그지없는 눈으로 한 번 훑더니 퉁명스럽게 내뱉었다.

"예의는 다 국 끓여 먹었습니까? 어서 옷부터 입어요."


"……라고 말 하더라고."

당자의 서글픈 일과를 다 듣고 난 돌순과 한영의 얼굴에서는 이제 조소가 사라져 있었다. 당자의 어조에 상심이 그대로 드러났기 때문이리라. 단지 남의 소중한 씨앗을 죽인데 대한 반성만은 아닌 것 같다.

"너, 그 남자한테 정말 미안한 거 아니야?"

"미안하지! 난 뭐 양심도 없나?"

실망을 준 것 같아 속상하기도 하고…….

당자는 어깨로 한숨을 폭 내쉬었다.

"뻘짓에, 삽질에, 전혀 성과 없는 스트립쇼도 모자라 남의 소중한 씨까지 홍수로 떠내려가게 했으니까. 정말 할 말 없음이야. 미안해 죽겠어."

"이유는, 그게 다야?"

돌순이 묻자 당자는 그게 무슨 말이냐는 듯 눈을 크게 떴다.

"그게 다지. 거기에서 더 구차해질 게 또 있냐?"

"내가 말하는 건 그게 아니라… 아니 됐다."

당자가 계속 의문스러운 눈빛을 보내고 있었지만 돌순은 아니라는 듯 손을 흔들었다. 무언가 친구의 마음속에, 가볍지 않은 상심이 더 있는 것 같았지만 돌순으로서도 확실히 짐작할 수 없었다. 다만 하도 오랫동안 봐 온 친구라서 작은 변화에 민감하게 반응이 올 뿐.

친구로서 바라는 건 당자가 그 남자에게 진지해졌으면 하는 마음이었지만, 그게 어디 쉬운 일인가. 그녀가 아는 당자는 절대 남자에게 마음을 줄 여자가 아니다. 단지 심성적으로 여린 데가 있어서 중요한 씨앗을 죽게 한 게 정말 미안해서겠지.

"기분 풀어. 최고 유전자를 가진 남자가 그런 일로 쩨쩨하게 화내고 그러겠냐?"

"최고 유전자 가진 남자는 사람 아니냐? 내가 생각해도 열 받을 일인데. 새롭게 개발된 유전자 종이라잖아."

"무슨 게놈인지 뭔지 그건가? 그거야 또 개발하면 되는 거지, 남자가 쪼잔하게 그런 것 갖고 화내면 안 된다."

"나도 몰라. 욕하지 마."

킥킥 웃는 돌순의 옆에서 한영이 입을 열었다.

"아무튼, 김당자. 착각 한번 심하게 한다. 그러니까 최고 유전자를 가진 명품 남자가 뭐가 아쉬워서 철지난 노처녀한테 철퍼덕 엎어지겠냐? 머리 좋지, 성격 좋지, 얼굴 되지, 거기다가 너보다 나이도 어려. 안 그래?"

한영 브라보! 어쩐 일로 지금껏 입에 조용히 자크를 채우고 있나 했더니, 한꺼번에 몰아치느라고 아끼신 모양이다.

당자는 고개를 설레설레 저었다.

월급 받으면 싸가지 좀 사서 채워 넣으라고 누누이 말했더니, 카드 값 메우느라 깜빡 잊었냐?

당자가 무슨 말이라도 톡 쏘아붙이려는데 돌순이 먼저 말했다.

"혹시 말야, 그렇게 무반응이라니까 말하는 건데 그 사람 결혼할 여자가 있는 거 아닐까?"

"없어. 그 사람 무슨 라면 좋아하는 것까지 다 조사했단 말이야."

"너 차암 무섭다. 그 사람 씨를 받아서 아이를 가진다고 쳐. 나중에 그 사람이 알게 되면 어떡할 거야?"

한영의 말이 예상치 않게 당자의 심장을 콕 찔렀다. 처음부터 은근히 문제시되어온 바였지만 그때마다 목적을 위한 수단의 시비(是非) 따위 생각지 않았었다. 그런데 어째서 지금 와서 뜨끔하는 걸까. 분명히 한영이 저 계집애 말투가 워낙 얄미워서 그런 걸 거야.

"임신만 하면 딱 끊을 거야. 무우 자르듯이 싹둑! 너희들도 입조심해. 죽을 때까지 비밀로 해야 돼. 특히, 한영이 기집애 너! 윤석 씨한테도 얘기하지 마!"

"말하고 말고가 문제가 아니라 아빠 없는 아이로 키우겠다는 얘긴데, 애가 무슨 네 장난감이니?"

"그래, 예쁘게만 자라주면야 문제가 없겠지만……. 아빠가 없다는 건 생각보다 큰 문제야. 이런 말은 좀 그렇지만 만에 하나 너한테 무슨 일이라도 생겨 봐. 애는 무슨 죄니?"

돌순까지 한영을 거들고 나오자 당자는 또 심란해졌다.

이것들이, 친구란 것들이 사람을 도와주지는 못할망정.

그러나 이미 당자는 생각을 굳힌 상태였다. '만에 하나' 라는 가설 따위에 의지가 흔들리고 싶지 않다. '이래도 되는 건가' 같은 나약한 망설임에 굴복하고 싶지도 않았다.

'죄 아니잖아. 행복해지고 싶은 게, 죄야?'

"그럼, 어떻게 해? 결혼은 싫고 아이는 갖고 싶은데. 정자은행은 미혼이라고 받아주지도 않지. 방법이 없잖아."

절박한 진심이었다.


그날 기찬을 빌라 아래까지 전송하면서 당자는 또 한 번 사과를 했었다.

"정말 죄송해요. 날도 덥고 해서 물을 자주 줘야 하는 줄 알았거든요."

부주의로 인한 씨앗의 대참사에 당자는 요사이 들어 처음으로 남의 눈치를 보고 있었다.

'왜요? 그렇게 더위가 걱정되면 에어컨이라도 틀어주지 그랬어요?' 라는 대답이 돌아왔어도 할 말이 없는데, 기찬은 마치 당자의 진심을 알아주듯 친절하게 말해주었다.

"나무도 자식 키우는 거랑 똑같습니다. 무관심해도 안 되지만, 관심을 너무 가지는 것도 좋지 않아요."

낮지만 부드러운 어조, 나지막한 울림이 있는 그의 목소리는 일순 나긋나긋하게 느껴질 정도였다.

한 번 더 원망에 후려쳐질 각오로 기가 죽어 있었기 때문에, 더욱 그의 반듯한 어조가 의미 있게 귀에 감겨 왔는지도 모르겠다.

이목구비가 뚜렷한 생김에 딱 어울리는 보기 좋은 미소가 입가에 잔잔히 걸려 있었다. 확실히 소문만복래(笑門萬福來)라고. 웃고 있는 그를 보고 있자니 그동안의 얄미움이 다 사라지는 것 같았다. 마치 식물이 싹을 틔우는 계절, 봄처럼 포근한 미소였다.

그의 무덤덤한 표정 뒤에 숨어 있는 한 가지 깊은 마음을 접한 느낌이랄까. 속을 전혀 알 수 없는 남자의 생각 한 귀퉁이를 손끝으로 살짝 만져본 느낌이랄까. 그리고 그때 그녀의 손끝은 따스했었다.

"다 썩어버려서 어떡해요?"

"실은, 다시 연구를 하고 있습니다. 완전히 잃어버린 줄 알았거든요. 순전히 제 실수로 잃어버린 거니까 심려치 말아요. 여러 가지로 번거롭게 해서 죄송합니다."

"아, 아녜요."

당자는 외려 미안해서 고개를 붕붕 저었다. 〈음란메시지 전송건〉의 실패 때문에 받았던 충격은 이미 가신 상태였지만, 그것과 별개로 당자의 어깨는 축 늘어져 있었다.

그런 그녀의 모습이 기찬의 눈에 퍽 귀엽게 느껴지고 있다는 걸 모르는 채.

가만히 내려다보던 기찬이 곧 눈을 깜빡이고는 몸을 돌렸다.

"그럼, 전 이만……."

그는 언제나처럼 미련 없이 자동차가 세워진 곳으로 향했다.

당자는 어쩐지 아쉬움이 담긴 눈으로 망설였다. 지금 이 순간의 감정은 단순히 유전자 제공자로서는 아닌 것 같았다. 이상하게도 좀 더 그와 이야기를 나누고 싶다는 생각.

잡아야 하는데 어떡하지…….

"저기, 잠깐만요!"

생각하기도 전에 말이 나가버렸다. 기찬이 어깨 너머로 돌아보자 잠시 방황하던 당자의 시선이 곧 또렷해졌다.

"우리 잡지에, 사회 저명인사들 패션을 소개하는 난이 있어요. 체격도 좋으신 것 같은데 연락 한번 드릴게요."

"아닙니다. 저는 저명인사도 아니고, 또 제 패션이라 해봤자 작업복이 전부예요. 그런 일로 연락하지 마세요. 그럼."

깔끔한 거절이었다. 너무 깔끔해서 시리기까지 하다.

차에 오른 그는 그대로 출발해서 빌라 단지를 빠져나갔다.

당자는 한동안 그 자리에 서서 멀어져 가는 차를 바라보고 있었다. 후미가 완전히 사라진 후에도 그 흔적까지 멍하니 지켜보았다. 그러다 기가 찬 건지 뭔지 모를 자조적인 웃음이 흘러나왔다.

"김당자 완전히 새 됐다."

하지만…….

그렇게 중요한 씨앗의 목숨을 꽉 소리나게 빼앗았는데도 그 남자는 더 할 수 없는 매너로, 혹은 어른스러움으로 대우해 주었다. 타월만 걸친 그녀에게 쌀쌀맞은 충고를 내린 것은 빼더라도 말이다.

기찬이 남긴 미소가 다시 한 번 떠오르자, 당자는 오로지 그를 이용하려는 마음만 가지고 있는 자신에게 살짝 회의가 돌았다. 그 마음이 약간은 무거운 질량으로 당자의 가슴 한 구석을 누르기 시작했다. 그러나 친구들 앞에서 그런 혼란을 내비치기는 싫어 재빨리 자신을 단속하고 마음을 가다듬었다.

아직, 포기하기에는 이르다. 최고 유전자를 가진 남자는 미소까지 포근했다. 아마 태어날 아기는 정말 예쁘게 웃는 아이겠지?

지금 집중해야 할 건 단지 그것뿐이었다.

"그래, 이거야!"

인터넷을 뒤지던 당자는 원하던 정보를 발견하고 눈을 반짝였다. 모니터에 비친 당자의 입술 끝이 악녀처럼 말려 올라갔다.

그녀가 찾아낸 것은 〈풍란〉이었다. 새로운 풀을 발견하면 지옥 끝까지라도 쫓아갈 위인이라는 기찬에게 딱 맞는 맞춤 정보였다.

블로그를 찾아 들어가니 더블클릭의 명령에 따라 풍란 사진이 파바밧 떴다. 참 편리한 세상이다. 거리와 시간을 극복하는 문명의 이기가 아니고 무엇인가.

그녀는 또 다른 문명의 이기인 휴대폰을 들어 용구가 전화를 받자 용건을 풀어냈다.

"그러니까 종류별로 찾아서 조작 좀 해 줘. 누가 봐도 어엿한 새로운 종을 만들면 되는 거야. 잎을 갖다 붙이든지, 꽃을 갖다 붙이든지 해서 뽀삽질만 잘 하면 전혀 다른 종이 나오잖아. 오케이, 내일 회사에서 봐."

이것이 바로 지치지 않는 당자의 새로운 접근법, 좀 더 다이내믹한 방법의 서곡이었다. 그리고 다음날 용구에게 받은 국적불명의 〈풍란〉 미끼는 바로 최기찬 교수라는 대어를 섬으로 끌어들이는데 성공했다.


강화도 외포리의 선착장.

……에서 약간 비껴난 곳에서 당자는 바람을 맞으며 서 있었다. 누군가를 피해 숨어있는 기색이 역력한 여인의 예쁜 스카프가 바람에 살짝 흔들렸다. 이름 하여 〈가짜 풍란으로 목석을 유인하여 자빠뜨리기〉 라는 거대한 프로젝트 명이 붙은 계획이었다. 다른 말로 하자면 〈풍란으로 기찬을 꼬드겨 김당자와 함께 무인도에 가둬 버리기〉 정도로 순화할 수 있겠다.

'비아그라도 한 알 준비해 가서 먹여!'

그것은 용구의 친절하고도 감동적인 충고 한마디였다.

물론 그 뜻을 겸허하게 수렴해 신비의 명약을 얼른 챙겨 경건하게 가루로 만들어 고이 모셔왔다.

아무 것도 모르는 기찬은, 새로운 풍란의 제보를 받고서 등산복 차림으로 대형 여객선에 오르고 있었다.

현재 다시 염탐녀로 돌아가 기찬의 넓적한 등판을 주시하고 있던 당자는 시선을 피해 재빨리 배에 안착한 후에야 겨우 한숨을 돌렸다.

기찬은 시원하게 펼쳐진 바다에 시선을 던지고 있었다. 역시 김당자가 인정한 최고의 유전자답게, 멀리서도 눈에 확 띄는 뚜렷한 윤곽을 가졌다. 높은 콧날에 시원하게 찢어진 눈매. 조각칼로 세심하게 새긴 후 열심히 사포질을 한 듯 깔끔한 옆선이 매력적이다.

등산복을 입고 있으니 튼실한 어깨하며 장딴지하며, 식물에 푹 파묻혀 오로지 학구적인 삶을 사는 남자란 생각이 들지 않을 정도로 건강하고 활동적이다.

식물 연구를 하는 척하며 건강에 좋다는 뿌리란 뿌리는 모조리 다 캐먹고 다녔나.

'아무리 건강하면 뭐 하냐고. 그 잘난 힘을 쓸 생각을 안 하는데!'

여러 가지 헛생각들을 하는 사이, 탁 트인 물길을 따라 천천히 배가 출발했다. 시원스러운 출발만큼 이번 여행의 목적이 제대로 이루어지기를 바랐다.

저 남자를 자빠뜨리지 못하면 이번에야말로 성을 간다. 인간 김당자, 미끼를 물어버린 최기찬이라는 대어를 곱게 회로 떠먹기 전에는 절대 뭍으로 돌아오지 않으리라.

'옳지, 본다!'

기찬의 시선이 이쪽으로 향하기를 기다리던 당자는 기척을 느끼자마자 새우깡으로 갈매기를 불러모으기 시작했다. 처음에는 그를 의식하며 깔깔 웃기도 하고 순수한 미소도 한 모금 지어 보였지만, 놀다보니 어느새 흠뻑 빠져서 정말 즐거워졌다.

기찬은 문득 배를 둘러보다가 보기 좋은 광경을 발견하고는 시선을 멈췄다. 사람들이 갈매기들과 어울리고 있었다. 인간과 자연이 하나로 섞여 경계가 없어지는 모습은 언제 봐도 깨끗할 정도로 순수하다. 태양이든, 바람이든, 물이든, 식물이든 사람이 살아가는데 절대 없어서는 안 되는 존재인데 사람들은 자주 그 소중함을 잊는다. 그저 받기만 하던 사람들이 이렇게 도심을 버리고 나온 공간에서는, 무언가를 대지에게 돌려주기라도 하듯 누구나 해맑게 웃는 것이다. 그게 기찬의 마음을 평화롭게 했다. 그런데…….

'저 여자…….'

가만히 보고 있자니 어쩐지 안면이 있는 얼굴이 섞여 있는 것 같아 기찬은 더욱 유심히 무리 속을 살펴보았다.

순간 기찬의 눈동자가 커졌다. 평소 스타일과 달리 스포티한 차림이라 딱 알아보지 못했을 뿐, 예쁜 스카프가 눈에 띄는 저 날씬한 아가씨는 분명히 김당자였다.

얼마 전부터 요상하게 자주 부딪치는 걸로도 모자라 남의 씨앗을 마음대로 심어놓고선 물을 마구 부어 죽게 한 그 여자 말이다. 매번 마주칠 때마다 한번씩은 사람을 황당하게 하는 여자였지만, 어쩐지 보고 있으면 재미있기도 했다. 오늘의 컨셉은 동심으로의 복귀인 건지, 어린아이처럼 좋아하는 당자의 모습이 보기만 해도 즐거워서 기찬의 입가에도 저절로 미소가 그려졌다.

'그런데, 어째서 또 여기에 있는 거지?'

기찬의 눈매가 확 가늘어졌다. 우연이라 치기에는 꽤 많은 일들이 그녀와 자신 사이에 벌어졌었다. 어쩐지 의도적인 접근 같다는 생각이 들 정도로.

하지만 무엇 때문에?

새우깡을 다 주었는지 그녀가 손을 탁탁 털며 갈매기와 작별 인사를 하고서 빙글 돌아섰다. 이쪽이 저쪽을 관찰하듯 뚫어져라 쳐다보고 있는 동선이므로, 당연히 시선이 딱 마주쳤다.

설마 이것도 우연일 리가……?

하지만 당자는 정말 놀란 듯 눈을 크게 뜨더니 손을 휘휘 저으며 다가왔다.

"어머, 교수님! 정말 우연이네요. 여기에서 뵙다니! 정말 교수님인가 했어요."

코앞까지 온 당자가 쾌활하게 말을 걸어왔다.

기찬은 지그시 그녀를 쳐다보며 대답했다.

"저도 좀 놀랍군요. 우연치고는 너무……."

얼른 무시하자.

"수목원에 계셔야 할 분이 여긴 어쩐 일이세요?"

"식물이 수목원에만 있는 게 아니니까요."

"이런 데서 만나니까 되게 반갑다. 혼자 오셨어요?"

"……네."

당자의 표정에는 낯익은 인물을 우연히 만난 반가움 외에는 없는 것 같았다. 아마도 자신이 쓸데없이 예민하게 생각한 거라고, 기찬은 낮게 웃어넘겼다.

설사 우연이 아니라고 해도, 그녀가 고의로 접근할만한 이유가 없었다. 자신이 특별히 여자들에게 호감을 줄만큼 매력적인 성격도 아니고. 요즘 여자들은 남자가 재미없고 무뚝뚝하면 싫어한다니까.

반면 그녀는 쾌활한 성격과 무척 사근사근한 어조로 누구든 좋아할 것 같은 사람이다. 타고난 무뚝뚝함으로 그렇게 친절하게 대해주지도 못했는데, 오늘처럼 반갑게 맞아주니 은근히 나쁘지 않다.

그녀는 본격적인 여름 패션을 위해 컨셉을 잡으러 온 거라는 둥 여러 가지 말을 늘어놓고 있었다. 그게 딱히 시끄럽다는 생각은 들지 않는다. 낭랑한 목소리가 바람에 묻어 기찬에게 조용히 불어오고 있다.


"그래서 본격적인 여름이 오기 전에 시원한 컨셉을 잡아보려고요."

"저도 일 때문에 왔어요."

"일? 무슨 일인데요?"

"어떤 분이 사진을 한 장 보냈어요. 풍란은 풍란인데, 그동안 보지 못했던 아주 희귀한 풍란이었어요."

당연히 희귀할 테지. 이쪽이 실력을 발휘해 자르고 붙여서 완전 창조한 건데.

　아무리 식물에 목숨을 건 사람이라지만, 자신의 술수에 홀랑 넘어가서 이렇게 술술 풍란 이야기를 흘리고 있는 그를 보고 있으니 문득 귀엽다는 생각이 들었다.

　"풍란이라……. 섬, 해풍, 식물, 뭔가 나올 것 같은데 저도 교수님 따라가도 돼요?"

　"다시 배를 타고 가야 해요."

　견제 대마왕의 평소 행태로 봐서는 단번에 거절할 만도 한데 의외로 반 긍정 비슷한 말이 나와서 그녀는 조금 놀랐다. 물론 '다시 배를 타고 가야하니 택도 없는 소리 마쇼' 라는 의미라면 문제겠지만.

　"……무인도거든요."

　"네에? 무인도요?"

　당자는 가슴을 감싸 안으며 놀라는 척 가증을 떨었다. 실제로는 그 무인도에 누구라도 살면 때려 패서라도 내쫓을 생각을 하고 있었지만.

　"하지만… 오늘 나올 거죠?"

　"그래야죠. 무인도에서 어떻게 잠을 잡니까."

　"그럼 같이 가요. 혼자 심심했는데 마침 잘 됐다."

　흘긋 기찬을 살폈지만, 먼 곳을 응시하고 있는 검은 눈동자에 그리 싫은 기색은 없어 보였다. 아무래도 여행의 동행 정도로만 인식하고 있는 모양인데, 그동안의 수없는 삽질로 데미지는 입었지만 나름대로 얼굴을 익힌 것도 성과라면 성과다.

석양이 서쪽 하늘 자락을 붉게 물들이고 있었다. 아련하게 멀기만한 저녁 노을은 올려다볼 때마다 어쩐지 서글픈 기운을 자아내던 것이었지만, 현재의 당자에게는 축복을 알리는 전조와 같은 의미였다. 드디어 무인도 표류 계획이 성공했으니, 성공을 축원하는 의미에서 폭죽이라도 터졌으면 더더욱 신이 났을 텐데.

"죄송합니다. 괜히 저 때문에……."

하지만 계속해서 '내 탓이오'를 흘리고 있는 저 앞뒤 꽉꽉 막힌 바른생활 사나이 때문에 아직 마음을 탁 놓을 수가 없었다.

배가 섬마을에 도착한 후, 그 섬마을에서 다시 작은 고깃배를 갈아타서 여기 무인도에 도착했을 때까지 기찬의 표정은 저렇게 풀죽어 있지 않았다. 오히려 새로운 풍란을 찾겠다는 의지로 활활 타오르고 있었다. 그는 도착하자마자 바위에 붙어 있다는 풍란을 찾기 위해 의욕적으로 나섰다. 그러니 당자도 당분간은 함께 행동할 수밖에 없었다.

'헉헉! 이 인간 자빠뜨리기 전에 내가 먼저 자빠지겠다.'

잠시 후 당자는 할딱거리며 그렇게 생각하고 있었다. 거의 유격 수준으로 해안 바위틈을 헤치고, 걷고, 걷고 또 걸어야 했던 것이다. 거기다가 툭툭 튀어나온 바위들이 단화를 신은 당자의 발바닥을 한없이 괴롭혔다. 얼마간은 정신을 똑바로 차리고 걸었지만, 이후에는 반쯤 정신이 나간 채 기찬에게 끌려가다시피 걷다보니 이곳이 무인도인지 안데스산맥인지 알 수가 없었다.

그래도 무인도의 조그만 정상에서 기찬이 가져온 빵과 당자가 준비해온 김밥을 나눠 먹을 때는 정말 행복했다. 호된 고생을 한 후에 맞는 휴식이라 더욱 달게 느껴진 건지도 모르겠다. 그러나 행복도 잠시, 〈풍란 찾아 유격〉은 다시 계속되었다.

"안 되겠어요. 다음에 다시 오든지 해야겠어요."

드디어 기찬이 풍란 찾기를 포기했을 때 당자는 만세라도 부르고 싶은 심정이었다. 그러나 지금부터가 시작이라 당자는 정신을 바짝 차렸다.

기찬과 나란히 해안가를 밟아 선착장으로 내려왔다. 그때 미리 말을 맞춰놓은 대로 고깃배가 저 멀리 통통 소리를 내며 멀어져가고 있었다. 당자는 승리의 브이 자를 그리며 입술을 슬쩍 말아 올렸다.

하지만 겉모습만은 가증스럽게 손가락을 들어 배를 가리키며 비명을 질렀다.

"저기 가는 배, 우리가 타고 왔던 배 아녜요?"

"글쎄요. 아직 시간이 안됐는데 왜 가지?"

왜 가겠어요. 내가 보냈으니까 가지.

"어떡해, 가나 봐요. 빨리 불러요!"

그제야 기찬이 무언가 이상한 걸 감지했는지 뛰기 시작했다. 의미심장한 미소를 띠며 당자도 얼른 따라 붙었다. 두 사람은 동시에 목놓아 불러 댔다.

"아저씨이! 아저씨이!"

아마도 불러도 대답 없는 이름이라는 건, 이런 경우에 써야 하지 않을까?

“우선 나무들을 모아서 불부터 피워요. 연기를 피워서 지나가는 배라도 불러야죠.”

배를 놓친 후 휴대폰도 불통이라는 걸 알게 되자 기찬은 완전히 패닉 상태였다.

어쩔 수 없다는 듯 당자가 제의를 했고, 어찌어찌해서 기찬이 모닥불을 피웠다. 그때부터 그는 어쩔 줄 몰라 하며 계속 당자 쪽을 걱정해 주고 있었다.

“정말 미안해요. 좀 더 빨리 내려왔으면 좋았는데.”

당자는 불안감이 감돌면서도 꿋꿋이 웃는 마음 좋은 여자 흉내를 내며 고개를 저었다.

“아니에요. 캠프 왔다고 생각하니까 오히려 기분이 좋은 걸요. 자, 배고플 텐데 빵 하나 먹고 고구마도 좀 먹어요. 여기 물도 있어요.”

고구마와 빵 같은 찬조 식품은 당자가 미리 무인도에 구비해 둔 것이었다. 고구마를 먹어야 물을 마시고 싶어질 것이고, 그래야 비아그라를 깔끔하게 타 놓은 물을 내밀 수 있을 테니.

그렇게 다 본인의 작전이었으면서도, 막상 무인도에서 텐트며 담요에 그릇, 장작, 고구마까지 굴러 나왔을 때 당자는 기찬을 의심하는 행태를 보이며 닦달했다.

“무인도라면서 텐트랑, 담요랑, 고구마까지. 어떻게 이렇게 완벽하게 갖출 수가 있어요?”

의심받지 않으려면 먼저 의심하라는, 〈사기꾼백서〉 103페이지 셋째 줄에 나온 글이다.

당자의 닦달에 기찬은 기겁하며 억울함을 호소했다.

"저, 전 정말 몰라요! 아마, 낚시꾼들이 숨겨둔 것 같아요. 자주 오는 곳이면 그러기도 하거든요."

당자는 속으로 회심의 미소를 흘렸다. 덕분에 당자의 작전은 관철되어서, 사전작업은 들통나지 않고 넘어갈 수 있게 되었다.

'암튼 그 신비의 명약을 물에 타서 먹이면 제 아무리 성인군자라도 밤새도록 주체를 못할 거랬지?'

기찬이 그 큰 몸을 마치 기죽은 아이처럼 말고서 당자가 내민 고구마를 받아들었다.

"당자 씨도 드세요."

당자는 어디까지나 이해심 많은 여자의 눈매로 선한 미소를 보냈다.

"네, 저도 먹을게요. 기찬 씨부터 드세요."

'얼른 먹어라. 얼른 먹어. 물이 막힐 정도로 사정없이!'

속으로 주문을 외우며 기찬이 고구마 껍질을 까는 걸 바라보고 있는 그때였다.

꾸웩!

어쩐지 돼지 소리 같은 게 들린다 싶더니…….

'저게 뭐야? 정말 돼지잖아!'

어디에서 나타난 건지, 갑자기 모습을 드러낸 멧돼지 새끼가 두 사람이 앉은 모닥불로 맹돌진해 오고 있었다. 이건 결코 꿈이나 상상 속의 상황이 아니었다.

"꺄아악!"

놀라 기겁을 한 당자와 기찬이 동시에 벌떡 일어나 콩 튀듯 자리를 피했다.

도저히 믿을 수 없는 눈앞의 모습이 실제 상황이라는 것에 입이 떡 벌어진 당자는 정신없이 머리를 굴려 보았다. 하지만 멧돼지의 출현 따위는 전혀 각본에 없었다.

이 무인도에는 가짜 풍란만 있으면 되었는데, 어째서 멧돼지까지 덤으로 있는 거야!

기가 막혀 패닉 상태에 빠진 그때였다. 갑자기 당자의 눈이 터질 정도로 팽창되었다. 이건 기가 막힌 정도가 아니라 놀라 자빠질 정도의 충격이었다. 모닥불 주변으로 돌진한 멧돼지가 고구마를 작살낸 걸로도 모자라, 비아그라를 타 놓은 물까지 먹어치우고 있었다.

고구마까지는 봐 줄 수 있다. 하지만 그건, 그건……!

'이 나쁜 멧돼지야! 그걸 네가 먹으면 어떻게 해!'

용구의 상냥한 마음이 담긴 갈아 만든 비아그라였다.

도저히 용서할 수 없었던 당자는 그대로 눈이 뒤집혀 손에 집히는 대로 짱돌을 주워 멧돼지에게 미친 듯 던졌다. 생각 같아서는 그대로 통구이를 해 버려도 모자랄 판이다. 앙심을 주먹에 끌어 모아 염력이라도 쏘듯 돌을 연이어 던졌더니, 무차별적인 공격에 멧돼지가 꽥 소리를 내며 도망갔다.

원수는 물러갔지만 당자는 하늘이 무너질 것만 같은 충격으로 망연자실했다. 비틀거리는 걸음으로 다가가 혹시나 싶어 확인해 보았지만, 재앙 덩어리 멧돼지는 비아그라를 남김없이 먹어치운

후였다. 마지막 몇 방울은 엎질러져 토양을 적시고 있었다.

대지는 이제 곧… 일어서리라.

"아아……!"

허무하고 허무해서 당자는 비탄에 찬 소리를 흘렸다. 아무리 생각해도 이건 저주라고 밖에 생각되지 않았다. 재수가 없어도 이렇게 없을 수 있을까.

괜히 죄 없는 사발을 목 조르듯 움켜쥐고 있는데, 언제 다가왔는지 기찬의 목소리가 등뒤에서 들려왔다.

"당자 씨, 고구마 또 있던데 다시 구우면 돼요. 내가 해줄게요."

시방 고구마가 중요한 게 아니라…….

"여기 있던 물이……."

"네?"

핫!

순간 당자의 눈동자가 재빨리 정상으로 돌아왔다.

"무, 물이 귀하잖아요. 조그만 생수통 하나 밖에 없으니까……."

들키지 않기 위해 웃었지만, 입술 전체에 경련이 이는 어색한 미소만 만들어질 뿐이었다.

'저놈은 도대체 어디서 나타난 거냐고!'


얼마 지나지 않아 사방은 깜깜할 정도로 어두워졌다.

아무리 밤이 깊어도, 어두워질수록 더욱 불을 밝히는 도시에서 살아와서 그런 걸까. 이런 원색의 어둠을 접한 경우는 거의 처음이지 싶었다. 아주 멀리에서 어촌의 불빛들이 나른한 빛을 흘리며 떠 있었지만, 그건 손에 잡히지 않는 전시효과일 뿐. 이쪽에서 보고 있으니, 오히려 저쪽 세상이 생소한 세계 같다.

'차암, 이런 정적도 정말 오랜만이네.'

두 사람은 모닥불 앞에 나란히 앉아 있었다. 이미지로만 봤을 때는 더없이 행복한 풍경이었다. 타닥타닥 타오르는 노란 불꽃, 가까이에서 은은하게 불어오는 바닷바람, 매연을 벗어난 자연 그대로의 풍경, 별이 숨 쉬는 소리까지 들릴 것 같은 아스라한 적막, 멀리서 들려오는 발정 난 멧돼지의 멱따는 소리…….

꽥! 꽥! 꽥!

'제기랄!'

저놈의 돼지새끼가 드디어 약 기운이 퍼지기 시작했구나. 다 좋은데 제발 이쪽으로만 오지 마라. 엎어지고 쓰러져도 기필코 작업 들어가야 한다.

당자는 어둠 속에서 울부짖는 멧돼지를 향해 당부를 거듭하고는, 추운 듯 자신의 어깨를 슬슬 만져 내려갔다.

"밤이라 쌀쌀해지네."

"아, 내가 모포를……."

기찬이 일어서기도 전에 먼저 달려간 당자가 텐트에서 담요를 갖고 나와 좌악 펼쳤다.

"춥죠? 같이 덮어요."

당자가 덮고 앉은 담요의 절반치를 기찬에게 두르며 꼭 붙어

앉자 기찬이 펄쩍 뛰어오르며 만류를 했다.

"나, 난 괜찮아요."

"괜찮긴 뭐가 괜찮아요. 으슬으슬 추워지는데."

다분히 고의적으로 상체를 살짝 기울여 귓가에서 속삭이듯 말하자 기찬의 몸이 움찔 떨렸다. 바닷바람에 노출된 이 공간에서 따스한 사람의 입김은 다른 때보다 더욱 예민하게 감각을 건드릴 것이다. 당자는 더욱더 깊이 속삭였다.

"장작이랑 담요 없었으면 큰일날 뻔했어요. 이거, 하늘이 도운 거 맞죠?"

꿈틀, 기찬의 몸이 전기충격이라도 받은 사람처럼 조금 더 센 강도로 움직였다.

이 방법, 이거 제법 확실하다!

불안하게 흔들리는 기찬의 눈동자가 그대로 느껴질 정도였다.

'좀 찌르르 하지? 이번엔 어디를 건드려 줄까나.'

가까이 붙어 앉아서 귓속말로 귀에 바람을 불어넣어라. 이름하여 〈귀부터 먹어치우기 작전〉. 비아그라와 동급의 효과를 자랑한다고 선수들 사이에서 암암리에 전해지고 있는 비법.

당자는 계속해서 기찬의 귀를 공략해 나갔다. 이번에는 목덜미까지 살짝 걸치는 위치에서.

"교수님은 미남이시라 여학생들이 난리 나겠어요. 성격도 좋으시지, 체격도 좋으시지, 빠지는 게 없으신 것 같아요."

"그, 그렇지 않습니다. 저도 단점 많아요."

자신의 무릎을 크게 끌어안아 맞잡고 있는 손가락이 벌벌 떨리며 동요가 일고 있었다.

당자는 살짝 내리 깐 눈으로 그 변화를 지켜보며 슬쩍 웃었다.

"어머, 그래요? 단점이 뭐예요?"

"씻기 싫어하고, 유행도 모르고, 고지식하고……."

"에이, 그 정도 가지고 뭘. 이건 비밀인데요. 나도 집에 가면 츄리닝 하나로 삐대구요. 귀찮아서 씻지도 않고 그냥 잘 때도 있어요."

"그… 저어… 귓속말로 안 해도 되는데."

거부를 드러낸다는 건 그만큼 인식이 된다는 증거겠지?

당자는 깜짝 놀란 척 도톰한 입술로 종알거렸다.

"그렇지 참! 이 섬에 우리 두 사람 밖에 없지. 무슨 짓을 해도 볼 사람이 아무도 없잖아. 호호호."

"켈록! 켈록!"

갑자기 기찬이 사레 기침을 하기 시작했다. 워낙 발작적으로 기침을 해서 당자가 외려 깜짝 놀랐다.

"어머, 갑자기 왜 그래요?"

"아, 아니요. 침을 삼키다가… 헛!"

"네?"

"아, 아닙니다. 아무 것도 아니에요."

당자는 쿡, 터져 나오려는 웃음을 겨우 눌러 참았다.

그러니까 이 몸의 도발에 반응해서 침을 헛삼켰다는 말이렷다? 그걸 그대로 내뱉은 이 남자, 생각보다 더 즐겁게 한다.

"어깨 좀 빌릴게요. 아까 그, 멧돼지 때문에 신경을 썼더니 머리가 좀…….”

“그, 그러세요.”

목소리도 이미 불쌍할 정도로 갈라졌는데 언제까지 이 남자는 자기 무릎만 주구장창 끌어안고 있겠단 걸까?

당자는 그의 어깨에 살포시 머리를 기대고는 의도적으로 살짝 비볐다. 머리카락으로 그의 목덜미를 간질이자 와 닿는 기찬의 호흡이 상상 이상으로 가빠졌다.

시동이, 걸렸다.

“아아, 정말 사람이 없어서 그런지 더 추운 것 같아요.”

당자는 기찬의 팔에 팔짱을 꼬옥 끼고는 상체를 꾹 눌리듯 붙였다. 가슴에 기찬의 단단한 팔뚝이 여실하게 느껴졌다. 그렇다는 건, 역으로도 똑같단 말이겠지?

휴우, 이봐요. 교수님 씨. 이 정도 하면 다 넘어오거든요? 못 하는 겁니까, 안 하는 겁니까.

“저기… 당자 씨…….”

저기고 여기고, 이때는 말이 필요 없는 거라니까.

당자는 눈꺼풀을 깜빡이며 노래하듯 대답했다.

“네에?”

“추우시면 텐트 안에 들어가서 주무세요. 난 여기 있을 테니까.”

“……!”

크앗! 뭐가 어쩌고 어째? 이러니 딱 기절하겠다는 거다. 그놈의 젖은 장작은 언제 다 마르는 건데?

당자는 기가 막혀서 기찬에게 달라붙은 채로 굳어 버렸다.

'들어가서 주무세요? 여관 차렸니? 모텔 차렸어? 도대체 언제 정신 차릴래? 내가 지금 자게 됐니? 그 좋은 머리로 잘 좀 생각해 보란 말이야!'

휘유… 릴렉스하자, 릴렉스.

당자는 애써 자신을 다독였다. 여기 오려고 휴가까지 내면서 잔머리를 굴린 걸 생각하면 목석같은 이 남자를 당장에 저 모닥불 장작 대신 쓰고 싶었지만.

"싫어요, 여기가 더 따뜻해요."

당자는 나른하게 말을 흘리며 잡은 팔뚝을 우연히 그런 듯 손가락 끝으로 살짝 간질였다. 근육이 적당히 붙었는지 확인하듯 뺨을 살짝 쓸면서 효과음도 더했다.

"으음……."

"……!"

기찬이 어쩔 줄을 몰라 하며 몸을 더욱 뻣뻣하게 굳혔다.

'그래, 안 나오면 쳐들어간다.'

키스 타이밍을 잡기 위해 당자는 천천히 시선을 들었다. 순간 당자의 작은 움직임 하나에까지 집중하고 있던 기찬도 시선을 내리고, 두 사람의 눈동자가 한 장소에서 맞물렸다. 숨길 수 없는 뚜렷한 진동이 동시에 일었다.

그의 검은 눈동자가 점점 짙어지고 있었다. 지금, 이곳을 지배하는 암흑처럼 전혀 보이지 않을 것 같으면서도 보인다. 숨길 수 없는 흔들림이 그의 수려한 눈동자를 물들이고 있었다. 단지 욕망의 불이 지펴지는 것뿐이라고 해도, 까만 하늘 아래에서 마주 친 그의 눈빛은 심장이 덜컥 내려앉을 만큼 강하고 진지한 것이 었다.

당자도 다른 생각은 버리고 오로지 그의 숨결에, 이 남자의 수 줍게 피어오르고 있는 진솔한 욕구에 집중했다.

이렇게까지 만든 건 자신이다. 유도를 한만큼 그는 끌려올 수 밖에 없었으리라. 유감스러운 마음은 들었지만, 끝까지 눈 하나 깜빡 하지 않는 그를 보게 되었다면 더 참담했을 것이다.

자아, 이제 이 남자의 순수한 마음의 결정체를 자신이 고이 거 두어 주리라.

다가올듯 말듯 멈칫거리는 숨결이었다. 아직은 떨어져 있는데 도 그 입술에 닿으면 얼마나 황홀할지 짐작할 수 있었다.

그가 고개를 살짝 기울이며 얼굴을 가까이 가져왔다. 조심스 러운 접근, 윤곽이 잘 잡힌 입술 선이 살짝 열리고 있다. 그대로 덥석 물어 촉촉함을 맛보고 싶은데, 간만에 결심을 한 이 남자의 다가오는 속도는 더디기만 했다.

당자는 입안이 바짝 말라붙는 걸 느끼며, 기찬이 내비친 자발 적인 참여의 뜻을 와락 낚아챘다. 양손으로 그의 뺨을 비틀어 쥐 다시피 해서 이쪽에서 입술을 왈칵 겹쳤다. 움찔 놀라는 남자를 포박하듯 꽉 붙들고서 포갠 입술을 잡아먹을 듯 현란하게 맞비 비니 천국도 이런 천국이 없었다. 가슴이 터질 것 같은 환희에 소리라도 지르고 싶은 심정을 겨우 참으며 드디어 성공을 목전 에 두고서 더욱 적극적으로 혀를 찾아 휘감으려는 찰나.

꾸에엑!

어디선가 돼지 멱따는 소리가 진동을 하더니 구면인 듯한 멧돼지가 두 사람을 향해 돌진해 왔다.

이건 또 무슨 기시감인가. 언제 또 이런 똑같은 일이 있었던 것 같은데…….

'같기는 무슨! 바로 방금 전에 겪은 일이잖아!'

타이밍을 원망할 새도 없이 파다닥 입술이 떨어져 나가는 동시에 기찬이 당자의 팔을 움켜쥐고 나르듯 뒤로 몸을 피했다.

'빌어먹을, 젠장!'

당자는 더없이 원망스러운 눈으로 기찬의 가슴에 안기다시피 해서는 멧돼지를 노려봐야 했다.

그토록 바라던 넓은 가슴을 점거한 충만감도 없었다. 포옹이고, 키스고 지금은 일단 저 재앙 덩어리 멧돼지부터 피해야 했다.

# 결혼, 나는 걷어차고 너는 붙든다

"결국 그렇게 될 줄 알았어."

당자는 돌순과 함께 거실에 앉아 있었다. 당자가 담담히 흘린 말에 돌순이 휘둥그레진 눈으로 쳐다보며 물었다.

"뭐야, 너. 알고 있었던 거야?"

"짐작은……."

당자는 혀를 차고 있었다. 모르긴 몰라도 그때 같은 차에 타고 있던 그 7번 괴물 때문이겠지.

얼마 전, 돌순의 거실에 모여서 큐브 사건에 대해 말할 때부터 한영의 표정이 심상치 않았었다. 좀더 주의를 기울였어야 했는데 자신의 발등에 떨어진 불을 끄느라 깊이 생각해보지 못한 것이다.

돌순이 한숨을 폭 내쉬며 말했다.

"우선은 그냥 모른 척 해."

"일부러 아는 척하진 않아. 하지만 바람이 아니기를 바랄 수도 없어. 걔 남편은 애초부터 싹수가 노란 인간이었어."

"그래도, 영이가 저렇게 아니라고 우기고 있으니까 그게 문제지."

결국 윤석의 외도를 한영이 알아버렸다. 하지만 돌순의 말처럼 한영은 남편의 바람을 정면으로 받아들이지 못하고 있었다. 한영이 그러는 것도 무리는 아니었다. 그녀는 오로지 가정만을 위해 존재해 온 여자다. 행복하고 단란한 가정, 그것이 지금 깨지려 하고 있었다. 그것도 바로 한영의 눈앞에서 엄청난 배신으로.


윤석에게 다른 여자가 있다는 걸 한영이 알게 된 것은 바로 자신의 집안에서였다.

어쩐 일로 윤석의 손님이 찾아왔는데, 한영과도 잘 아는 사이로 윤석의 후배 여의사 세연이었다. 그녀가 집까지 찾아온 것이 이상하기는 했지만 한영은 별달리 생각하지 않았다.

그리고 식사 후에 잠깐 과일을 사러 마트에 갔는데, 그 사이에 윤석과 세연이 다른 곳도 아닌 안방에서 키스를 하고 있었다.

깜빡 잊고 지갑을 두고 나갔던 한영은 별 생각 없이 집에 돌아왔다가 눈앞에서 그 장면을 목격하고 말았다.

“그 여우같은 년이 남편을 유혹한 거라고 고집 피우고 있어. 남편이란 인간은 벌써 이혼을 요구하고 있는데도 말이야.”

“이혼하자고 했대?”

“으응.”

돌순이 무거운 얼굴로 고개를 끄덕였다.


그 일이 있었던 날 찬이의 손을 꼭 쥐고서 갑자기 찾아온 한영의 얼굴은 무엇에라도 홀린 듯 넋이 나간 모습이었다. 그녀는 돌순의 집으로 들어오자마자 주방으로 직행해 물을 벌컥벌컥 들이켰다.

“도대체 무슨 일이길래 그렇게 급해? 찬이 아빠하고 싸웠어?”

별일이야 있으랴 싶어서 정말 아무렇지 않게 물었다.

그러나 그 말이 무슨 기폭이라도 된 듯 한영은 식탁의자에 풀썩 주저앉았다. 그리고 마치 건전지가 빠져버린 인형처럼 움직이지 못했다.

돌순은 의아한 마음에 한영을 살피며 어깨를 감싸 쥐었다.

“여기까지 피신한 걸 보니까 제법 크게 싸웠나 보네. 이상하네. 웬만한 건 네가 잘 맞춰주잖아. 근데, 크게 싸울 일이 뭐가 있어?”

“으윽! 흐으윽!”

갑자기 한영이 심장을 움켜쥐면서 오열을 터뜨리는 바람에 돌순은 기겁을 하고 말았다.

한영이 금방이라도 심장발작을 일으킬 사람처럼 괴로워하며 외쳤다.

"그렇지? 돌순아, 네가 보기에도 나 잘하지? 우리 찬이 아빠한테 잘하는 거 맞지? 응? 대답해봐. 나 잘하는 것 맞지? 잘하는 것 맞잖아!"

초점을 잃은 한영의 동공이 맥없이 아우성치고 있었다. 소리를 치면 칠수록 분필처럼 새하얗게 질린 그 얼굴에 핏대가 섰다.

돌순은 생전 처음 보는 한영의 모습에 어쩔 줄을 몰랐다.

"우리 찬이는 어떻게 해? 안 돼. 이혼은 안 돼. 이혼녀라는 소리 들으면서 나 혼자 어떻게 살아. 돌순아, 나 무서워……. 그래, 이번 한번만 딱 눈감는 거야. 어려울 것도 없어. 남자들은 원래 철딱서니 없는 아기래잖아. 실수로 그랬을 거야. 한번 실수는 병가지상사라잖아. 또 한 번 그런 짓 하면 그때는 절대 용서 안 할 거야. 그때 경멸해도 늦지 않아. 그렇지?"

간절하게 애원하는 한영의 마음을 모르는 건 아니었지만, 돌순은 한영을 이렇게 만든 김윤석이란 작자가 증오스러워서라도 한영이 이혼하기를 바랐다. 그러나 감정적으로만 처리할 문제가 아니라서 그녀도 섣불리 말할 수가 없었다.


팔짱을 낀 채 묵묵히 듣고 있던 당자가 중얼거렸다.

"두렵기도 하겠지. 지금까지 집안에서만 살던 애가 어떻게 세상에 나갈 생각을 하겠어."

가정이라는 울타리가 여자에게는 행복이 되기도 하고 독이 되기도 하나보다. 어느 틈에 타성에 젖어버린 여자는 어느새 울타리 밖으로는 한 발짝도 나가지 못하는 처지가 되어 있곤 한다.

남편에게 보호받고, 엄마라는 이름으로 보상받던 삶을 한영은 한 번에 틀어버릴 수 없는 거겠지. 어쩌면 남과 자신이 공동으로 쳐놓은 울타리 안에서 스스로 중독이 되어버린 건지도 모르겠다.

당자가 조용히 물었다.

"이혼하면 찬이는 어떻게 한대?"

"찬이도, 집도 다 준다고 했대. 썩을! 도저히 용서할 수 없어."

"용서하지 말아야 할 사람은 영이야. 근데 그 밥통 같은 게 용서한다니까 짜증나는 거지. 어휴, 그때 몇 대 더 팼어야 하는 건데."

"무슨 소리야?"

"그런 게 있어. 암튼 걘 지금 김윤석을 떠나선 못 살아. 열 받긴 하지만, 지금으로선 영이가 생각하는 대로 되는 게 가장 좋은 방법이야. 김윤석이 잘못을 인정하고 다시는 같은 짓을 반복하지 않겠다고 용서를 비는 거."

"그게 그렇게 쉽겠어? 너도 싹수가 노란 인간이라며?"

"아무리 싹수가 노래도 마누라가 최고로 생각하는 인간이니까 할 말 없지. 세상 참 불공평하네. 김윤석은 그러면 안 돼. 마누라로 그만한 여자가 어디 있냐? 나는 돈 받고 하라 해도 영이만큼 깔끔하게 살림 못해. 계속 저렇게 뻔뻔하게 막 나가면 천벌 받아. 아니면 너랑 나랑 달려들어서 쥐어뜯어 놓든지."

"명령만 내려라. 바로 출동이다."

돌순과 당자는 동시에 한숨을 폭 내쉬었다.

한참의 침묵을 깬 쪽은 당자였다.

"그래도 출동 전까지는 걔가 생각하는 행복을 우리가 깨뜨릴 자격은 없어. 그 밥통 같은 게 외도를 한때의 바람기로 치부해서 절대 가정을 깨지 않겠다면 우린 지켜볼 수밖에 없으니까."

"하긴 본인이 쥐패지 않겠다는데 뭐라고 말하겠냐. 부부문제를 타인이 왈가왈부하며 흔들 수도 없고."

당자는 머릿속이 한없이 복잡해졌다. 결혼이라는 의미가 무엇인지, 부부라는 관계가 무엇인지 회의가 밀려들고 있었다.

가장 친한 친구를 상처 주고 있는 그 관계가 너무나 불결한 것처럼 느껴져서, 이제 자신이 결혼을 하지 않으려는 이유가 김윤석 같은 작자 때문이라는 핑계조차 대고 싶지 않았다. 인생 어느 한 부분에도 끌어들이고 싶지 않을 만큼 김윤석이 징그러웠다.

나는 걷어차는 결혼을 너는 붙들고 있다. 자신의 고통마저 솔직하게 들여다보지 못하는 한영의 외로운 싸움이 가여워서 당자는 가슴이 울렁거릴 정도로 화가 났다.


돌순의 집에서 돌아오자마자 샤워를 한 당자는 시원한 생수를 꺼내 마셨다. 몸속으로 차가운 물줄기가 퍼지자 부글부글 끓어오르던 속이 그나마 가라앉았다.

끝까지 다 마실 양으로 싸우듯 생수병을 붙들고 있는데 휴대폰이 울렸다. 생수병을 입에서 떨어뜨리지 않은 채 흘끗 액정을 보니, 생각지도 못한 번호가 떠서 눈이 커졌다.

“아니, 웬 일이셔요. 전화를 다 하시고?”

액정에 뜬 번호는 기찬의 것이었다. 무인도에서의 일 이후로 더 이상 볼 일이 없을 거라 생각했는데.

당자는 내키지 않는 마음으로 휴대폰을 받았다.

“네, 저예요.”

잠시 후 당자는 벙 찐 얼굴로 휴대폰을 내려놓았다.

[생명의 은인이신데, 보답할 건 없고 수목원 에스코트 해줄게요.]

최기찬 교수님답지 않게 너무도 선선한 데이트 신청이었다.

그렇게나 심혈을 기울여 뒷공작을 벌일 때는 꼼짝도 않더니. 게다가 무인도 건까지 수포로 끝나고 보니 더 이상 할 마음도 들지 않았다. 슬럼프랄까, 의욕상실이랄까…….

‘생명의 은인이신데.’

그런데 이 무슨 새로운 포문을 여는 미끼를 눈앞에서 살랑살랑 흔들어 대시는지.

확실히 김당자가 최기찬의 생명의 은인은 맞으니까 당연한 말이다. 하지만 단지 그 이유 때문이라면 그것 또한 선뜻 환영할 상황은 아니었다. 은인으로 만나서 희희낙락할 마음은 별로 없다.


“아니, 저놈의 멧돼지 새끼가!”

그날 밤, 당자와 기찬은 팔자에 없는 멧돼지와의 대치 상황에 처해 있었다. 기찬은 단지 놀랐을 뿐이겠지만, 당자는 입장 자체가 달랐다. 멧돼지는 자신이 만든 필살의 공작을 두 번이나 결정적으로 방해한 원수였다.

'그래, 너 오늘 엉덩이에 빨간 도장 한번 찍어봐라. 그대로 정육점으로 날려보내 줄 테니까!'

당자가 멧돼지에게 공격태세를 취하려는 찰나였다.

"당자 씨, 피해 있어요."

기찬이 당자를 막아서더니 돌멩이를 주워 멧돼지에게 휙휙 던지기 시작했다.

꾸웩!

공격받은 멧돼지가 기찬 쪽으로 휙 몸을 틀었다. 당연히 열 받은 멧돼지가 기찬에게 달려들려 했다.

'저, 저 돼지 새끼가!'

지금까지 지은 죄도 모르고서, 감히 김당자가 찍은 최고의 유전자를 향해 그 야생 삼겹살 덩어리를 날리려는 것이다.

"기찬 씨!"

절대 호락호락 할 수 없는 이유가 있었던 당자는 얼른 기찬을 밀쳐내고 번개같은 속도로 불붙은 장작을 집어 들었다.

"다, 당자 씨, 위험해요!"

밀쳐졌던 기찬이 허겁지겁 일어나 소리쳤지만 당자에게는 들리지도 않았다. 오로지 장작불로 위협을 하며 용맹스럽게 멧돼지와 대치했다. 어디에서 그런 황당한 용기가 난 건지는 모르겠지만, 그때 상황에서는 오로지 최기찬을 네 놈에게 내어줄 수 없다는 일념뿐이었다.

'너 이눔의 돼지 쉐키! 잘 만났다. 내 비아그라도, 내 키스도 얼른 돌려달란 말이야!'

마물(魔物)을 향한 증오가 부글부글 끓어올라 용솟음 쳤다. 원한에 찬 당자는 오뉴월 서릿발을 등에 업고서 불붙은 장작을 냅다 집어 던졌다. 하지만 뭘 먹은 건지, 놈은 잠깐 주춤거렸다가도 금세 다시 달려들었다.

아 참, 비아그라를 먹었지.

당자는 계속해서 장작불을 던지고 슉슉 들이 밀어가며 위협을 했다. 그리고 적당한 순간에 일격을 날리려는 순간…….

"피해요!"

고이 입 닥치고 있어 주면 고마울 것을, 기찬이 소리를 치며 자신 쪽으로 유인이라도 하려는 건지 돌멩이를 던져댔다.

"가만있어요!"

당자는 살벌한 시선으로 기찬을 쏘아보며 고함으로 그의 움직임을 봉쇄했다. 어이가 없는 건지, 정말 겁먹은 건지 기찬이 동작을 딱 멈췄다.

소중한 주상은 가만히 있으란 말이오, 이 중전이 어떻게든 해 볼 터이니.

일 초, 일 초, 긴장된 시간의 흐름이 당자와 멧돼지 사이를 관통하고 지나갔다.

'이 남자는 절대 너한테 내줄 수 없어. 아직 맛도 못 봤단 말이야!'

꾸엑, 꾸엑, 꾸웨엑!

불붙은 장작을 사이에 두고 긴장된 가운데 탐색전이 지속되었다. 집념으로 눈이 활활 타오르는 당자와 비아그라에 발정한 멧돼지간에는 한 치의 양보도 없어 보였다.

꽤엑!

"이야압!"

순간 멧돼지의 삼겹살 신공과 당자의 오뉴월 서릿발 신공이 격렬하게 맞부딪쳤다. 정통으로 날아오는 멧돼지는 그야말로 하늘을 나는 돈가스였다. 당자의 날카로운 시선은 한 치의 빈틈도 없이 멧돼지의 움직임을 쫓다가 정확한 타이밍에 장작불을 몸통에 찔러 넣었다.

"하압!"

당당한 목소리가 무인도의 밤을 울렸다. 역시 검도를 배워 둔 효과가 있었다. 실로 무도의 대가다운 찌르기 흉내에 다행스럽게도 제대로 먹혀 들어간 건지 멧돼지가 비명을 지르며 나뒹굴었다.

때를 놓치지 않고 당자가 연이어 공격을 가하려는 순간 멧돼지는 일격의 충격을 견디지 못했는지 그대로 바람처럼 도망가 버렸다.

꾸에엑!

멧돼지가 남긴 마지막 인사였다.

내가… 이겼다.

해방감을 느낀 것도 잠시, 당자의 몸이 힘을 잃고서 옆으로 픽 쓰러졌다.

"당자 씨!"

기찬이 헐레벌떡 달려와 당자를 일으켜 안았다. 맥이 다 빠져버린 당자의 몸이 헝겊 인형처럼 흔들리며 기찬의 팔 안에서 늘어졌다.

"당자 씨! 괜찮아요? 당자 씨!"

기찬이 흔드는 대로 흔들리며 당자는 눈을 꼭 감고 있었다. 지금 당자를 가장 괴롭히는 것은 육체적인 피로감이 아니었다. 어쩐지 비관적인 생각이 마구 떠올라 한없이 슬퍼졌다.

이건 분명히 삼신할매가 방해를 하는 거야. 내가 씨를 못 받게 하려고 멧돼지를 보낸 게 틀림없다구. 그럼, 뭐야? 나에겐 영원히 자식이 없는 거야?

"당자 씨! 당자 씨!"

당자 안 죽었소.

당자는 울 것 같은 기분을 털어내며 천천히 눈꺼풀을 들었다. 걱정스럽게 자신을 내려다보고 있는 기찬의 검은 눈동자와 마주쳤다. 반질반질 곱게 닦인 유리 같은 그 눈동자와 마주친 순간 희미한 미소가 떠올랐다.

울고 싶은데, 어째서 이 남자를 보니까 웃고 싶어지는 걸까? 마음이 놓이고 있어. 구한 건 나인데 말이야.

기찬의 수려한 미간을 시선으로 짚어 내려가며 당자가 더듬더듬 말했다.

"내가… 교수님 목숨 구했어요. 생명의 은인이에요."

"……네?"

“잊어버리면 안 돼요.”

마치 장렬한 최후를 앞둔 사람처럼 당자의 표정은 비장하기까지 했다. 한동안 그녀를 내려다보던 기찬의 입술이 살짝 움직였다. 그 입가에 그날, 빌라에서 씨앗을 홍수로 죽였던 날 보았던 것과 똑같은 미소가 번지고 있었다.

아아… 역시 이 미소는 좋구나.

별로 그럴 상황도 아닐 텐데 그의 눈동자에는 약하게 즐겁다는 기색까지 번지고 있었다. 사람을 편하게 해 주는 미소다. 따뜻하게 웃는 남자라는 걸, 벌써 눈치 채고 있었는지도.

“알았으니까, 우선 텐트 안으로 들어가요.”

어루만지듯 다정하게 말한 그가 당자를 꼭 안은 채로 일어나 텐트로 향했다.

그의 팔에 안겨 둥둥 떠가는 것도 나쁘지는 않았다. 아니 오히려 따뜻하고 좋았다.

‘아아, 정말… 분위기는 딱 신혼 방으로 들어가는 분위긴데.’

텐트 안에 눕혀진 당자는 미련을 버리지 못하고 가슴을 쳤다. 기찬은 그저 포근하게 담요를 덮어줄 뿐이었다.

‘오늘도 실패하면 안 되는데……. 하늘이 무너져도 해야 된다구.’

하지만 이 몸으로 뭘 어떻게 한다지? 난감하다. 딱히 다치지는 않았지만 정신적인 충격은 커서 온몸에 힘이 없었다. 항상 먹기만 하던 식료품이 위협적으로 달려드니 그럴 만도 하다.

담요의 포근함이 조금씩 몸을 녹여주고 있었다. 마음이 풀어지면서 눈꺼풀이 살살 내려앉았다. 조금만 자고 나서, 다시 생각해 봐야지.

"으음……."

얼마나 시간이 흘렀을까. 무언가 따뜻한 것이 얼굴을 닦아주는 감촉이 느껴진다. 아주아주 조심스러운 손길로 마치 어루만지듯 뺨과 이마를 닦아주고 있다.

그 손길을 받고 있자니 더욱 이 밤이 아쉬웠다. 마지막 기회일지도 모르는데…….

얼굴에서 잠깐 멀어졌던 수건이 이마 위에 내려앉았다. 돌보는 걸 직업으로 삼고 있어서 그런 걸까, 이 남자의 손길에는 마음을 안정시켜 주는 무언가가 있다.

아니야, 안 돼. 이제 카운트다운이야. 내가 지금 이렇게 누워 있을 시간이 없어.

벌떡 일어나던 당자의 몸이 그대로 남자의 손에 의해 저지되었다.

"왜 일어나요? 그냥 누워 있어요. 내가 잘 지켜줄게요."

스르르, 당자의 몸이 다시 원위치로 돌아갔다. 정말이지 울고 싶구나. 지켜준다니. 참으로 기가 막힌 말이었다. 절대 지켜주지 말라고 여기까지 부득불 따라온 걸 알면, 이 남자는 과연 뭐라고 할까?

"……아무래도 오늘은 안 되겠다."

"네? 뭐가 안 돼요?"

당자는 원통함의 눈물을 목안으로 실컷 눌러 삼키며 변명을 줄줄 늘어놓았다.

“바닷가에 와서 캠프파이어까지 했는데, 노래는 한 곡 해야 할 것 아녜요. 그런데 기운 떨어져서 못하겠다구요.”

흘끗 쳐다보니 기찬이 부드럽게 웃는다. 당자도 씁쓸하게 따라 웃었다. 함께 웃는데도 완벽한 동상이몽이었다.

기찬이 예의 그 마음을 부드럽게 하는 미소를 머금으며 낮게 말했다.

“어디서 그런 용기가 나와요? 깜짝 놀랐어요.”

“멧돼지랑 맞장 뜰 때요?”

“네.”

당자가 한창 멧돼지와 대치하고 있을 때, 기찬의 눈은 경악으로 굳어 당자에게 고정되어 있었다.

용감한 여자라는 말은 들어봤지만 그때의 김당자만큼이나 할까. 불붙은 장작을 움켜쥐고서 굳건하게 서 있는 당자에게서 어떤 포스까지 느껴졌다. 그러니 속으로 당자가 무슨 일념으로 버티고 있건 말건, 기찬으로서는 멧돼지의 위협에도 굴하지 않는 당자가 놀라우면서도 한편으로는 감탄스럽기까지 했다.

실상은 ‘내 건 절대 못 나눠 줘!’ 라는 음심이 숨어 있다는 걸 알 게 뭐냐.

당자는 대답을 하지 못한 채 스르르 눈을 감았다.

‘대한민국 최고의 유전자를 받아야 되는데 당연히 내가 지켜야죠.’

꿈의 문턱으로 넘어가면서도 한숨이 흘러나왔다.

근데… 그게 참 힘들구나. 호수에 빠져, 스트립걸 흉내 내, 온몸을 찍어서 보내도 꿈쩍 안 해, 급기야 돈가스 재료랑 맞짱까지 떠. 그걸 그냥 살려 보낼 게 아니라 단단히 잡아서 비아그라로 저며진 삼겹살을 구워 먹일걸 그랬지? 그러면 이 남자가 나를 덮쳐 주었을까?

과거의 삽질과 현재의 아쉬움이 주마등처럼 스쳐가는 가운데, 당자는 서서히 깊은 잠 속으로 빠져들었다. 더 이상 변명하기도 어려운 완벽한 패배라는 걸, 꿈의 문턱에서 깨달아갔다.

어쩌면 못된 방법을 택한 자신을 누군가가 벌준 거라고. 사랑스러운 생명을 그렇게 얻어서는 안 되는 거라고, 누군가가 힐책을 하는 것 같다.

하지만 이 꿈에서 깨어나면 난 또 다른 상대를 찾아 접근을 하고 있겠지? 뭐라고 해도, 어떤 대가를 치러도 소중한 내 아이를 얻고 싶다는 마음은 변함이 없을 테니까.

다만… 이 남자한테는 이제 그만 하는 게 나을 것 같아.

아무래도 궁합이 안 맞는 것 같다. 그 이유말고 다른 이유 따위는 없다. 심장에 이불을 덮어주는 것 같은 포근한 미소를 짓는 사람이라는 생각 따위는 이 결심과 전혀 관계가 없는 거다.


기찬은 당자가 잠드는 모습을 가만히 바라보고 있었다. 꿈쩍도 하지 않고서 당당하게 멧돼지와 맞서던 모습을 떠올리니, 지금 뽀얀 얼굴로 잠들어 있는 연약한 모습과 도무지 매치가 되지 않아서 신기할 정도다.

당자는 몰랐지만, 그날 기찬은 확실히 그녀에게서 어떤 강렬한 감각을 전해 받았다. 동시에 토닥여주고 싶은 연약한 순수함까지. 지금 달콤한 숨결을 흘리며 잠들어있는 그녀는 역시 후자의 모습, 예쁘고 사랑스러운 사람이다.

'그런가. 그녀는 때로 장미꽃처럼 화려하게 자신을 드러내다가도 수줍은 물망초처럼 조용히 고개를 숙일 줄도 아는 사람인 건가.'

마치 식물의 이름을 새기듯 기찬은 그날 밤 당자의 얼굴을 하나씩 그의 마음속에 새기고 있었다. 씨앗을 심듯 자신의 심장 한켠에 그녀를 심고서 조심스럽게 다독였다. 어쩌면 앞으로 자주 그 자리에 물을 주고 햇볕을 쪼여주고 싶을지도 모르겠다.

천천히 손을 뻗어 손가락 끝으로만 당자의 뺨을 살짝 만져보았다. 생각보다 더욱 보드랍고 감미로운 감촉에 기찬은 손가락을 사르르 스치며 조금 더 오래 그 뺨을 느꼈다. 방해꾼이 나타나기 전에 닿았던 입술의 열기를 떠올려가며, 얕은 숨을 내쉬고 있는 입술 근처를 엄지로 살짝 쓸었다. 그의 얼굴에 온화한 미소가 번지고 있었다.

"흥, 최기찬 씨. 당신은 이로써 또 한 번 접근의 포문을 활짝 여셨다는 걸 알고나 계신지 모르겠네요."

의상 룸으로 달려간 당자는 여성스러운 이미지를 한껏 살린 디자인의 옷을 특별히 선별해 거울 앞에서 얼굴과 맞춰 보며 중얼거렸다.

"일건 낙찰이야. 이번이 마지막 기회다."

비장하게 각오를 다진 당자는 실크 스타킹에 액세서리까지 완벽하게 갖춘 후 거실로 나갔다.

오늘은 다른 날보다 조금 큰 백을 택했다. 이유는, 바로 돌순에게서 급하게 공수해 온 고쟁이를 넣어야 했기 때문이다. 그 외에도 기타 여러 가지 물품을 챙겨야 했기 때문에 패션을 망치지 않는 선에서 부피가 큰 가방이 필요했다. 물론 요즘은 빅백이 유행이라 문제될 건 없었다.

'이 고쟁이를 깔고 잔 여자들은 다 아이를 낳았단 말이지.'

그것은 바로 아이를 낳고자 하는 여인들에게 성경의 복음과도 같은 구절이었다. 돌순이 그 교리를 전파했을 때 당자는 그 얼마나 감읍했던가. 그대로 고쟁이교를 창설하고 싶을 정도였다.

고쟁이와 함께 딸을 낳게 하는 부적, 그리고 배란일 체크까지. 완벽하게 준비 끝!

"아! 깜빡할 뻔했네."

당자는 잊고 가면 서운할 뻔한 비아그라를 선반 속에서 꺼냈다. 접때는 난데없이 멧돼지에게 상납을 하느라 약효도 못 본 것이다.

"인간 김당자, 너도 참 많이 약해졌다. 남자 하나 못 자빠뜨려서 이런 치사한 방법을 다 쓰냐?"

쓴웃음을 지으며 중얼거리다가 곧바로 활기를 충전했다.

"그래, 오늘 내가 널 못 잡아먹으면 여자가 아니다!"

사기그릇에 비아그라를 넣어 숟가락으로 아작을 내면서 결심의 말을 흘리는 모습이 사뭇 비장하기까지 했다.

　모든 준비를 마친 당자는 그대로 현관으로 직행해 문을 밀어 젖혔다. 결혼을 하고 싶지 않다는 생각은 점점 커져가는 가운데, 이제 더 이상 없을지 모를 최기찬과의 최종결전을 치르기 위해 당자는 앞으로 척척 걸어갔다.


　기찬이 당자를 안내한 곳은 수목원의 꽃길이었다. 시각과 후각을 충만하게 하는 예쁜 꽃을 바라보고 있자니, 언제 또 이런 여유를 가져보나 싶어 당자는 충분히 즐겼다. 빌어먹을 가짜 풍란을 찾기 위해 무인도를 유격하다시피 했을 때는 생각지도 못한 여유다. 어떻게 하면 최기찬의 발을 묶어 함께 밤을 보낼까만 신경 쓰느라 주변을 둘러 볼 기회조차 없었던 것이다. 만약 있었다고 해도 해안바위와 싸우느라 별로 누리지 못했을 것이다.

　색색들이 물감을 칠해놓은 듯 알록달록 꽃들이 예쁘기도 하다. 저쪽은 좀 커다란 붓으로 칠해놓은 것 같고, 저쪽은 끝이 동그란 붓으로 점을 콕콕 찍어놓은 것 같고, 저쪽은 작은 붓으로 세심하게 그려놓은 것 같고…….

　이렇게 인위를 배제한 자연 속을 걷고 있으면 꼭 기찬과 아무런 사심 없이 데이트를 즐기는 것도 같다. 하지만 당자의 입장에서는 그것뿐이라고 말하기가 힘들었다. 실제로 가방 안에는 오늘도 비아그라가 숨을 쉬고 있다.

　기찬은 하얀 셔츠 차림으로 불어오는 생기 있는 바람에 머리카락을 살짝 흔들면서 편안하게도 걷고 있었다. 당자와 보폭을 맞춰주는 여유 있는 걸음에는 자신이 좋아하는 공간을 타인에게 소개시켜 줄 수 있다는 행복감마저 깃든 것 같다.

걸을 때마다 그의 그림자가 당자의 그림자에 닿곤 했다. 때론 당자의 그림자가 기찬의 그림자와 섞이기도 하고. 내내 몇 뼘쯤 떨어진 거리에서 걷고 있는데도, 마치 이 평화로운 공간에서 마음이 섞이듯 그렇게 그림자끼리 닿았다.

꽃에게 향기가 있다면 그라는 사람에게도 그만의 향기가 있는 것 같다. 절대 난해한 향기는 아니었다. 하지만 오로지 달콤하기만 한 것도 아니고 오로지 서늘하기만 한 것도 아닌 것 같다. 이따금씩, 본래의 무뚝뚝한 모습을 덮어버릴 정도로 부드러운 미소를 보여주기 때문일까? 문득문득 접할 때마다 가슴이 포근해지는 그런 향기가 난다.

그러니까 최기찬 씨는 확실히 대한민국 최고의 유전자라니까.

"근데, 수꽃은 꽃가루가 다 없어지고 나면 어떻게 돼요?"

설마 비관적인 생각에 스스로 꽃받침을 꺾어 자살하거나…….

"금방 떨어져 버려요. 암컷에게 수정을 시켜주고도 꼭 버림받는 것 같아서 수꽃을 보면 늘 마음이 아파요. 그게 수꽃의 비애죠."

기찬이 당자의 속내를 알고 있을 가능성은 1%도 없을 것이다. 하지만 그 말이 어쩐지 두 사람의 현재 상태를 빗댄 것 같아 당자는 뜨끔했다.

처음 기찬에게 접근한 것은, 일단은 가벼운 마음이었다. 목표를 정해놓고 그 목표를 이루기 위한 수단 정도로밖에 생각하지 않았다. 그러니 깊게 생각할 것도, 상대방을 딱히 배려할 것도 없었다. 오로지 목적이 달성될 지의 여부에만 관심이 있었다. 그런데 어째서 시간이 지나면 지날수록 혼란스러운 마음이 한쪽에서 이는 걸까.

아무래도 역시 궁합이 안 맞아.

그건 그가 최고의 유전자로서 자격이 모자란다는 의미가 아니었다. 그냥 필요한 것을 주고 떨어져버릴 수꽃으로만 치부하기에 아까운 사람 같다는 생각이 드는 거지.

'한심하네, 김당자. 별 사치스러운 생각을 다 하고 있어. 옷값에 사치하는 것도 모자라 이젠 감정까지 사치냐?'

그 자리에서 우뚝 서 있는 기찬이 괜히 밉살스러워졌다. 그는 언제나처럼 가만히 서 있는 것뿐인데도 그 동작 하나하나가 짜증난다.

"그렇지만, 암꽃이 혼자서도 훌륭하게 종자를 잘 키우면 되잖아요?"

자신도 모르게 불만스러운 어조로 투덜거렸지만 기찬은 그저 온화하게 웃기만 했다.

바로 저 미소 때문이다. 저것 때문에 요즘 들어 심장 한쪽이 움찔거린다.

과묵한 남자가 가끔 흘리는 미소는 확실히 마음을 끌만한 것이었다. 하지만 그것보다 최기찬이라는 남자가 그 미소로써 자신의 마음을 조금 열었다는 걸 보이는 것 같아 더 화가 났다.

국도를 타고 달려나온 두 사람은 남한강변의 평상에 자리를 잡았다. 스태미너식으로는 최고라는 장어가 지글지글 익어가는 가운데 기찬과 마주앉은 당자가 상추에 장어 두 점과 마늘을 싸서 내밀었다.

"자아, 아, 해 봐요. 먹여줄게."

부득불 상추쌈을 먹여주려고 안달이 난 당자의 요사스러운 얼굴에는 이미 고민의 흔적이라고는 찾아볼 수 없었다. 생각의 전환이 이토록 빠른 것도 인생을 살아가는 데 있어 장점이라면 장점이다.

"됐어요. 내가 먹을게요."

당연히 견제 대마왕은 한사코 반대를 했다.

그렇지, 그렇게 나와야 최기찬이지!

금욕의 테두리를 두르고 이 땅에 태어나 견제의 사명을 갖고 그 생을 이어나가고 있는 남자다. 그러나 억지의 테두리를 두르고 태어나 강짜로 생을 이어가고 있는 당자에게는 한참 부족하다.

기어코 당자는 들이댄 상추쌈을 적진 안으로 침투시키는데 성공했다.

"어어! 교수님은 술 마시면 안 돼요!"

소주잔을 채우려는 기찬을 재빨리 저지한 당자는 때마침 주인 아주머니가 들고 나온 소주병과 생수를 각각 자신과 기찬의 앞에 놓았다.

"생수는 교수님 꺼, 소주는 내 꺼."

"왜요. 오랜만에 나왔는데 나도 마실래요. 대리운전 하면 돼요."

"무슨 말씀. 대리운전 하면 드라이브의 의미가 없죠. 자, 술은 내가 마실 테니까 교수님은 물 마시세요. 혼자 마시면 재미없으니까 술잔쯤은 부딪쳐 줄 거죠?"

코를 찡긋하며 애교 있게 묻는 당자를 가만히 바라보던 기찬이 별 수 없다는 듯 고개를 끄덕였다.

오고가는 술잔 속에 싹트는 음심이라고, 정석이라면 기찬에게 술을 마시게 해야 했지만 바야흐로 두 사람은 소중한 생명을 만들어야 하는 바.

절대 그도, 자신도 술에 취해서는 안 되었다. 그래서 미리 주인아주머니와 말을 맞춰, 기찬에게 돌아간 생수병에는 생수가, 자신의 소주병에도 생수를 채워 놓았다. 묘한 데서 심하게 팽팽 돌아가는 자신의 잔머리를 그 누가 따를 수 있으랴.

"그러니까, 내가 하고 싶은 말은 아름다운 강산, 우리 강산, 삼천리 금수강산에 꽃이 피면 장에 간 오빠는 꽃신을 사갖고 돌아올까요? 그런데, 왜? 교수님은 화장실을 안 가세요? 물도 엄청 마셨는데?"

정리가 전혀 안 되는 당자의 말에 기찬이 어이가 없다는 듯 픽 웃었다.

"그렇지 않아도 갈 겁니다."

아싸!

내내 물을 마시게 했으니 신호가 오는 건 당연했다. 이게 바로 오늘 장어집에서 이루어질 마지막 사전 작전이었다.

기찬이 화장실에 간 사이 당자는 얼른 약봉지를 꺼내 물 잔에 타고서 휘휘 저었다. 사랑스러운 약 가루가 당자의 마음처럼 만족스럽게 녹아 내려갔다.

"그래. 잘 생기고, 머리 좋고, 성격 좋고, 집안 좋고, 너 잘 났다. 근데, 최고 유전자를 가졌으면 뭐하니? 하늘을 봐야 별을 따지. 교수님 정도면 몸에서 사리가 몇 개 적출되는 게 아니라 몇 가마니는 나올 거야. 자아, 마음씨 넓은 김당자가 교수님한테 한 번만 더 기회를 준다. 이걸 마시고도 꿈틀거리지 않으면 넌 남자도 아니야."

물을 젓던 손가락을 쪽 빨고 다시 전 상태로 돌아간 당자는 경건한 마음으로 기찬이 돌아오기를 기다렸다.

얼마 되지 않아 그가 나오자, 당자는 얼른 술에 취한 척을 했다. 그리고 그가 앉기를 기다렸다가 비아그라를 탄 물을 퍼 먹일 기회를 엿보고 있는데.

"이제 그만 가요."

저 남자가 또 저렇게 고지 앞에서 판을 깨고 있다.

당자는 뜨끔해서 얼른 입을 놀렸다.

"에이, 한참 분위기 좋은데. 그럼 따라놓은 잔이나 마저 마시고 가요."

"아니, 난 됐어요. 물을 너무 많이 마셨나 봐요."

"아잉, 술은 따라줘야 맛이고, 잔은 부딪혀야 맛이지이. 짠! 원샷! 자자, 깔끔하게! 러브샷! 어라, 왜 도망가실까? 그러지 말고. 어어, 다 마셔야죠. 러브샷을 도중에 끊는 사람이 어딨어. 어라, 이 김당자가 우스워요? 그래도 내가 누나뻘인데 같이 러브샷을 했으면 똑같이 다 마셔야지. 난 벌써 마셨잖아요.”

좔좔 쏟아내는 간섭과 협박에 못이긴 기찬이 결국 맹물이라고 생각한 잔을 다 비워냈다.

“오늘 당자 씨 때문에 완전히 물배 찼어요.”

아닌데~ 물 아닌데~ 쿡쿡.

당자는 회심의 콧노래를 부르느라 정신이 없었다.


주인의 성격답게 깔끔하게 세차가 되어 있는 중형차가 경춘국도의 어둠을 가르며 달리고 있었다.

차 안에 있는 남녀의 모습이 대조적이다. 운전석에서 핸들을 돌리고 있는 남자의 단정한 시선은 흐트러짐 없이 정면을 향하고 있지만, 보조석 의자를 약간 뒤로 젖힌 채 잠든 듯 누워 있는 여자는 술이라도 취한 듯 흐트러진 모습이었다.

“우읍!”

당자가 갑자기 불편한 신음을 내며 몸을 일으키자 차분하게 운전만 하고 있던 기찬이 고개를 돌려 걱정스러운 어조로 물었다.

“괜찮아요?”

“아아… 사실은 안 괜찮아요. 저기 기찬 씨, 좀 쉬었다 가면 안 될까요?”

취한 척하며 러브호텔을 포착한 당자는 속이 안 좋다는 핑계로 급기야 중간에 기찬의 발을 붙잡아 세웠다.

"누나 못 믿어?"

라는 백퍼센트 뻥을 좔좔 늘어놓고서야, 고쟁이와 부적과 비아그라가 한데 엉켜 소용돌이 친 광란의 밤을 드디어 이루어 내고야 만 것이다.

오, 신이시여!

그야말로 폭죽이 터지고 광명이 대지를 비추며 폭포가 쏟아져 내리고 폭풍우가 몰아치는 듯한 격렬한 정사가 펼쳐졌다. 그리고 금방 물에 씻은 듯 말간 별이 반짝 빛을 발할 때, 당자는 기다리고 기다리던 대한민국 최고의 유전자를 자신의 몸 안으로 고이, 사실은 너무나 열정적으로 건네 받을 수 있었다.

✣

『임신이란, 수정란이 자궁 내벽에 착상해 모체로부터 영양을 공급받으며 태아로 발육하는 과정을 말한다. 여성의 난소에서 배란된 난자가 수란관의 상부에서 정자와 만나면 수정란이 형성되며, 이 과정을 수정이라고 한다.』

인터넷 검색을 하며 당자는 중얼거렸다.

"으음, 그래. 그거야 다 알고 있어."

『난자는 배란 후 1~2일, 정자는 자궁 내에서 2~3일 동안 살아남는다고 한다. 일반적으로 정자가 먼저 수란관 상부에 도달해 있다가 난소에서 배란된 난자가 이곳에 이르면 여러 정자 중 하나만이 난자와 결합하여 수정란을 형성한다.」

"거참, 경쟁률 세네."

어떻게 보면 인간은 태어날 때부터 극심한 경쟁 속에서 '살아남은' 존재인 건지도 모르겠다. 그 경쟁률은 대학입시나 입사 경쟁률에 비할 바가 아니다. 하나의 난자를 차지하기 위해 수많은 정자는 나름대로의 투쟁을 할 것이다. 그리고 '운 좋게' 목표에 도달한 정자 하나가 그제야 자리를 잡고 착상을 하여 모체와 연결되어 숨을 쉬게 되고 갖가지 기관이 만들어져 어엿한 하나의 생명체가 되는 것이다.

그런 사실 하나만으로도 세상의 모든 생명은 축복 받을 가치가 있다. 작은 몸의 내부에서 이루어지는 이 모든 일들이 신기하고 경외감이 일어 당자는 매 순간마다 새록새록 생명의 신비란 걸 느꼈다.

한 여자가 한 남자를 만나 서로에 대해 차츰 알게 되어 사랑이라는 감정을 품게 된다. 드디어 몸과 마음이 하나가 되면 오롯이 하나의 생명이 만들어진다. 어쩌면 경쟁은 난자에 도달하는 정자에 해당되는 것만은 아닐지도.

한 사람이 한 사람의 마음에 들어가는 그 자체가 경쟁이고 투쟁이다. 수많은 갈등과 슬픔, 괴로움을 극복하고 드디어 상대방의 마음을 획득했을 때, 드디어 사랑의 승리자가 되는 것이다.

그 얼마나 힘겨운 경쟁인가.

또한 임신이란, 사랑하는 사람을 닮은 아이를 낳고 싶다라는 생각이 들 정도의 마음이 들어야 가능한 일이다. 그만큼의 열정이 에너지가 되어 새로운 생명체는 만들어진다.

이 세상의 모든 과정에는 좋든 좋지 않든 반드시 어떤 결과가 있다. 그리고 사랑이라는 과정의 최대 종착역은 생명의 결실이 아닐까.

하지만, 당자에게는 이 모든 과정에서 '사랑' 이라는 존재가 배제되었다. 절실히 그 남자만을 위한 마음을 가져, 그에 따라 자연스럽게 아이를 갖고 싶어진 게 아니다. 목적과 수단은 뒤바뀌어서, 아이를 갖기 위해 남자를 선택했다.

절대 후회할 마음이 없는 선택. 시행착오 같은 건 결코 염두에 두지 않은 자신만의 욕심.

시대가 변하면 사람들의 사고방식도 변한다. 아이는 이제 어른들에 의해 수동적으로 미래를 부여받는 존재가 아니다. 그 존재로 인해 어른들의 미래를 바꿔줄 수 있는 능동적인 존재가 될 수 있다.

당자가 지금 바라는 건, 바로 그것이었다.

친구처럼 가까운, 동반자와 같은 의미의 아이.

다만 그 동반자는 그 어떤 존재보다도 소중하고 아름다운 'Only' 가 될 것이다.

"꼭 임신이 되게 해주세요. 꼭 임신이 되게 해주세요."

당자는 두 손을 꼭 모으고 간절히 기도를 했다. 화장대 위에는 임신테스트기가 놓여 있었다.

　일 초, 일 초, 말할 수 없이 긴장된 시간이 지나간다. 테스터의 표식이 반응을 보일 때까지는 숨도 편안하게 쉴 수 없었다. 기원하는 심정으로 입술만 달싹거렸다.

　'이제 최기찬을 유혹하는 것에도 지쳐가고 있습니다. 육탄전을 방불케 하던 전략도 슬슬 힘에 부칩니다. 삼신할매께서 잠깐 잊으셨나 본데 저 삼십댑니다, 결코 에너지가 팔팔 넘치는 나이 아닙니다. 삽끝도 무뎌져서 더 삽질할 수도 없습니다.'

　무엇보다 날이 갈수록 그 남자의 진실한 면이 보이는 것 같아 죄책감이 고개를 드는 게 가장 큰 골칫거리였다. 자신이 원하는 것은 아이일 뿐, 그를 원하는 마음은 털끝만치도 없었다.

　그런데 사람의 만남이란 건 어째서 이런 것일까. 만나면 만날수록, 애초에 그를 휘어 감고 있던 견제의 오라가, 사실은 차가움에서 기인한 것이 아니라 순진함의 극치에서 온 것 같다는 불안한 확신이 들고 있다. 함부로 행동하지 않는 남자다. 유혹에 둔감하다기 보다는 스스로를 매우 잘 절제하고 있는 것 같은…….

　반듯한 남자.

　마음대로 손을 뻗었다가 제멋대로 돌아서는 남자들에 비한다면, 언젠가 뚜쟁이 여사가 입에 침이 마르도록 칭찬한 표현이 딱 맞는 남자다. 그런 그를 결국 자빠뜨리고 만 자신은 참 요사스러운 여자란 자학이 들었지만, 이대로 임신이 성공적으로 이루어져 더 이상 만날 일이 없다면 자학과 자책감에서도 해방될 수 있을 것이다.

확실히 유전자라는 목적만 노린 일회용으로 사용하기에 그 남자는 진지하고 무거운 인격을 가졌다.

심장 한쪽에 커다란 짐을 얹어놓기라도 한 것처럼 그쪽이 자꾸만 기울고 있다.

"부디, 제발……."

마침내 시간이 되었을 때 당자는 두근거리는 가슴을 누르며 테스터를 들었다. 차마 한 번에 확인하지 못하고 한 쪽 눈만 살짝 떴다가 금세 감아버렸다.

내가 언제부터 이렇게 겁이 많은 여자였지?

다시 한 번 눈을 가늘게 뜨고서 이번에야말로 테스터를 똑바로 바라보았다.

천천히 당자의 눈꺼풀이 떨리더니 곧 경련이라도 일 듯 요동쳤다. 확장된 동공에 들어찬 것은 확실히 두 줄의 선명한 표식이었다.

"아아……."

안도인가, 환희인가. 자신도 모르게 신음이 흘러나왔다.

한동안 넋을 빼앗기고 있던 당자는 벅차오르는 감각을 견디지 못하고 테스터를 감싸 쥐어 이마 앞으로 끌어당겼다. 기도라도 하듯 두 손은 한참을 움직이지 않았다.

"다행이야, 정말… 다행이야."

드디어 임신이 되었다. 그렇게나 바라고 바라던 간절한 소망이 성취된 것이다. 이제 앞으로 열 달만 꼭 채우면 그 소중한 존재를 이 손으로 만져볼 수 있다. 이 품으로 안아볼 수 있다. 입 맞추고 그 까만 눈동자를 바라보면서 행복하게 웃을 수 있다.

"엄마!"

아이가 부르면 만사를 제치고 달려가야지. 그 순결한 눈망울로 바라보고 있으면, 이 공간은 단 한순간도 외롭지 않으리라. 자신의 인생은 더 이상 '혼자'가 아니다. 이제 홀로 아파서 청승을 떨며 누워 있을 일도 없다. 아니 아플 여유도 없어야지. 내가 아플 시간에 한 번이라도 더 그 아이의 잠든 손을 꼭 잡아줘야 하니까. 보드라운 손바닥의 온기를 느끼며, 만약 아이가 감기라도 걸리면 밤새도록 사랑한다고 속삭여 줘야지. 아픔도, 외로움도, 슬픔도 그 어떤 것도 내 아이에게만은 주지 말아야지.

주고 싶은 건, 오로지 기쁨 뿐.

환희에 가득 찬 눈으로 빌라의 거실을 둘러보았다. 곧 두 사람의 존재로 꽉 차 포근하게 바뀔 그 공간이, 다른 때보다 더욱 의미 있게 와 닿았다.

'이제… 외롭지 않아도 돼.'


그날부터 당자의 외양은 눈에 띄지 않게 조금씩 변해갔다. 통상적으로 신부가 결혼 전에 혼수를 준비하듯, 예비 엄마는 태어날 아기를 위해 엄마가 할 수 있는 가장 기본적인 것부터 바꾸기 시작했다.

일단 가장 먼저 구두 굽이 낮아졌다. 그렇게 애지중지하던 하이힐들은 이제 던져버릴 물건으로 취급되는 수모를 겪어야했다.

제아무리 예쁜 비즈 장식이 붙은 구두라도, 임신초기인 자신에게 무리를 줄 수 있는 굽은 모조리 박해 대상이었다.

좋은 것만 생각하면서 항상 웃으려고 노력했다. 마주치는 모든 사람에게 반갑게 인사를 건네고 모르는 사람에게도 친근한 미소를 보냈다. 사과 하나를 먹어도 예쁜 것만 골라 먹고, 지인과 외식이라도 있는 날엔 미운 모양으로 나온 음식은 무조건 가까운 사람에게 떠넘겼다.

회의를 진행하면서도 웬만하면 즉흥적으로 화를 내지 않았고, 부득불 잔소리를 쏟아낸 경우엔 배를 문지르며 아기에게 사과를 했다.

"아가야 미안해~ 엄마가 또 흥분했지? 다시는 안 그럴게."

엄마는 아주 상냥한 사람이란다. 한 번도 다른 사람과 다툰 적도 없어. 엄마는 세상 모두를 사랑해.

지하철역이나 육교 위에서, 지나치다가 불쌍한 사람이라도 보게 되면 얼마라도 지폐를 건넸다.

"봤지, 아가야. 엄마, 정말 착하지?"

커피도 끊었다. 직원들에게 절대 커피는 들이지 말라고 신신당부까지 했다. 커피 귀신이 커피를 끊었으니 모두들 수군거렸지만, 뱃속의 아기만 느껴지고 보이는 당자에게는 다른 말은 귀에 들어오지 않았다.

만약 누군가가 눈앞에서 대놓고 시비를 걸어와도 '아아, 정말 화도 화려하게 내시는군요. 얼굴이 무척 아름답게 찌푸려져 있어요. 예술적인 각도로 사람을 째려볼 줄 아시는군요!' 라며 칭찬도 할 수 있을 것 같았다.

부정적인 영향을 끼칠 수 있으니 뉴스나 신문도 되도록 나쁜 기사는 꺼렸고, 우연히 비리를 저지른 정치인을 접해도 '곧 정직해지실 거예요. 세상은 아름다운 곳이잖아요.' 라며 홀로 정화를 했다.

당자의 주변은 뱃속에 있는 아이 때문에 외부로부터 완벽한 결계가 걸린 세상이 되었다. 그 어떤 것도 '요란뻑적지근하게' 태교를 하는 당자의 의지를 침투할 수는 없었다.

빌라의 아침은 늘 아름다운 음악으로 시작되었다. 잔잔한 클래식의 선율은 침실에서 주방, 의상 룸 구석구석까지 닿지 않는 곳 없이 부드러운 곡선을 그리며 떠다녔다.

"배가 좀 나왔나?"

전신거울 앞에 서서 배 부근을 이리저리 비춰보면서 당자가 중얼거렸다. 물론 아직 그렇게 커다란 변화는 없었지만, 확실히 전보다는 볼록 나와 있다.

"아웅, 어쩜 좋아. 언제부터 태동이 시작되는 걸까? 입덧이 느껴질 때도 됐는데."

행복해서 어쩔 줄 모르겠다는 표정으로 거울을 한 번 더 들여다본 당자는 임신 중이란 걸 감안해 배에 압박이 가지 않는 범위에서 옷을 깔끔하게 차려 입었다.

"아가야, 더도 말고 덜도 말고 꼭 엄마를 닮아야 한다. 알았지?"

입가에서 웃음이 떠나지 않던 당자는 출근을 하기 위해 밝은 모습으로 현관을 빠져나갔다.


"이건 뭐야?"

사무실에 들어선 당자는 의심스러운 물건이 책상에 놓여 있어서 고개를 갸웃거렸다. 장미가 소담스럽게 꽂힌 예쁜 바구니였다.

"설마……."

어쩐지 안 좋은 예감이 직감처럼 일었다. 짐작이 갔기에 더욱 섣불리 손을 뻗기가 어려웠다. 곤혹스러운 얼굴로 가만히 꽃바구니를 들여다보던 당자는 어쩔 수 없다는 생각에 바구니에 꽂힌 카드를 집어 들었다.

순간 머릿속이 핑그르르 돌았다. 보낸 사람은 역시 기찬이었다. 그런데 보내온 게 카드와 꽃바구니가 다가 아니었다.

"하여튼 꼭 티를 내요. 이건 또 뭔데."

서류 봉투가 함께 놓여 있었다. 투덜거리면서 봉투를 열어 꺼내 보았더니 비닐커버 안에 서류가 몇 장 담겨 있었다.

호적등본과 주민등본, 건강진단서, 그리고 기찬의 돌 사진과 학창 시절 사진들.

"나더러 뭘 어쩌라고……."

역시 그답다는 생각을 하며 당자는 서류를 한 장 한 장 넘겨보았다. 낮 도깨비 같은 배달이기는 했지만, 최기찬의 그 성격이 어디 가겠는가. 정석도 이런 정석이 없다. 어이도 없고 맥도 빠져서 피식 웃음이 새어 나오는데 휴대폰이 울렸다.

"여보세요?"

서류에 정신이 팔려 있어 번호를 확인하지 않고 받은 게 문제였다. 저쪽에서 별로 반갑지 않은 목소리가 넘어 왔다.

[최기찬입니다.]

"아, ……네."

망설임이 당자의 목소리에 그대로 묻어나왔다.

[지금 어디에요? 잠깐, 만나고 싶어요.]

현재의 행복에 빠져 있느라 잠시 그를 잊고 있었다. 그에겐 미안했지만 잊었던 게 사실이다. 목적지인 서울까지 왔으니, 지금껏 타고 왔던 차의 존재는 더 생각하지 않았다. 그게 무궁화호였든, 새마을호였든, KTX였든. 적나라한 감정이긴 했지만 어쩔 수 없었다. 자신은 수꽃의 꽃가루를 다 이용하고 그대로 지나치는 벌이나 나비와 다를 바가 없다.

"그래요, 만나요."

반드시 한 번쯤은 만나야 했다. 정리를 할 때가 되었다. 처음부터 예정되어 있던 수순을 이제 하나씩 밟아갈 시기다. 망설임은 남기지 않았다. 예쁘게 자리 잡은 당자의 이목구비가 인형처럼 싸늘하게 굳어갔다.

말쑥한 수트 차림의 기찬은 약속한 카페에서 기다리고 있었다. 눈꺼풀을 살짝 아래로 내리고서 앞에 놓인 커피 잔을 바라보고 있다. 무척 진지한 표정이기는 했지만 입술 끝에 살짝 미소가 감돌고 있어서 그리 딱딱해 보이지는 않았다. 그만큼 당자의 표정은 상대적으로 더 딱딱해져 갔다.

내 이상을 실현하기 위해 남을 상처 입히는 건 나쁘다. 하지만 내 이상을 지키기 위해 상처를 입힐 필요가 있을 때도 있다.

약해지지 않는다. 망설이기만 해서는 여기 이 위치까지 올 수도 없었다. 내 현재 상태 그대로 미래를 지켜낼 것이다. 자신의 모든 것을 바쳐 이룬 이 자리를 어떤 것에도 빼앗길 수 없었다. 그게 결혼이라면 결혼을, 남자라면 남자를 터부시할 것이다.

한 사람을 약하게 만드는 한이 있다 해도, 내 안의 약함만은 마주보지 않게끔.

'그래도 미안하다는 걸 인식하고 있잖아요. 귀엽게 생각해 줘요, 기찬 씨.'

당자가 앞에 앉자 깊은 생각에 빠져 있던 기찬이 고개를 들었다. 녹차를 시킨 당자가 기찬을 마주보았다.

"오래 기다리셨어요?"

"전혀요, 당자 씨 바쁜데 불러낸 건 아니죠?"

"아니요, 맞는데요. 시간이 많이 없어요. 하실 말씀 있으면 빨리 하세요."

필요 이상으로 딱딱한 어조를 받는 기찬의 표정이 살짝 흐트러졌지만 곧 최기찬 교수님다운 반듯함으로 그가 입매를 굳히고 말했다.

"보낸 거 받았어요?"

"받았죠."

"제 건강진단서 라인들입니다. 당자 씨가 의심할 만한 부분은 한 군데도 없을 겁니다."

“의심 같은 것, 처음부터 할 이유도 없었는데요.”

의심은커녕 확신을 가지고 덤벼 든 남자니까.

“네?”

“아니요. 뭐하러 골치 아프게 의심 같은 걸 하고 사냐고요. 이 아름답고 행복한 세상에.”

기찬은 잘 알아듣지 못하겠다는 얼굴로 고개를 비스듬히 했다.

그러면 그런 줄 아시지 깊이 생각하시기는.

“서류들, 왜 보낸 것 같아요?”

“스무고개 하는 거예요? 교수님께서 아무런 이유 없이 그런 배달을 시키진 않으셨겠죠.”

“당자 씨야말로 스무고개를 자청하는 것 같아요. 이유를 모르리라고는 생각지 않는데.”

“……”

물론 알고 있지만 제 입으로 말하기가 싫어서 당자는 조용히 쳐다보기만 했다.

기찬이 부드럽게 풀어진 얼굴로 당자의 녹차를 바라보며 말을 이었다.

“어제 호수를 바라보고 있는데, 계속 모습이 떠올랐어요.”

에? 이 녹차가요?

“당자 씨의 웃는 얼굴이 계속 생각났어요. 아버지의 목소리가 들리더군요. 천만 가지를 알고 학생들을 가르치면 뭐하냐고. 하찮은 미물도 꽃가루 한 점을 만나 이렇게 아름다운 꽃을 피우지 않느냐.”

그것이 인연이다. 이미 꽃가루 묻혔으면 피할 수가 없어. 이번 일은 최기찬이 책임을 져야 한다. 부친은 평소의 엄격한 얼굴로 그렇게 마음의 소리를 전해 주셨다. 아버지라면 반드시 그렇게 말씀하셨을 것이다. 그제야 기찬은 마음이 평온해지는 걸 느꼈다. 혼란은 더 필요가 없다는 사실을.

마음이 향하는 곳이 확실하게 정해지자 도리어 미열(微熱)과 같은 잔잔한 그리움이 생겼다. 한 여자를 지키고 싶다는 단호한 바람이 어렸다. 확실히 무인도에서 자신을 구해준 쪽은 당자였다. 그러나 이제부터는 자신이 그녀를 지켜주고 싶었다.

결정을 내린 기찬은 그때부터 바빠졌다. 곧바로 종합병원으로 달려가 피를 뽑고, 엑스레이를 찍고, 초음파 검사까지 완벽하게 종합검진을 받았다.

연구나 식물 이외에는 전혀 관심이 없던 한 남자가, 드디어 누군가를 사랑하는 마음이 얼마나 행복한 것인지를 깨달은 것이다. 그 마음을 소중하게 품고 싶다는 바람까지.

엄한 가풍 때문에 책임질 여자가 아니라면 거들떠보지도 않았던 그다. 그러나 그녀는 어쩐 일인지 자꾸만 보게 되었다. 보는 와중에 이끌리게 되었고, 그 이끌림을 여과 없이 가슴에 간직하게 되었다.

그녀를 보고 있자면, 태양 아래에서 강인하게 자라난 단단한 밤 껍질을 가진 건강한 열매 같기도 하고, 때로는 그 단단한 껍질 안에 숨겨진 연한 속껍질인 보늬 같기도 하다. 쳐다보고 있으면 당차 보이고, 감싸 안고 만지면 부드럽게 폭 안겨 온다.

갑갑할 정도로 틀에 박힌 문중과 대꼬챙이 같은 부친이지만, 장남인 그로서는 그 모든 것을 결혼과 연결해 생각할 수밖에 없는 처지였다. 그러나 당자라면 아마도 싫어하지 않고 잘 헤쳐나가 줄 것이라는 확신이 있었다.

그런 면에서는 그녀의 당당함에 의지하고 싶었고, 한 여자로서의 그녀를 자신의 팔로 단단하게 끌어안아 지켜주고 싶었다.

마치 뿌리가 양분을 빨아들이듯, 그렇게 흡수되듯 시작되어 촉촉하게 이어져간 만남이라고, 기찬은 생각하고 있었다.

"당자 씨를 책임지고 싶습니다."

"푸훗."

그때 갑자기 들려온 웃음소리에 기찬은 그 눈을 살짝 치떴다.

작게 시작되던 웃음은 곧 폭소로 바뀌었다.

멈칫한 기찬의 손목에 걸린 은색의 메탈 시계가 햇빛을 받아 반짝 했다. 그는 어떻게 반응해야 할 지 모르는 사람처럼 굳은 얼굴로 당자를 쳐다보았다. 아무리 생각해도 뭔가 웃긴 말을 한 것 같지는 않다.

뭐가 그렇게 웃긴지 눈 꼬리에 눈물까지 맺히도록 웃던 당자가 그 눈물을 살짝 닦아가며 말했다.

"그래서 장미도 보내고, 건강진단서랑 파일을 보낸 거예요?"

그 말투에 평상시와 다른 의도적인 날카로움이 담겨 있어서 기찬은 혼란스러웠다.

"그날 밤은 내가 실수했어요. 인내심이 없는 것도 아닌데, 어찌된 건지 나를 통제할 수가 없었어요.”

“그래서요? 어떻게 책임질 건데요?”

“잠자리를 같이 했으면, 남자로서 평생 책임을 져야한다고 생각합니다.”

남자로서의 책임이라…….

역할이란 건 생각해보면 무척 단순하다. 보통으로 보자면 남자가 여자를 유혹하고, 남자가 괜찮다 싶으면 여자도 남자를 받아들인다. 그 후에 기찬의 말처럼 책임질 짓을 하거나, 그게 아니더라도 서로 지극히 사랑하면 자연스럽게 결혼을 하게 된다. 거기까지는 기찬의 말을 따를 수 있다 해도, 당자에게는 그 이후가 문제였다.

결혼과 함께 얻은 ‘한 집안의 며느리’와 ‘남편의 아내’라는 역할, 아이라도 생기면 그 외에도 ‘아이의 엄마’라는 한 가지 수식어가 더 붙게 된다. 여자가 아무리 사회적으로 능력이 있다고 해도, ‘일을 하는 여성’이라는 의미보다는 전자의 세 가지 경우가 일단은 우선시될 것이다.

사회의 일에 중점을 두다 보면, 자연히 며느리, 아내, 엄마라는 세 가지 버뮤다 지점에서 머뭇거리게 된다.

그때 아무런 질책이나 죄책감 없이 넘어갈 수 있을까? 사회에서의 일 때문이란 건 여자에게 안전한 면죄부가 되지 못하는 게 현실이다.

대부분의 남편들 역시 아내가 아무리 능력이 많아도 일단은 아내와 엄마로서 최고가 되기를 바란다. 우선시하는 건, 집안에서의 여자이지 밖에서의 여자가 아니다.

그런 현실에서, 여자들의 투쟁은 점점 더 고독해질 수밖에 없다. 사회생활을 지속하기 위해서는 어떻게든 가정생활까지 완벽하게 해야 하는 것이다. 사회는 저절로 여자들에게 원더우먼을 요구하고 있다. 실제로 그 모든 걸 해낸 여자가 있다면, 그녀야말로 대단한 사람이다. 명예의 전당에 이름을 올려야 할 사람은 바로 그런 주부들이다.

당자는 애초에 자신이 그런 대단한 여자가 될 수 있다는 생각은 하지 않았다. 원더우먼에의 욕심이라니, 한심한 노릇이다. 생산적인 사고로 보더라도, 안 되는 것 몇 가지는 얼른 포기하고 되는 쪽에 열정을 쏟아야 어떻게든 먹고살아지지 않겠는가. 그런 이유로 결혼을 포기한 걸로 지탄을 받는 세상도 아니니.

애초에 원더우먼이 될 수 없다는 걸 알고 있다면, 즉 '가정 안에서의 여자'와 '사회에서의 여자'를 모두 완벽하게 해 낼 자신이 없다면, 둘 중 하나를 선택해야 한다.

당자가 선택한 쪽은 '사회에서의 여자'였다. 꼭 두 가지를 다해야 한다고 강요받는다면 어쩔 수 없지만 누가 뭐 하러 그런 헛짓거리를 하겠는가. 뒤집어보면 '가정에서의 여자'를 최우선으로 삼는 여자들도 동급으로 많을 테니까 세상은 유지된다. 우선시하는 개인의 취향이 다를 뿐, 결국 통계는 쌤쌤일 것이다.

가정 안에서 행복하고 싶으면 그러면 되고, 자유로워지고 싶으면 자유로워지면 된다. 뭐가 더 나은 판단이라는 건 직접 경험해보지 않고는 알 수 없다. 만약 나중에 생각했을 때 잘못된 판단이었다고 하더라도, 지금 이 순간 그게 정의라고 생각하면 따를 것이다.

게다가 김당자와 최기찬의 역할은 처음부터 뒤바뀌었다. 먼저 찍어서 유혹을 한 건 김당자 쪽이다. 기찬이 책임을 질 이유가 없다. 당자에게는 해당되지 않는 단어였다.

당자는 낮게 웃으며 시니컬한 어조를 이어갔다.

"기껏 하룻밤 같이 잤다고 평생 책임을 져요?"

기찬의 미간이 좁혀졌다. 반듯한 눈썹이 위로 치켜 올라갔다. 시종일관 부담스러울 정도로 진지하고 열정적이던 눈동자도 천천히 식고 있었다.

어쩔 수 없이 올라오는 미안함과 씁쓸함을 뒤로 미루며 당자는 더욱 박차를 가했다.

"지금 시대가 어떤 시댄데 사랑도 없이 평생을 같이 살아요?"

사랑도 없이, 라는 말이 기찬의 심장을 생각보다 더 아프게 후벼팠지만 기찬은 그녀의 말을 일단 인정하기로 했다. 짧은 시간 몇 번 만난 걸로 그녀에게 사랑이 생겼을 리 없다. 자신의 마음은 '사랑의 시작'이라고 확신하고 있었지만, 여자의 마음은 또 다를 수 있으니.

"당자 씨, 사랑은 변합니다. 사랑보다 더 중요한 건 신의예요. 사람은 신의가 있어야 합니다. 그게 있는 사람은 절대 변하지 않아요."

"무슨 말인지는 알겠어요. 그렇지만 여자들이 원하는 건 사랑이에요. 사랑이 있고, 그 다음에 신의가 있어야죠."

결혼이라는 확실한 질량을 막기 위해, 불확실하기로 유명한 사랑의 부피로 대응을 한다.

한동안 당자를 빤히 쳐다보던 기찬이 굳은 듯 무거운 입술을 열었다.

"당자 씨에게는 하룻밤이 그렇게 하찮은 것이었습니까?"

"후후, 요즘 세상에, 하룻밤 같이 잤다고 책임진다는 게 좀 우습지 않아요? 하룻밤 잔 걸로 책임진다면, 내 인생 책임질 남자 한 트럭도 넘겠다."

기찬의 눈빛이 싸늘해졌다.

당자는 그런 그를 흘끗 쳐다봐 주며 떠보듯 말을 보냈다.

"기찬 씨도 처음은 아닐 것 아녜요."

"처음입니다."

"아니, 나이가 몇인데… 농담하지 마시고."

지금의 그 냉철한 이성이 정립되기 이전에 어쩌다가 한 번 정도는, 아니 남자들은 그 왜 군대 가기 전에 딱지를 떼기도 한다니까…….

"농담 아닙니다."

기찬의 눈빛은 확고하기만 했다. 그가 저런 눈빛까지 하고서 거짓말을 할 사람이 아니란 건 이미 알고 있다.

이 남자는 정말… 지하 153미터에서 천연암반수를 퍼낼 때 함께 딸려 올라온 건가? 골치 아프다, 정말.

하지만, 지금 와서 그게 무슨 상관일까. 처녀도 아닌 총각의 순결을 좀 훔쳤다고, 절도죄라도 성립된다면 몰라도.

"노처녀로 있으니까 이런 영광도 다 보네요. 이럴 땐 만세삼
창이라도 해야 되는 건데."

왜 그런 식으로 말을 하는 겁니까.

기찬의 까만 눈동자에 그런 비난의 기색이 어려 있는 것 같다.
의식적으로 그 눈을 피한 당자는 아무 일도 없었다는 듯 산뜻한
미소를 만들어 냈다. 투쟁과 같았던 그와의 만남에서, 마지막만
은 그 누구보다 쿨하게 끝맺고 싶으니까.

"아무튼, 오랫동안 잊어버리진 않을 것 같네요. 그럼, 제가 좀
바빠서. 먼저 일어날 게요."

자리에서 일어났지만 기찬은 부르지 않았다.

당자는 기찬이 무슨 생각을 하고 있는 건지 흘끗 쳐다볼 생각
도 않고 그대로 카페를 나갔다. 이별의 순간만은 냉정하게, 어줍
지 않더라도 그게 상대방을 위한 최대한의 배려라고.

기찬은 당자의 뒷모습을 빤히 쳐다보고 있었다. 이런 감정을
인간에 대한 실망이라고 해야 하나, 그 실망 때문에 슬프다고 해
야 하나. 허무하다고 해야 하나.

'하룻밤 잔 걸로 책임진다면, 내 인생 책임질 남자 한 트럭도
넘겠다.'

기찬에게 슬픈 건 바로 그 말이었다. 적어도 당자에게서 아주
어렵게 발견한 순수 속에는 그런 말을 아무렇지도 않게 내뱉을
수 있는 악랄함과 무심함은 없었다. 그게 너무나 허탈해서 기찬
은 쓰리기까지 했다. 처음으로 느낀 사랑이라는 감정은 생각했
던 것보다 더욱 어려운 것이라, 기찬은 한동안 움직일 수조차 없

었다.

러브호텔에서 자신의 팔 안에 감기듯 안겨오던 그녀의 보드라운 몸이, 가쁜 호흡을 뿜으며 열정적으로 맞춰오던 촉촉하고 뜨거운 살갗이 떠오르자 기찬은 흠칫 놀라고 말았다. 하필이면 낯뜨거운 생각이 밀려와 기찬은 죄지은 사람처럼 찔려서 흠흠 헛기침을 하며 주변을 둘러보았다. 당연히 이런 속마음을 읽고서 집중해 오는 시선이 있을 리 없었다.

다른 사람에게 들키기 싫은 자신만의 감정이라는 건 이렇게 아주 여러 가지가 아닐까. 그래도 꼭 알아주었으면 하는 감정이라는 것도 있는 것이다. 기찬은 지금 자신의 마음속에 일고 있는 진심을 그녀가 꼭 알아주기를 바랐었다.

이런 시점에서 갑작스레 고백을 하면 그녀가 당황하리라는 생각은 했었다. 하지만 그렇게나 친근하게 다가오던 사람이 갑자기 더없이 차가운 기색을 하니, 기찬은 마음이 추워졌다.

여자들이 심경의 변화를 자주 일으킨다는 사실은 여자에 대해 얄팍한 지식을 갖고 있는 기찬으로서도 알고 있었다. 하지만 당자가 그렇게 나오니 무척 속이 상했다. 막상 부담스러운 말을 하니 정이 떨어진 걸까? 경솔한 행동이었나? 하지만 자신은 책임질 일을 해 버렸고…….

'사랑도 없이 어떻게 평생을 같이 살아요?'

기찬은 손을 들어 이마를 짚었다. 사랑을 확신하지 못하는 그녀, 하지만 기찬 역시 사랑이라는 감정에 아직 문외한이기는 마찬가지였다. 그러니 좀 더 확실하게 잡지 못한 거겠지.

“……겁쟁이구나.”

지친 입술에서 기찬의 낮은 목소리가 흘러나왔다.

밖으로 나온 당자는 가만히 자신의 배를 만지다가 손을 멈추었다.

“아가야, 미안해. 엄마가 좀 나빴지? 그래도 엄마는 잘 한 거라 생각해. 이제 다시는 아빠를 못 볼 거야. 오늘부터 아가랑 엄마하고만 사는 거야. 알았지?”

엷게 젖은 목소리가 조용히 공간으로 퍼졌다.

천천히 고개를 돌려 카페 안쪽을 쳐다보았다. 기찬의 모습은 이미 여러 가지 벽들에 막혀 보이지 않았다.

처음부터 이미 결정되어 있던 일이다. 애초부터 감정에 흔들릴 정도의 의지였다면 이런 일에 덤벼들지도 않았다. 어떤 흔들림이 있어도 다 쳐낼 각오를 하고서 시작한 것이다. 감정은 이미 흔들렸을지라도, 결론은 바뀌지 않는다.

“……미안해요. 이건 진심이에요.”

두 번 다시 이렇게 아픈 말을 그에게 하는 일이 없기를. 이번이 끝이라고 생각하며, 당자는 발걸음을 돌려 당당하게 앞으로 걸어갔다.

“그, 그런…….”

당자는 황당한 얼굴로 앞에 앉은 여의사를 바라보았다. 여의사는 차분한 가운데 어쩐지 동정의 기색이 있는 표정으로 당자를 가만히 응시하고 있었다.

갑자기 배가 살살 아파온 건 회사에서 패션 사진을 선정하고 있을 때였다. 당자는 불안한 마음을 누르며 곧바로 화장실로 달려가 속옷을 살폈다. 순간 새된 비명이 터져 나왔다.

"하, 하혈……!"

새파랗게 질린 당자는 곧바로 차를 몰아 병원으로 달려갔다. 핸들을 돌리면서도 미친 듯 초조하고 불안했다. 오로지 아무 일이 없기만을 절실하게 바랄 뿐이었다.

"아이를 많이 기다렸죠?"

여의사가 엷게 미소를 띠며 물어 왔다.

기다린 건 당연한 거고, 지금 알고 싶은 건 괜찮은지 어떤지 그게 궁금한 건데. 아무리 절실하게 물어도 시종일관 저렇게 미소를 담은 눈으로 바라보는 것이다.

웃으니 안정이 되긴 한다만, 여기 병원은 의사가 상담 대신 웃는 걸로 처방을 하나? 그만 좀 웃고 대답을 해 달란 말이에요.

당자는 실없는 사람처럼 따라 웃으며 다시 물었다.

"자리는 잘 잡은 거죠? 착상할 때 조금씩 하혈을 한다는 얘기를 들은 적이 있어요. 그러니까……."

"임신이 아니에요."

가위로 삭둑 자르듯 나온 말에 당자는 금방 이해가 가지 않아 고개를 갸웃거렸다.

"네?"

"그냥 생리예요."

이번에는 당자가 피식 웃었다.

"생리라뇨?"

너무 황당해서 일순 생리가 뭔가 했다.

"도대체 무슨 말씀을 하시는 거예요? 전 아기에게 아무 이상이 없는 건지 알아보려고 온 건데."

말이 안 된다. 지금 누굴 바보로 아는 건지. 분명히 임신 테스트도 해 봤고…….

비웃으며 생각하던 당자의 얼굴에서 천천히 웃음기가 사라졌다. 곧이어 핏기가 싸악 가시는 충격과 함께 망연자실해 있는 그녀에게, 의사의 첫 번째 의학진단이 떨어졌다.

"아마, 상상 임신을 한 것 같아요."


당자는 착잡한 얼굴로 편집장실로 돌아와 털썩 주저앉았다.

……상상 임신이란다.

"가임신(假妊娠)이라고 해요. 보통 갱년기에 가까운 여성이나, 임신을 갈망하는 젊은 여성에게 나타나는 증상이에요."

정신적인 원인에 의한 내분비 이상이라고 했다. 그러니까 이것도 병명이라는 말이다.

거기까지 생각하던 당자의 얼굴이 새하얘졌다. 하필이면, 난데없이 기찬에게 내뱉었던 말들이 폭격 수준으로 떠오른 것이다.

당자는 딱딱 아파오는 관자놀이를 사정없이 누르며 입술을 깨물었다.

"요즘 세상에, 하룻밤 같이 잤다고 책임진다는 게 좀 우습지 않아요? 하룻밤 잔 걸로 책임진다면, 내 인생 책임질 남자 한 트럭도 넘겠다."

분명히 이 입으로 그렇게 나불거렸지? 아아, 미친 것. 트럭말고 리어카 정도로 할걸!

"으으……."

당자는 양손으로 머리를 감싸 쥐며 괴로움의 신음을 쏟아냈다. 그때 급격히 싸늘해지던 기찬의 표정이 지금에야 옥죄이듯 인식이 되고 있다니.

하지만 그때는 어쩔 수가 없었다. 나름, 상처를 덜 주기 위해 눈물을 참고 스스로의 인격을 깎아내린 게 아닌가.

그럼, 결혼하자는 데 어떻게 하란 말이야! 누가 상상임신일 줄 알았냐고. 무슨 임신에도 구라가 다 있고 난리야!


"상상임신이라니요? 속도 안 좋고, 입덧도 하고, 배까지 불러왔단 말예요."

당자는 매달리듯 절절하게 여의사에게 외쳤다.

오늘이 만우절인가? 다 뻥이죠? 네?

애원하듯 의사를 바라보았지만, 의사는 잔잔한 미소를 띤 채 충격적인 두 번째 의학진단을 내려주었다.

"그럴 수 있어요."

"……."

의사들은, 어쩌면 '냉정함' 으로 학위를 따는 것일까? 어떻게 저런 충격을 저리도 상냥하신 얼굴로 후려쳐 주실 수 있는지.

"아이를 오랫동안 기다린 사람들이 종종 상상임신을 해요. 월경이 멈추기도 하고, 복부팽창이나 태동을 느끼는 환자까지, 실제 임신의 자각증세를 똑같이 느낀다고 호소해 와요. 신기한 건, 그런 사람들이 진짜 임신한 사람들보다 더 심하게 입덧을 한다는 거예요."

실의에 빠진 당자에게 그런 보너스 어퍼컷을 날려주는 것도 잊지 않았다.


그야말로 기가 막힐 노릇이었다. 겨우 상상임신에 한껏 부풀어선 그 진지한 남자를 축구공 마냥 걷어차고 멸시했으며, 클래식을 틀어놓고 뺄짓을 한 것도 모자라, 굽 낮은 구두를 신고 더없이 조심스럽게 걸었더란 말이다!

그동안의 모든 일들이 주마등처럼 스치고 지나가자, 임신의 공중폭파 사실을 슬퍼할 겨를도 없이 일단 쪽팔림에서 벗어나는 게 급선무였다. 어디까지가 삽질 인생인 건지, 기찬의 앞에서 더 이상 삽질할 수 없어 도망치듯 나왔더니…….

"이제는 아예 포크레인으로 땅을 파고 있었네 그려."

창피해서 누가 볼까 무섭다는 거, 바로 지금 쓰는 말인가 보다. 도대체 자신의 어떤 정신적인 압박감이 그런 상태로까지 진전되었단 걸까. 임신 테스터에 나타난 선은 분명히 두 줄이었다. 그렇다는 건, 그 순간까지 착시를 했다는 말이다.

이해할 수 없다. 매직아이도 단번에 꿰뚫는 이 예리한 눈이?

"좀… 피곤해서 그런 거겠지."

당자는 양 팔꿈치로 테이블을 누르며 중얼거렸다. 김당자가 상상임신에 휘둘리다니, 아무리 생각해도 인정할 수가 없었다. 그러나 그건 분명한 사실이었다. 아무래도 너무 조바심을 내서 그런 게 아닐까.

"좀 더 마음을 편하게 가져야 해."

당자는 다시 한 번 차분하게 자신을 정리해 보았다. 천천히 시선을 내려 아래를 내려다보았더니, 안개가 걷힌 시야에 들어오는 아랫배는 어떤 변화도 없었다. 분명 볼록 나와 보였었는데…….

똥배를 착각한 거였나.

"김당자에게 똥배라니, 참을 수 없어."

지금은 그런 것보다 우선시해야 할 일이 있었다.

당자는 서랍을 열어 기찬의 파일을 찾아 다시 펼쳐 보았다. 한 손으로 턱을 괴고서 서류를 뒤적였다.

상상임신으로 인한 계획의 대실패. 하지만 비록 상상이긴 했지만 아이가 생겼다고 생각했을 때의 충만감. 아직은 포기할 수 없는 마음.

한 번 실수는 병가지상사.

실패는 성공의 어머니.

돌다리도 두드려보고 건너라… 는 아니고.

"결국, 이 인간을 다시 유혹해야 된단 말이지?"

결론은 그것이었지만, 필시 떡 줄 사람은 생각도 안 하고 있을

터였다. 그 뿐이랴, 다시 눈앞에 나타나면 김칫국물에 말아서 한
강에 버려버릴 지도 모른다.

　모진 말들을 쏟아낼 때 낮은 원망을 담아 쳐다보던 눈빛이 떠
올랐다. 진지하게 자신의 마음을 전하던 듣기 좋은 목소리가 되
살아났다. 따뜻한 커피에 녹아드는 아이스크림처럼, 차갑기만
하던 남자는 어느새 누구보다 부드럽고 감미로운 남자가 되어
있었는데.

　그래, 그렇기 때문에 오로지 그일 수밖에 없는 것이다. 다시
시작하려면 반드시 그 남자여야 했다. 제 2의 최고 유전자를 찾
아야 한다는 게 귀찮은 작업이긴 했지만, 단지 그 이유 때문에
기찬에게 회귀를 하려는 건 아니었다. 꼭, 이 뱃속에 품을 유전
자는 그의 것으로 하고 싶었다.

　"근데 뭘 어떻게 해?"

　볼펜을 집어 신경질적으로 튕기며 낮은 한숨을 흘렸다.

　"정이 뚝 떨어졌을 텐데, 무슨 수로 다시 작업을 하냐고. 콧등
에 땀난다, 정말."

# 임신은 99%의 노력과 1%의 타이밍?

당자의 〈최고 유전자 찾기〉에 버금가는 한영의 〈가짜 애인 만들기〉 계획은 당자, 용구, 돌순과 그 계획의 수혜자가 될 한영이 동시에 머리를 맞댄 끝에 나온 최선의 대책이었다. 어떻게 해서든 윤석을 되찾고 싶다는 한영의 뜻이 확고해서, 친구들은 욕을 하면서도 일단 계획을 짜기로 했다.

인파로 가득 찬 넓은 호프집에서 맥주를 마시며 돌순이 투덜거렸다.

"찬이까지 외면한 걸 보면, 눈에 뭐가 씌어도 단단히 씐 거야."

"아, 정말 짜증나. 다리 밑에서 주워온 마누라도 아니고, 검은 머리 파뿌리 되도록 같이 살자고 맹세를 했으면 죽이 되든 밥이 되든 지지고 볶고 살아야 될 것 아냐. 미친 놈.”

“……김 실장.”

용구가 한영의 눈치를 보며 말리듯 쳐다보았다.

그러나 당자는 내가 뭐 못할 말 했냐는 눈으로 자기 할 말만
했다.

“자신 없으면 나처럼 혼자 살든지. 아버지 자격도 없는 것들
이 꼴에 남자라고 꼭 꼴값을 떨어요.”

“야! 넌 무슨 말을 그렇게 해? 꼴값이 뭐야?”

“넌 그렇게 당하고도 네 남편 편들고 싶니? 정신 차려. 이미
버스는 떠났어. 네가 바짓가랑이 붙든다고 돌아올 것 같아?”

아이고, 요놈의 입이 미쳤나. 왜 이렇게 브레이크가 안 걸리
냐. 아무리 구질구질하게 죽상을 쑤고 앉아있어도 위로해 줘야
지 생각하고 나왔는데.

“네 일 아니라고 함부로 말하지 마. 우리 친척 언니도 이런 일
로 죽어라 싸웠는데, 그때만 넘기니까 지금 잘 살고 있어.”

“그래, 돌아온다고 쳐. 넌 다른 여자와 살 섞은 남자랑 같이
또 살고 싶냐?”

“그래, 너같이 똑똑한 년은 무 자르듯이 싹둑 잘라버리겠지
만, 난 이혼이 무서워. 혼자 사는 것도 무섭고. 우리 찬이, 아빠
없이 혼자 키우는 것도 무서워. 네가 내 맘을 알기나 해?”

“이것들아, 그만 좀 해라! 이 마당에서도 싸우냐? 으휴, 징그
러운 것들.”

돌순이 질렸다는 얼굴로 투덜거렸다. 용구도 ‘그만 하지?’ 란

표정이다.

그제야 급브레이크를 끽 밟은 당자는 한숨을 폭 쉬며 한영을 쳐다보았다.

"그래, 미안하다. 내 성질 너도 알잖아. 남자 바람 피우는 꼴은 죽어도 못 보는 거."

한영은 쉽게 마음을 풀지 못했다. 눈물까지 속눈썹에 맺혀 있다.

돌순이 분위기를 참지 못하고 얼른 화제를 돌렸다.

"그러니까, 넌 어떻게 해서든 찬이 아빠를 데려오고 싶다는 거 아냐."

"데려오고 싶은 게 아니라, 꼭 데려와야 해."

"눈깔딱지에 콩깍지가 확 씌었는데, 어떻게 데려 오냐."

"그 콩깍지라는 게 한때일 수도 있어. 만약 그런 거라면 일이 더 커지기 전에 데려와야지."

모두들 한마디씩 주고받는 가운데, 당자는 물끄러미 한영의 얼굴만 쳐다보고 있었다. 말은 그렇게 모질게 했지만 자신도 한영을 그렇게 몰아붙이고 싶지는 않았다. 그런데 꼭 얼굴만 보면 이렇게 염장을 지르게 되는 것이다.

사랑뿐이라면 벌써 파괴되었을 상황이다.

작은 오해나 질투에도 전체가 전복되는 연약한 감정인 사랑일 뿐이었다면, 절대 이런 매달림이 있을 수 없다. 한영이 윤석에게 바라는 것은 '책임감'이라는 단어 하나로 축약될 지도 모른다. 그가 책임감을 인식해주면 더 이상의 나쁜 일도 없을 텐데.

파괴하기는 쉽다. 지켜내기가 어렵지. 사람 속을 드륵드륵 긁고, 철없는 미시처럼만 보이는 한영도 가장 중요한 이치만은 알고 있다.

근데 그놈은 그걸 모른다.

왜 매달리는 것 같니? 네 놈이 그렇게 잘나서 매달리는 것 같니? 단지 사랑처럼 쉽게 식는 감정에만 치우칠 거라면 뭐하러 결혼이라는 이름을 따로 붙였어. 그럴 거면 붙이지도 마. 애초에 하지도 마.

"그러니까, 어떻게 데려오냐구?"

돌순의 말에 용구가 턱을 짚어가며 중얼거렸다.

"질투심을 이용하는 게 제일 빠르긴 한데……."

"질투심? 질투 나게 하려면 맞바람 피는 수밖에 없잖아."

"진짜 맞바람을 피는 게 아니라 속임수를 쓰는 거지. 가짜 애인을 구해서 바람을 피는 척. 감정이 조금이라도 남아 있으면 째깍 반응이 나타나."

물론 좋은 방법이다. 그러다가 완전히 가 버릴 수도 있다는 위험 요소도 품고 있지만, 여자의 질투보다 남자의 질투가 더 무섭다는 일반론에 약간 기울고 있는 상황이었다.

"만약 그런데도 간다고 하면 남은 감정 찌꺼기도 없다는 겁니다. 그때는 미련 없이 보내요."

용구는 깔끔하게 이 계획의 마지막 방향까지 제시했다. 그러니 어차피 가는 거라면, 밑져야 본전이었으니 한영으로서도 딱히 거부할 이유가 없었다.

"어차피 이혼 당하는 거, 가만히 앉아서 당할 수만은 없잖아요. 이럴 땐 젊은 남자랑 진짜 맞바람을 피워버려야 속이 시원한데. 이혼할 때 하더라도 화끈하게 복수라도 하잖아."

용구의 말이 맞기는 했지만 한영은 한숨만 나왔다. 가짜 애인을 만들겠다는 계획에는 찬성한 상태였지만 화끈하게 복수를 하겠다는 일념도 별로 없거니와, 무엇보다 젊은 남자가 어디에 흔한가 말이다.

"근데, 용구 씨. 애인 해줄 사람을 어디서 구해요?"

"없으면 애인대행회사에 부탁해야지 뭐."

별 회사를 다 아네.

하지만 돌순의 말에 용구가 끼어 들었다.

"적당한 친구가 하나 있긴 한데. 체격도 좋고……."

"잘 생겼어? 찬이 아빠도 보통이 넘는데, 더 젊고 잘 생겨야지."

"잘 생겼어."

"날라리는 아니지?"

"아냐. 굳이 말하자면 자유주의자라고나 할까. 구속받는 걸 싫어해. 차 끌고 다니는 걸 보면 집에 돈도 좀 있는 것 같고. 외국생활을 많이 해서 그런지 사고방식은 틔었어. 사람이 밝아. 서준수라고 모델이야."

"서준수? 캬, 이름도 좋고 상황도 딱이네."

돌순이 반색하는데도 한영은 그저 지켜보기만 했다.

"뭐야? 서준수 말하는 거였어?"

"김 실장은 알지? 괜찮은 녀석이잖아."

"뭐어 그렇긴 하지만……."

모델 서준수라면 당자도 알고 있다. 용구가 이런 일에 끌어들일 인물로 지목할 만큼 성격도 깔끔하고 확실한 남자다. 그녀도 나름대로 다른 방법을 찾아보았지만 딱히 잡히지가 않았다. 그렇다고 아무 남자나 함부로 소개시켜 줄 수도 없고. 무엇보다 이건, 연극이어야 하니까.

"근데, 이런 부탁을 들어줄지 그건 잘 모르겠어. 심각하고 복잡한 건 딱 질색해 하거든."

"형?"

갑작스럽게 들려온 굵직한 목소리에 모두의 시선이 소리가 나는 쪽으로 돌아갔다.

"김 실장님도 계시네요?"

"아아… 호랑이네?"

당자의 말에 남자가 고개를 갸웃거렸다. 제 말 하면 나타난다는 그 호랑이라는 뜻이었는데, 못 알아들은 모양이다. 용구가 우연을 반기며 말했다.

"괜찮으면 잠깐 앉았다가 갈래?"

"일행이 많은데 내가 있어도 돼? 김 실장님, 저 앉아도 될까요?"

"그럼요, 앉아요."

더없이 좋은 기회인 걸.

"여긴 내 와이프……."

용구가 살짝 눈짓을 하며 돌순을 소개시키고 이어서 한영에게도 인사를 시켰다. 돌순과 당자를 필두로 밝은 분위기가 이어졌다.

"그리고 이쪽은 모델 서준수 씨."

순간 돌순의 눈이 반짝 빛났다. 그러니까 용구가 소개하기 전에 보낸 눈짓이 바로 그 의미였나 보다. 우연이라면 매우 합리적인 우연이다.

당자가 말한 호랑이는 이것이었나?

상황을 파악한 돌순은 바로 포섭 작전에 들어갔다.

"어머, 모델이세요? 어쩐지 들어오는데 외모가 눈에 띄더라. 따르는 여자들도 많겠어요!"

확실히 웨이트 트레이닝이든 수영이든, 꾸준히 자신의 몸매를 관리하는 게 분명한 몸이었다. 눈도, 코도, 입술도 큼직큼직하니 서글서글하게 잘 생겼다.

돌순의 칭찬에 준수는 감사하다며 엷은 미소를 지었다.

서준수.

용구가 가짜 애인의 후보로 지목한 사람이 바로 이 사람일까?

주위에서 이런저런 대화들이 오가고 있었지만 한영은 별다른 말없이 가만히 준수를 보기만 했다.

모르겠다. 이 남자가 과연 상황을 알고서도 부탁을 들어줄지, 용구는 정말 준수에게 제의를 해 볼지, 그런 방법으로 윤석을 되찾을 수 있을지.

처음부터 그를 잘 지켰다면 이런 일은 일어나지 않았을까?

하지만 어떻게 했어야 다른 곳으로 돌려지는 남편의 눈을 막을 수 있었을까. 정말 이 상황은 어느 부부에게든 일어날 수 있는 단순한 위기일 뿐인 걸까? 그게 아니면 자신이 지금껏 잘못 살아왔다는 증거인 걸까.

모든 것을 사고 이전으로 되돌리면, 파괴되고 허물어진 그 모든 게 상처받은 감정들과 함께 고이 묻히는 걸까. 치료가 될 수 있는 걸까. 아무런 일도 없었다는 듯 돌아갈 수 있을까. 배신을 복수로 갚지 않고, 용서로 덮어 새로운 관계를 만들 수 있을까.

이대로 모든 게 끝나 아무 생각도 할 수 없게 되어 버리면 좋겠다.

하지만 눈 돌리고 싶어도 현실은 눈앞에 모질게도 버티고 있기에, 한영은 무너지려는 걸음을 한 발 내딛을 수밖에 없었다. 이따금씩 당자의 시선이 한영에게 머물렀다.

⚜

돌―진!

인간 김당자, 말했듯이 미적거리기만 했으면 절대 현재의 이 위치까지 올 수 없었다. 그 사회에서의 성공법을 남자에게도 똑같이 디밀어 본다.

국내 최고의 유전자를 가진 그 남자가 이대로 손가락 사이로 빠져나가는 걸 방치해 둘 수 없었다. 그것도 자신이 나불거린 몇 마디 말 때문에.

그 당시에는 진심으로 한 말이었지만, 지금은 생판 기억이 안 난다는 이 뻔뻔함의 극치가 자랑스럽다. 하지만 화장실 갈 때 맘과 올 때 맘이 다르다는 게 상식이란 건 그 남자도 알 테고.

대학캠퍼스로 당자의 차가 미끄러지듯 진입했다. 기세등등하게 내린 당자는 곧바로 기찬의 연구실로 찾아갔다. 또각또각 걷는 그녀의 손에 다 죽어가는 분재가 들려 있었다.

"안녕하세요?"

책을 보고 있던 기찬은 갑작스럽게 들린 목소리에 고개를 돌렸다. 뜻밖의 인물이 서 있었지만, 오래 보고 싶은 얼굴은 아니었다. 마지막인 것처럼 하고서 먼저 나가버린 사람은 그녀가 아니었던가? 그런데 왜 또 이렇게 확실한 표정으로 여기까지 찾아온 걸까. 자신의 기분에 맞춰 제멋대로 행동하는 게 취미라면 악취미다.

기찬은 냉담하게 쏘아보던 시선을 그나마 훌쩍 거두어버렸다.

"……왜 왔습니까."

심하게 딱딱하다. 게다가 표정은 완전히 김당자라는 여자를 지워버린 것처럼 싸늘하다.

그녀를 보고 싶지 않았다. 그동안 수목원을 거닐면서 더없이 많은 고민을 했다. 강의를 하면서도 생각에 빠져 실수를 한 적이 한두 번이 아니다.

그로서는 처음 있는 일이었다. 계속해서 떠오르는 건, 그녀 때문에 실망한 순간이 아니라 친밀하게 미소짓던 모습이었다. 그게 기찬을 더욱 속상하게 했다. 그녀가 제의한 게 이별이라면 마땅히 그렇게 해야 하는데, 왜 생각처럼 잘 끊어지지 않는 건지 스스로도 자신의 감정이 신기했다.

하지만 이렇게 전혀 아무 일도 없었던 사람처럼 다시 쳐들어오자, 남아있던 애틋함도 사라지는 것 같았다. 아무렇지도 않게 표정을 바꾸는 그녀란 사람이 당황스럽다. 그동안 요상한 행동들을 수없이 보이기는 했지만 가벼운 사람이라는 생각은 하지 않았었는데, 지금은 가볍게 보였다.

'큰일이야. 얼른 내보내야 해.'

'큰일이야. 얼른 마음을 잡아채야 해.'

완벽한 동상이몽이 기찬의 사무실을 예리하게 파고들었다. 기찬의 표정이 생각보다 더 썰렁해 당자의 심장이 복작거렸지만, 그녀는 결연한 얼굴로 다가섰다.

탁!

가지고 온 분재를 책상 위에 소리나게 내려놓자 기찬이 무심한 눈으로 분재를 쓱 쳐다보았다. 당자는 한 걸음 쓰윽 물러나 그가 보는 앞에서 무릎을 척 꿇었다.

"……!"

당자의 황당한 행태에 잠시 할 말을 잃은 것 같던 기찬이 곧 눈을 크게 뜨고 버럭 소리쳤다.

"지금 뭐하는 짓입니까!"

"살려주세요! 이 나무 좀 제발 살려주세요! 이 나무가 죽으면 나도 죽어요!"

이해할 수 없는 말에 기찬의 눈이 멈칫했다.

이럴 때, 고삐를 잡아당겨!

"엄마가 애지중지 키우시던 건데 돌아가시면서 저한테 맡겼어요. 저한테는 이 나무가 엄마나 마찬가지예요. 부탁드려요. 꼭… 살려주세요."

분재보다 자기가 살겠다는 일념으로 눈물까지 그렁거리며 외쳤다. 참으로 신경이 폭발할 것 같은 일 초, 일 초가 흘러갔다. 입안이 바짝바짝 마르면서 마른침이 넘어갔다.

꼴!

그래도 안 돌아봐 주면 어떻게 하지?

깍!

결국 기찬이 쌀쌀함을 조금 푼 표정으로 한숨을 폭 내쉬었다.

"알았어요. 알았으니까 일단 일어나요."

……십년감수했다, 정말.

그러나 당자는 고삐의 끈을 늦추지 않고서 재차 말했다.

"약속해줘요. 살려주겠다고 약속하면 일어날게요."

기찬은 난감한 얼굴로 당자를 내려다보았다. 도대체 또 무슨 일을 꾸미고 있는 건지 짐작하기도 어려웠다. 식물이라면 도저히 그냥 지나칠 수 없으니, 아무리 당자가 미워도 완전히 고개를 돌릴 수는 없었다. 그렇다고 눈에 빤히 보이는 당자의 이기적인 고집을 용납하기도 싫었다.

똑똑.

그때 노크소리와 함께 불쑥 들어선 조교가 눈앞에 펼쳐진 상황에 놀라 우뚝 멈춰 섰다. 눈에 확 띄게 차려입은 여자가 왜 교수님 앞에서 무릎을 꿇고 있는 건지.

조교의 표정에서 당황한 기색을 읽은 기찬이 어쩔 줄을 몰라 하며 양쪽을 번갈아 보자 조교는 얼른 밖으로 나갔다.

문이 닫히자 관자놀이를 꾹 누른 기찬이 버럭 소리쳤다.

"빨리 일어나요!"

"약속하기 전에는 안 일어날 거예요."

골치 아픈 여자다. 어쩌면 세상에서 제일…….

"알았어요. 약속할게요."

"고마워요."

그제야 당자가 일어났지만 기찬은 차가운 눈으로 외면해버렸다.

다른 곳을 보고 있는 남자의 무감동한 시선을 보는 게 생각보다 더 착잡했다. 이래서야 완전히 초반으로 돌아간 꼴이다. 뭐, 그럼 또 어때. 새로 시작하는 기분으로 하면 되지.

아무튼 고집도 센 남자예요, 으이그!

당자는 삐죽거리며 기찬의 뒤통수로 주먹을 들어 보였다.

그 모습이 창가로 비치고 있다는 것도 모른 채 쇼를 하다가 기찬이 날카로운 눈으로 휙 돌아보자 얼른 시선을 다른 곳으로 던지고는 태연하게 말했다.

"무인도에서 멧돼지가 덤빌 때, 내가 교수님 구했잖아요. 그러니까 이번에는 교수님께서 살려준다 생각하시고 꼭 도와주세요. 그럼, 연락 기다릴게요."

연구동의 현관을 걸어 나온 당자는 고개를 돌려 연구실을 올려다보았다. 한동안 시선을 두고 있다가 자동차로 옮겨가면서 못내 안타까운 마음에 중얼거렸다.

"한 트럭 얘기만 안 했어도 쉽게 재작업하는 건데. 어이구, 이 여자야, 그러게 앞뒤 생각지도 않고 막말을 하면 어떡하냐? 최소한 기댈 구석은 남겨뒀어야지."

곧 죽어도 본질은 생각하지 않고서 자기 좋을 대로 생각하는 인간 김당자는 태연히 차에 올랐다.

"남자들은 기본적으로 여자의 눈물에 약한 동물이니까 분명히 움직일 거야. 네가 그 나무를 살려오면, 이 인간 김당자 아직 안 죽었다는 뜻이고, 그 나무를 죽이면… 그래, 내 팔자에 아이가 없는 걸로 알고 조용히 포기한다."

그녀는 산뜻하게 결론을 내리고 시동을 걸자마자 출발했다.


기찬은 연구실 창가에 기대서서 당자의 차가 주차장을 빠져나가는 모습을 지켜보고 있었다. 잠시 내려다보던 그는 곧 의자에 앉아 가만히 분재를 바라보았다.

"살려주세요! 이 나무 좀 제발 살려주세요! 이 나무가 죽으면 나도 죽어요!"

본인이 〈마지막 잎새〉의 주인공이라도 된다고 생각하는 건지 그녀가 외친 말을 떠올리자 기찬은 어쩔 수 없이 짧은 웃음을 흘렸다.


—무인도에서 멧돼지가 덤빌 때, 내가 교수님 구했잖아요.

-내가… 교수님 목숨 구했어요. 생명의 은인이에요. 잊어버리면 안 돼요.

-지금 시대가 어떤 시댄데 사랑도 없이 어떻게 평생 같이 살아요?

-정말 죄송해요. 날도 덥고 해서 물을 자주 줘야 되는 줄 알았어요.

-요즘 세상에, 하룻밤 같이 잤다고 책임진다는 게 좀 우습지 않아요?

-가만있어요!


인정하고 싶지는 않았지만, 그녀가 자신에게 던진 작은 말과 모습 하나하나까지 이제는 어쩔 수 없을 만큼 깊이 새겨져 있었다.

기찬은 주먹을 입술에 대고 깊은 생각에 빠졌다. 그녀는 분명 자신을 거절했다. 하지만 자신은 그녀를 지켜주기로 결심했었다.


-당자 씨를 책임지고 싶습니다.


그 말은 가벼운 거였나? 내 의지가 그렇게 약한 것이었을까?

그가 반한 여자는 종잡을 수 없는 사람이었지만, 그녀가 어떤 모습을 보인다고 해도 '김당자' 인데. 그녀의 차가움은 진심이었다. 그렇다고 해도 그녀가 내민 거절에 쉽게 물러난 사람이 자신이란 것도 사실이다.

모르겠다. 똑같이 반응하는 게 옳은 건지, 좀더 깊이 생각해 봤어야 하는 건지.


−당자 씨에게 하룻밤이 그렇게 하찮은 것이었습니까?


하필이면 가장 상처를 받았던 순간의 일이 떠올랐다.

"알았어요. 금방 내려갈게요."

당자는 환한 얼굴로 수화기를 내려놓았다. 어쩔 수 없이 올라오려는 악마적인 웃음을 꾹 누르고 서둘러 책상을 치웠다.

"그 비실비실한 걸 살려왔단 말이지? 귀여운 자식. 그래, 오늘 내가 한턱 쏜다."

반쯤 기대하고 반쯤은 포기한 그 남자가 분재를 가지고 아래층 로비에 와 있다고 한다.

정말이지, 내가 사람 하나는 잘 봤다니까.

순간 바쁘게 사진들을 정리하던 손이 뚝 멈췄다.

"가만있어 봐. 내가 왜 이렇게 서두르는 거야? Take it easy! 성급하게 굴지 마. 오늘은 어떻게 해서든 분위기를 좋게 해서 이 김당자의 실추된 이미지를 회복해야 해."

당자는 우아한 몸짓으로 책상을 마저 정리하고는 백을 들고 사무실을 나섰다.

엘리베이터에서 내린 당자는 주위를 둘러보며 기찬의 모습을 찾았다. 역시 말쑥함 혹은 반듯함의 대명사인 그 남자는 장신을 자랑하며 프론트 옆에 우뚝 서 있었다. 당자는 프론트 위에 있는 분재를 보며 반갑게 다가섰다.

"어머! 정말 살렸네요. 고마워요. 에? 왜요?"

기찬이 마치 살피듯 그녀를 쳐다보고 있었다.

"사실……."

살린 게 아니라…….

그가 머뭇거렸지만 당자는 환하게 웃는 얼굴로 기찬의 어깨에 그 손을 척 올리고는 말했다.

"오늘부터 당신을 대한민국 최고의 식물학자로 임명합니다."

미소가 두 사람 사이를 오갔다.


대형 스크린이 있는 고급 술집에서 당자와 기찬은 병맥주를 마셨다. 어느새 둘 다 약간 술이 오른 상태였다.

"내가 볼 때, 교수님은 정말 괜찮은 사람이거든요. 근데, 왜 아직 결혼을 못했을까요? 주위에 좋은 사람도 많잖아요. 얼굴 좋고, 등빨 좋고, 머리 좋고, 성격 좋고. 미스테리야, 정말."

실추된 이미지를 회복해야 하는데, 어째서 코가 삐뚤어지도록 마시고 있는 걸까. 아무렴 어때. 맥주 맛이 이렇게 각별한데.

다행히 기찬은 학교에서 봤을 때처럼 쌀쌀맞지 않았다. 이로써 간신히 본 상태로 복귀한 것 같다.

그러엄, 김당자가 누군데!

"우리, 대학생들이 하는 진실게임이라는 거 한번 할래요?"

대답은 않고, 기찬이 뜻밖의 제의를 해 왔다.

"으음… 진실게임? 뭐, 좋아요. 대답하기 곤란하면 벌주 한 잔 마시는 거죠? 그럼 내가 먼저 할게요."

"그래요."

"왜 아직 결혼 못했어요?"

집요한 당자의 질문에 기찬이 엷게 웃더니 대답했다.

"굳이 말을 하자면, 바짝 땡기는 사람이 없었어요."

"에에? 눈이 높은가? 아! 지난번에 있잖아요. 모텔사건, 그날… 정말 처음이었어요?"

무슨 남자가 저런 질문만 하면 쑥스러움 플러스 난감 세트를 보여주는지. 저런 남자를 자빠뜨린 자신은 공로상 정도는 받을 자격이 있다고 생각하는 바다.

"……네."

"에이, 아무리……. 남자들은 군대 가기 전에 총각 딱지 떼고 그러잖아요."

"속고만 살았어요? 사람 말을 왜 그렇게 못 믿어요?"

굳이 진실게임 같은 걸 하지 않아도, 이 남자의 정직함을 어찌 의심할 쏘냐. 단지 믿기 싫어서 그럴 뿐. 하긴 진실게임 같은 건 언제나 자신을 오픈하고 있는 이런 남자에게는 마이너스를 줄 게 없다. 오로지 가식과 뻔뻔으로 점철된 김당자에게 타격이 된다면 모를까.

“참말인가 보네. 그날도 말했지만 이 나이에 별 영광을 다 보네요.”

“오늘 그 분재, 어머님 분신이라고 했잖아요. 왜 거짓말했어요?”

안주로 나온 과일을 집으려던 당자의 손이 멈칫했다.

“거짓말인 줄 어떻게 알았어요?”

“아까 그 나무, 실은 당자 씨가 가져온 거 아녜요. 그 나무는 병이 들어서 살릴 수가 없었어요. 그래서 비슷한 나무를 다시 심었거든요.”

“으음, 그걸 내가 못 알아봤구나.”

마치 넘어진 사람한테 ‘안 다친 거 아니에요?’ 라고 묻는 듯 뻔뻔한 얼굴이었다.

컵의 습한 표면을 잠시 만지작거리던 당자가 이윽고 결심한 듯 말했다.

“그래요, 기찬 씨 만나려고 그랬어요.”

“왜… 만나려고 했어요?”

글쎄요, 왜 그랬을까요? 그러는 기찬 씨야말로 거짓말인 줄 빤히 알면서 어째서 분재를 살려줬어요? 왜 그걸 갖고 와서 나한테 다시 기회를 줘요? 나한테 너무 잘해주지 마요. 내가 기찬 씨를 붙잡고 있는 건, 다시 한 번 기회를 만들려는 것뿐이거든요.

……라고 딱 까놓고 말할 수는 없으니까.

“벌주 마시면 되죠?”

말릴 새도 없이 당자는 맥주 한 잔을 스트레이트로 마셨다.

기찬은 조용히 당자의 잔을 채워주었다.

"지난번에, 당자 씨를 거친 남자들이 한 트럭이나 된다고 했잖아요. 그거 진담이에요?"

앗, 그건!

사실은 트럭이 아니라 리어커라고 말할 수도 없으니 또 벌주 한 잔이다.

기찬이 술잔을 다시 채웠다. 빈 벌주 잔을 탁 내린 당자는 속으로 시불, 시불을 되뇌고 있었다.

안 그래도 이렇게 될 줄 알았다. 진실게임의 독침에 휘청거릴 사람은 확실히 자신 쪽이다. 이대로 가면 이 가게 술을 다 퍼부어도 모자랄 게다. 슬슬 이 얄미운 게임을 중단해야…….

"수목원에서 우리가 처음 만났을 때 기억하죠? 호수에 빠진 날. 그날 정말 우연이었어요?"

캬앗! 물 만난 고기처럼 쏴대는 기찬의 질문이 드디어 가장 결정적인 수위까지 다다랐다. 때려 죽여도 그 질문에는 대답할 수 없었던 당자는 바람처럼 벌주를 들었다. 그리고 쏟아 넣으려다가 생각해보니 불쑥 화가 나서 소리쳤다.

"왜 자꾸 기찬 씨만 질문해요? 이제 그만 할래요."

에이 씨! 그만하면 뭐해. 밑천 다 드러난 걸.

대답할 수 없어 벌주를 마신다는 건, 떳떳하지 못하다는 뜻과 같다. 진실게임이라는 건 교묘한 거짓말 탐지기다. 대답을 하든 안 하든 마음속의 동요는 고스란히 상대방에게 들켜버리고 만다.

　그냥 다른 대학생들처럼, 키스는 언제 했느냐, 첫사랑은 언제냐. 그딴 거나 물으면 오죽 좋아.

　한마디 대답 없이도 대충 진실을 고한 것처럼 되어버린 당자는 억울해서 입술을 삐죽거렸다. 여기에서 더 실수하기 전에 술은 이제 그만 마셔야지.


　"전 말이에요, 여자들이 아무리 짧은 미니스커트를 입어도 섹시하지 않아요. 비키니 수영복을 입어도 전혀어, 섹시하지 않아요."

　"그럼, 교수님은 뭘 입어야 섹시하게 보야요오?"

　절대 술은 더 이상 안마시겠다고 했는데, 얼래? 언제 포장마차로 옮겨 온 거지? 어째서 이렇게 둘 다 인사불성으로 취한 걸까.

　어느 쪽이라고 할 것 없이 두 사람은 똑같이 달아오른 얼굴로 흔들흔들, 세상이 모두 내 것인 것처럼 좋아서 웃고 있었다.

　"뭘 입어야 섹시해 보이는데요오."

　"한복."

　"에에? 한복? 명절 때 입는 그 한복?"

　"그래요, 그 한복."

　"늑대 본능 빵점이네. 꼭꼭 감춰져 있는데, 그게 뭐가 섹시해요?"

　"그러게 말입니다."

　"어우동 아줌마가 입은 한복이면 또 몰라."

"그것도 엄연히 내 취향인데 너무 꼬는 것 아닙니까?"

"취향? 그렇지, 취향이지. 알았어요. 이 담에 내가 기찬 씨를 위해서, 오직 기찬 씨만을 위해서 한복 패션쇼를 한번 쏠 테니까 기대하세요오."

물론 한복보다는 속곳 위주의 패션쇼가 되겠지만.

아무튼 그 남자 취향 한번 특이하다. 저런 기세라면 이상형이, 교실 벽마다 붙어있는 유관순이나 신사임당이라고 해도 모자랄 태세다.

기찬이 퀭하게 취한 눈으로 설레설레 손을 내저었다.

"아뇨! 사양합니다. 내 앞에서 절대 한복 입지 마세요."

섹시하게 생각하는 대상이 이제부터 조금 바뀔 지도 모르겠다. 너무 섹시해서 위험할 것 같은 사람은, 한복 입은 여자가 아니라 한복 입은 김당자…….

"특히 오늘같이 취한 날은 절대 입지 말아요."

무슨 말을 들은 것도 같고, 아닌 것도 같고…….

취한 밤은 뭉텅뭉텅 잘린 채 깊어가고 있었다.


어라, 내가 지금 자고 있는 건가? 근데 어째서 내가 나를 보고 있는 것 같지? 아니 보고 있는 건 아니고, 내가 자고 있는 걸 내가 알고 있다.

자신은 편안히 자고 있었다. 늘 입고 자는 추리닝이 아닌 우아한 잠옷 차림이었다. 두 손을 가슴 위에 살포시 얹고서 마치 잠자는 숲 속의 공주 마냥 잠들어 있는데, 갑자기 방으로 대형 비단뱀이 미끄러져 들어왔다. 굵기가 어른 허리통 만한데도 놀라기는커녕 편안하고 외려 신비롭기만 하다.

스르르, 방으로 침입한 뱀은 그대로 침대를 타고 올라와 침대 속까지 파고들었다. 그리고 마치 기다리듯 조용히 눈을 감고 있는 자신의 안으로…….

헉!

벌떡 일어나 앉은 당자는 창을 통해 쏟아져 들어온 아침햇살을 느끼며 손등으로 뺨을 문질렀다.

"뭐야, 꿈이었잖아."

숙취로 머리가 딱딱 아파오는 걸 느끼며 천천히 주위를 둘러보았다. 아직 잠이 덜 빠진 눈으로 방안을 둘러보던 당자의 눈이 번쩍 떠졌다.

방이 왜 이렇게… 더럽지? 저기 넝마처럼 흩어져 있는 게, 내 눈이 잘못된 게 아니라면 한복이 맞는 거지?

한복뿐이 아니었다. 속옷하며 스타킹하며…….

흐읍!

순간 당자는 너무 놀라 호흡을 삼켰다. 널브러져 있는 자신의 옷 틈에 남자의 것으로 추정되는 바지와 셔츠가 섞여 있었다. 당자는 경악을 하며 삐그덕, 옆을 돌아보았다.

"으앗!"

이것은 실제 상황이었다. 부디 아니길 바랐지만 생전 처음 보는 남자가 알몸으로 옆에 잠들어 있는… 건 아니고, 그 남자였다. 최기찬. 통칭 교수님으로 불리며, 식물학에 적을 두고 있는.

아니지, 지금 그런 거나 읊고 있을 상황이 아니다. 당자는 섬 뜩한 현실에 놀라 소름까지 돋아버렸다. 이런 망할 일이 있나. 현실을 그대로 인식하자니 그야말로 죽을 맛이었다.

도대체 어째서! 어째서!

'뭐가 썰 거야. 그렇지 않고서야 이 남자하고 내가 또 같이 누워 있을 수가 없어. 거짓말이야. 거짓말!'

당자는 절규하듯 외치며 상황이 이렇게까지 된 경위를 떠올려 보려고 노력했다.

일단 눕자! 이 남자가 갈 때까지 죽은 척 누워 있는 거야.

재빨리 누운 당자는 잠든 척하면서 가만히 기억을 더듬어보았 다.

한편 부스스 깨어난 기찬은 몸을 일으키려다가 누가 옆에 있 는 것 같아 퀭한 시선을 돌렸다. 그리고 당자를 발견한 순간, 그 쪽도 당황해서 심장이 툭 떨어져버렸다.

다, 당자 씨. 어째서…….

완벽하게 필름이 끊긴 두 남녀였던 것이다.

'미치겠군.'

침대에 함께 누워 있는 상황, 현재 가난한 자신의 복장 상태, 침대 주변에서 벌어지고 있는 참상 등을 보니 뭐가 어떻게 된 건 지 대충 짐작은 갔다.

어제 술을 마시고, 그 후에…….

기찬은 스스로에게 실망하는 것도 사치스러워 머리를 잡아 뽑 듯 감싸 쥐었다. 또 한 번 이성을 놓아버린 자신을 학대하던 기찬은 얼른 일어나 옷을 입고서 욕실로 후다닥 뛰어 들어갔다.

문을 탁 닫고 거울을 보며 찬찬히 어제 일을 다시 떠올려보니, 한복을 입은 당자가 춤을 추며 빙글빙글 돌아가고 있었다. 확실히 섹시했었다. 한복을 입은 여인은 색시처럼 다소곳해 보여야 정상인데, 어째서 자신은 섹시하게 느껴지는 걸까. 섹시함의 정도를 넘어서서 너무 아름다웠다. 참을 수 없을 정도로.

"특히 오늘같이 취한 날은 절대 입지 말아요."

자신은 분명히 경고를 했었다. 당자라면 더더욱 안 입었으면 좋겠다고 나름대로 견제도 했었다. 그런데 어째서…….

세면대에 머리를 박은 기찬은 괴로움에 몸을 떨어야 했다.

한편 당자는 침실에서 괴로워하고 있었다.

'뭐하는 거야, 빨리 안가고. 근데 내가 지금 뭐하는 거야? 처음 있는 일도 아닌데 갑자기 왜 쑥스러워 하고 있는 거지? 김당자, 너 혹시…….'

이런 반응은 기찬을 의식하고 있다는 소리다. 그렇다는 건, 혹시 사랑에 빠졌다는 말?

'치, 말도 안 돼.'

당자는 설레설레 고개를 저었다. 어이가 없어서 피식 웃음까지 나왔다.

아무리 '혹시' 라지만 가능성이 없는 확률이다. 자신의 인생에 절대, 남자는 없다. 아마도 어제가 별스러웠던 거겠지. 그래, 그뿐일 거야.

드문드문 끊겨서 떠오른 기억을 얼른 낚아 채 꿰어 맞춰 보았더니, 자신이 그의 앞에서 한복을 입고서 굿판을 벌였던 것 같다. 그때 자신을 넋 놓고 바라보고 있던 그 남자의 표정이란…….

한참은 정신이 나가있는 것 같더니, 어느 순간 그 퀭한 눈동자에 열기가 돌기 시작했다. 강렬한 눈빛은 당자의 몸을 단박에 얽어맸고, 열정적인 주시는 그대로 당자의 내부에 불을 지폈다.

누가 먼저랄 것도 없이 손을 뻗어 와락 끌어안았다. 그것은 100% 본능에 이끌린 행동이었다. 술에 취해 개념을 상실한 의식은 상대방의 체온과 숨결에만 격렬하게 반응하며 점점 녹아내렸다.

언제부터인가 그 남자의 입술을 탐미하듯 느끼고 있었고, 입맞춤은 점점 더 깊어져서 혀가 한몸처럼 농후하게 얽혀버렸다. 그리고… 빠져들었다.

이후에 단편적이나마 보강된 기억들은, 여자의 온몸에 더운 입술을 미끄러뜨리던 남자, 단단한 팔 근육에 손톱을 세우던 어떤 여자의 망측한 행동, 고개를 엇갈려가며 몇 번이고 겹쳐지던 뜨거운 입술, 발정난 것처럼 소리치는 어떤 여자의 허리를 단단히 끌어안고서 똑같이 난리를 치면서 달려들던 남자, 필사적이다 싶을 만큼 그 남자의 몸에 닿으려고 허리를 흔들던 어떤 황당한 여자.

여기에서 질문. 그 '어떤 여자'는 누굴까요?

과연, 자신이 그렇게나 굶주렸었단 말인가! 아니, 그럴 리가 없는데…….

지금 생각해도 열이 화끈 몰릴 정도로 서로에게 몰두한 밤이었다. 그 열락의 증거가 바로 쑥대밭이 된 이 시트와 침대 주변의 정황이랄까.

욕실 문이 열리는 소리가 귀를 후려치자 당자는 얼른 죽은 척을 했다.

욕실에서 나온 기찬은 잠들어 있는 당자를 바라보았다. 이불을 어깨까지 덮고서 잠들어 있는 그녀가 이 아침 더욱 사랑스럽다. 미안한 마음이 가득한데도 이렇게 그녀를 보고 있는 지금이 더없이 편안하게 느껴지는 건 왜일까. 달콤하게 와 닿던 젖은 입술이 생각나자 심장이 쿵쿵 뛰었다.

그의 입가가 풀어지더니 부드러운 미소가 자리를 잡았다. 한참을 바라보고 있던 기찬은 곧 어지럽게 흩어져 있는 한복과 속옷을 차곡차곡 개서 한 곳에 올려놓고 다른 것들도 치웠다.

당자는 가정부 모드를 발휘하고 있는 남자의 움직임을 느끼며 더욱 눈을 꼭 감았다.

정리를 마친 기찬은 수첩을 꺼내 무언가를 정성 들여 적은 후 메모지를 찢어 화장대에 올려놓고는 침대 옆에 섰다.

당자는 죽은 척 눈을 감고 있었다. 천천히 체온이 다가오는 게 느껴졌다. 머리카락을 살며시, 어쩌면 눈물이 날 정도로 상냥하게 쓰다듬는다.

"편안히 자요."

낮은 목소리가 부드럽게 퍼져 당자의 귓가로 흘러들었다. 어쩔 수 없이 심장이 조여드는, 그런 섬세함을 가진 남자다.

곧 이불을 다독거려 주던 손길은 멀어지고 조용히 현관문이 닫혔다.

벌떡!

그제야 일어난 당자는 이불을 던져버리고서 침대에서 단번에 뛰어내려 메모지를 집어 들었다.

안 보는 척하면서 실눈을 떴다는 것까지는 아무리 델리케이트한 그 남자라도 모를 거다.

메모지를 접한 당자의 눈동자는 고정된 듯 움직일 줄 몰랐다.

무늬 없는 단조로운 메모지에 적힌 글귀는, 그 남자가 표현한 마음치고는 최고로 짜릿한 것이었다.

바짝 땡기는 사람을 찾았어요.

세상에는 여러 종류의 프로포즈가 있다. 헬기까지 동원해서 뻑적지근한 이벤트를 여는 사람, 소박하지만 달콤한 방법으로 마음을 얻으려는 사람, 고백의 대명사인 장미꽃 다발 뒤에 숨어 있는 사람, 케이크 안에 반지를 넣었다가 상대방이 꿀꺽 삼켜버리는 더없이 재수 없는 경우까지……

기찬의 경우, 그것이 프로포즈의 전부라고는 할 수 없겠지만 마음의 서곡이라고 부를만한 건 충분히 되었다. 그렇게 마음을 표현하기 시작했다는 건, 점점 강도가 세질 수 있다는 불안한 가능성을 염두에 두어야 했다.

구성 성분을 보자면 10%가 피, 10%가 뼈, 나머지 80%가 온통 진심으로 채워져 있을 것 같은 그 남자를 도대체 어떻게 해야 하는 걸까.

"누가 사랑해 달랬냐고. 하아, 미치겠다. 어제 그냥 보냈어야 하는 건데. 한번 잤으니 또 책임진다고 매달릴 텐데… 어떡하지? 어떡하지? 어떡하지? 안 돼. 피곤해서 안 돼. 그런 남자하고는 끝내야 해. 아니면 내 신경세포가 쇠약해져서 견디질 못해. 통칭 최 교수님, 당신과의 인연은 여기까지라고요. 끝! 쫑!"

부담스러웠다. 자신 쪽의 일방적인 접근이라는 애초의 계획이 틀어진다면, 더 이상 지속할 수가 없는 만남이다. 최고의 유전자고 뭐고, 이걸로 끝이다. 더는 생각하지 않을 거다.


복작거리는 마음과 달리 출근길은 여유로웠다. 화장도 잘 받고 옷발도 최고였다. 뭣 때문에 이렇게 피부가 좋아진 걸까 물어봐야 원인은 한번에 나온다. 대놓고 말하기에 좀 남세스러운 이유란 게 문제였지만.

도로를 달리던 당자의 머릿속에 간밤에 꾸었던 뱀 꿈이 불현 듯 떠오른 건 그때였다.

반동으로 자신도 모르게 급브레이크를 밟았다. 당연히 뒤차의 클락션이 간 떨어질 뻔했다는 비난을 담아 생난리를 떨었다.

정신을 차린 당자는 차를 갓길로 빼고서 얼른 수첩을 꺼내 배란일을 체크해 보았다.

기분 나쁜 예감이 들었다. 통상적으로 그런 꿈은 아무 때나 꾸지 않는다. 그것도 그렇게 큰 뱀이 그렇게나 선명하게 기억에 남는 건…….

"이, 이럴 수가!"

하도 놀라서 욕이 나올 뻔했다. 말 그대로 딱 걸렸다. 계산이 맞다면 충분히 가능성이 있는 시기였다. 임신이 될 가능성이…….

당자는 손톱을 닥닥 물어뜯기 시작했다. 네일 아트 숍에서 정기적으로 관리를 받는 그 우아한 손톱을 물어뜯을 만큼 심각한 상황이었다.

임신 가능성이 있는 경우라면 어떻더라도 환영해야 옳았다. 하지만 이번엔 경우가 다르다. 절대 안 될 일이었다. 한 번 상상 임신의 공격을 받았던 당자는 이번에야말로 확실히 계획을 세워 임신을 할 생각이었다. 그러니 절대, 술에 취해 생각나는 게 거의 없는 그런 아수라장 같은 상황에서 맺은 관계로 아이를 가질 수는 없었다.

싫어!

자신이 부득불 최고 유전자를 찾은 이유가 무엇인가. 달의 정기까지 받으면서 내부를 정화한 이유는 또 무엇인가. 부적을 붙이고, 임신에 공을 들인 이유가 다 무엇인가.

시작부터 꼼꼼히, 태어날 아이에게 최상의 조건을 주고 싶었다. 불확실한 세상에서 확실한 존재 이유를 주어 맞이하고 싶었는데…….

"임신이면 안 되는데 어떡하지? 최고 유전자를 받으려다가 최악의 아이가 나오는 거 아냐?"

중얼거리던 당자는 생각할 것도 없이 돌순에게 전화를 걸었
다.

[여보세…….]

"돌순아! 내가 어젯밤에 꿈을 꿨거든? 그러니까 자고 있는데
커다란 뱀이……."

당자는 다다다 꿈에 대해 풀어놓았다. 그때의 신비로운 감각
을 똑똑히 떠올려가며 긴 설명을 끝내자 돌순이 간단하게 처방
을 내려주었다.

[태몽이네.]

"크악!"

[무슨 감탄사가 그래? 암튼 그거 확실히 태몽이야. 뱀 꿈이니
까 딸이겠네. 축하한다야, 너도 딸 원했잖아. 그래, 소감이 어
때? 그렇게 바라던 딸이잖아.]

"아아, 미치겠다. 그게 아니야, 아니라고. 임신되면 안 되는
데……."

지금 자신의 상황이 팔자 좋게 임신 축하를 받을 상황이 아니
다. 물론 그럴 수 있다면 너무나 좋겠지만 문제는 도처에 널려
있었다.

[그건 또 무슨 소리야? 좋은 씨 받으려고 생난리를 쳐놓고. 그
날, 내가 고쟁이 빌려준 날 된 거지? 몇 주래?]

"……아, 아냐. 지난번엔 상상임신이었대."

[뭐어? 상상임신? 기집애가 임신하고 싶다더니 별의별 임신을
혼자 다 마스터를 하네.]

"내 말이! 그래도 나름대로 충격이었어, 이 기집애야."

[그래. 안다, 알아. 상상임신 한 여자, 내 주위에도 있었어. 그쪽은 시어머니 때문에 스트레스를 받은 경우였을 걸? 아무튼 마음을 편하게 가져. 스트레스 받아서는 뭐든 안 돼. 그럼 그 뱀 꿈은 뭐래? 분명히 태몽인데.]

그것이 말이지…….

[당자, 이년! 너 그새 또 잤어?]

당자는 어눌하게 웃음만 흘렸다. 또 잤냐고 물어오니, 그게 애초의 목적 자체였다고 해도 친구 앞에서 잘났다고 떠들 말이 아니다. 특히 어젯밤처럼 완전히 본능에 물결친 다음 날엔 더더욱.

[너도 참, 재주 하나는 타고났다. 골드미슨지 뭔지 부럽다야. 그래, 그런 재주 가지고 뭣 하러 결혼 해? 평생 혼자 살어.]

"야! 그만 좀 떠들어. 나 지금 농담할 기분 아니야. 하나만 묻자. 사실은 어제 그 사람이랑 코가 삐뚤어지도록 마셨어."

[아하, 그러니까 그게 걱정이 되셨구만. 똑똑한 척은 혼자 다 하는 년이 어떻게 그런 실수를 하나.]

"내 말이……."


바짝 땡기는 사람을 찾았어요.


기찬이 적어놓고 간 메모가 떠올랐다. 도대체 어쩌자고 그 남자는 그렇게 나오는 걸까. 내가 원하는 건 그저 유전자일 뿐인데.

아아아… 으앗!

어쩔 수 없어. 다른 유전자를 찾아야겠어. 다음 번에 찾는 사람은 유전자도 좋을뿐더러 완벽하게 쿨한 인물로.

그래, 그거야. 엇비슷한 수준으로 찾아서 그런 부담스러운 남자는 잊는 거야. 어째서 사람을 흔들어서 그런 짓을 하게 만든 거야! 비단 폭에 고이 싸서 얻고 싶은데, 어째서 내 비단 폭을 잡아 찢냐고.

"임신이면 2주 안에 알 수 있지? 안 되는데, 절대 안 되는데."

[너도 참, 병이다 병. 괜찮은 사람을 뭣 하러 억지로 떼내?]

"난 결혼 같은 건 안 한다고 했잖아."

[그 사람이 너하고 결혼하자고 했어?]

"……평생 책임지겠다는 게 결혼하자는 거지 뭐야."

[결혼을 신중하게 생각하는 것도 좋지만, 약간 가볍게 생각할 필요도 있어. 살다살다 정 안 되면 그때 가서 이혼하면 되잖아.]

당자의 눈빛이 싸늘해졌다. 아무리 친구라도 그런 식의 말은 당자가 가장 싫어하는 말이라 듣기 싫었다.

[하긴… 한참 살다가 외도 때문에 문제 생긴 한영이 생각하면 이런 말도 함부로 할 게 못 된다. 실수, 나의 실수!]

그제야 당자의 세모꼴 눈이 풀어졌다.

역시 돌순이는 멋진 내 친구라니까.

"돌순아, 만약 필름이 끊어진 상태에서 임신하면 어떻게 되는 거야?"

그 멋진 친구는 언제나 그렇듯 가차없이 대답해 주었다.

[어떻게 되긴 어떻게 돼? 술병 빨면서 나오겠지.]

"끊어, 이 기집애야!"



✦

"딴 남자를 만날지도 몰라요."

윤석이 내민 〈이혼서류〉와 한영이 내민 〈각서〉가 식탁 위에 놓여 있었다.

윤석의 입술이 희미하게 말려 올라갔다. 조소였지만 한영은 고집스레 말을 이었다.

"나 외로움 많이 타는 거, 당신도 알잖아요. 나 혼자서는 못 견뎌요."

"그러니까, 일 년 동안 서로 간섭하지 말고 집안 별거를 하자?"

"찬이 눈치 못 채게 아빠 역할만 잘 해주세요. 예전처럼, 출근은 집에서 하세요. 당신이 밖에서 무슨 짓을 하든 간섭 안 할게요. 대신, 내 인생에 대해서도 절대 간섭하지 마세요."

이혼서류에 도장을 찍는 걸 담보로 해서 한영이 내건 조건이었다.

윤석은 조용히 입을 다물고 득실을 따져 보는 것 같았다.

"일 년이에요. 일 년만 지나면 당신 맘대로 할 수 있어요. 약속해줘요."

"알았어. 약속할 테니까, 일 년 뒤에 꼭 약속 지켜."

"그럴게요. 각서에 이름 쓰고, 도장 찍어주세요."

윤석은 주머니에서 펜과 도장을 꺼내 각서에 이름을 쓰고 도장을 찍었다. 그리고 제 할 일을 마쳤다고 생각했는지 벌떡 일어나 밖으로 나갔다.

당신, 정말 나빠. 한 번 관계를 맺었으면 적어도 마지막까지 책임을 져야 하는 게 아니야? 책임감을 바라는 게 그렇게 나쁜 거야? 세상에는 쉽게 허물어지는 것도 많고 쉽게 분해되는 것도 많아. 하지만 적어도 가정만은 그런 허술한 게 되어선 안 되잖아.

그렇게 이 집 밖으로 도망가려고만 하지말고 차라리 여기에서 내 살을 깎아. 내 옆에서 내 살을 깎아. 끝까지 찬이 아빠로 있어주면 난 어떤 짓이라도 할 테니까. 일 년이야. 일 년 동안 당신이 마음을 돌려주기를 바랄게.

한영은 착잡한 마음으로 각서를 집어 들었다.

마지막 기회다. 일 년이라는 시간이 미련을 끊는 시간이 될지, 그가 돌아올 계기가 될지 모르겠지만 주어진 마지막 기회다. 일단은 부딪쳐볼 수밖에 없었다. 그 사이에 가짜 애인을 이용하든, 다른 방법을 쓰든 무엇이든 해 볼 것이다.

'가짜 애인이라……'

문득 새벽에 수영장에서 있었던 일이 떠올랐다.


일부러 일찍 찾아간 수영장에는 사람의 흔적이 없었다. 텅 빈 수영장에서 멍하니 수면을 내려다보고 있던 한영은 천천히 물속으로 들어가 잠수를 시작했다.

평화롭고 고요했다. 물이 조용히 인체를 만지는 소리가 묘하게 귀와 신경을 가라앉혀 주었다. 안정이 된다, 이대로 물 밖으로 나가고 싶지 않을 정도로. 물이 자신을 감싸주고 있는 느낌이다. 어쩌면 지금까지 이런 평화만 바라고 살아 왔을 지도.

"으아앗!"

그때 수면 위에서 갑작스러운 외침이 울렸지만 물속의 한영에게는 들리지 않았다. 무심코 앞을 보았다가, 뻣뻣하게 굳어 가라앉는 남자의 모습을 보았을 때에야 무슨 일이 일어났다는 걸 알았다.

깜짝 놀란 한영은 그대로 수면으로 올라가 남자에게 헤엄쳐갔다.

쥐가 난 걸까? 남자는 익사 직전이었다.

수영장에서 시체라도 보게 되는 건 아닐까 해서 한영은 그야말로 동분서주했다. 젖 먹던 힘까지 끌어 모아 낑낑거리며 겨우 물 밖으로 끌어냈지만, 온몸이 근육으로 이루어진 남자는 그것마저 쉽지 않았다.

몸이 아깝다, 이런 몸으로 수영장에서 경련이라니. 기절하려면 좀 가볍던가.

"이봐요! 이봐요!"

한영은 겨우 끌어올린 남자의 볼을 톡톡 쳐가며 외쳤다. 하지만 남자는 전혀 깨어날 기미가 없었다.

그때 볼을 더 치려던 한영이 고개를 갸웃거렸다. 처음에는 경

황이 없어서 몰랐는데, 가만히 보니 알고 있는 남자였다. 놀랍게
도 그는 용구가 말한 그 모델, 이름이 서준수라고 했던가?

[미안해요. 준수 녀석, 남의 사생활에 끼어들고 싶지 않은가
봐요.]

밤에 돌순이 바꿔 준 전화로 용구가 해 준 말이었다. 그다지
기대를 하지 않고 있었기에 실망 같은 건 없었다. 그런데 바로
그 남자를 이런 곳에서 이런 상황으로 만나다니.

"형!"

다른 생각을 하고 있는데 달려온 남자가 준수를 붙들고 응급
조치를 시작했다. 남자는 기절한 준수의 얼굴을 때리다가 인공
호흡을 시도했다.

가만히 그 모습을 지켜보고 있는데, 다행스럽게도 곧 준수가
요란한 재채기를 하며 깨어났다.

"괜찮아? 도대체 어떻게 된 거야? 물귀신이 수영장에 다 빠지
고?"

말을 듣는 둥 마는 둥 하면서 벌떡 일어난 준수가 공포에 질린
얼굴로 수영장의 어딘가를 가리키며 중얼거렸다.

"저 밑에… 사람이 있어."

그제야 한영은 상황이 이해가 되었다. 아무래도 준수가 말하
고 있는 주인공이 자신인 모양이다. 그저 잠수였다고 하면 이 남
자는 뭐라고 하려나. 그렇게 생각하니 웃음이 났다.

"수영장에 사람이 빠졌단 말이야!"

"무슨 소리야? 형이 빠져놓구선. 이분이 구해주셨어."

갑자기 지목 당하자 한영은 어색하게 웃었다.

준수는 한영을 흘끗 쳐다볼 뿐, 곧바로 시선을 돌려 오로지 수영장만 뚫어져라 쳐다보았다.

쯧쯧, 아무래도 이 총각의 올바른 삶을 위해 진실을 말해 줘야겠다.

"혹시, 물 속에서 사람 못 봤어요?"

저 남자는 날 기억하지 못하는 거 같지?

"저였어요."

두 남자가 놀란 눈으로 한영을 돌아보았다. 준수를 구한 쪽이 중얼거렸다.

"말도 안 돼. 죽은 사람이 어떻게 물에 빠진 사람을 구해요?"

"죽은 게 아니라, 그냥 물 속에 잠겨 있었어요."

그때 준수의 몸이 위로 불쑥 올라갔다.

얼떨결에 시선을 들려는데 수영장이 울릴 정도로 커다란 소리가 떨어져 내렸다.

"그냥 물 속에 잠겨 있었어요? 그걸 지금 말이라고 하는 겁니까? 남편 바람 때문에 꼭지가 돌았어요? 죽고 싶으면 딴 데 가서 죽어요!"

생각지도 못한 말에 한영은 심각한 타격을 입었다. 그가 자신을 기억하고 있고 말고는 다음 문제였다. 왈칵 설움이 북받쳐 올라와 한영은 자신도 모르게 외쳤다.

"그래요, 죽고 싶었어요. 그렇다고 죽을 용기도 없고, 막막해서 물 속에 잠깐 있어 봤어요. 됐어요?"

올라오는 울음을 기어이 누르느라 한영의 눈시울이 빨개졌다. 순간 준수가 주춤하는 것 같았지만 한영은 싸늘하게 그를 노려보았다.

"남 얘기라고 함부로 말하지 말아요."

그때는 화가 나서 퍼부은 말이었는데, 지금 생각하니 어쩐지 후련하다는 생각이 든다. 적나라하게 멸시받았지만, 그만큼 적나라했기에 자신도 감정을 표현할 수 있었다. 화가 나는 마음을 그렇게 남에게 대놓고 소리치며 표현한 적이 언제였던가. 특히 남편과의 일을.

차라리 준수가 그렇게 말해줘서 고맙기도 하다. 이런 한심한 자신에게, 누군가라도 좋으니 욕해 주기를 바랐다. 망설임, 두려움, 공포로 한 발짝도 움직이려 하지 않는 자신의 소극적인 마음을 매섭게 때려주었으면 좋겠다.

맞고 나면, 그걸로 얻은 정당성으로 조금 더 이 상태를 견딜 수 있지 않을까.

"안녕하세요?"

한영은 인사를 해 오는 여자를 쳐다보았다. 먼저 만나자는 연락을 해 와서 커피숍으로 나오기는 했지만 무슨 마음인 건지 모르겠다.

김세연, 윤석과 같은 병원의 의사로 자신 모르게 2년이나 만난 사이라고 했다. 2년이란다. 그렇게 긴 시간을 자신은 눈치 하나 채지 못하고 살아왔다.

세연의 얼굴을 보자 안방에서 키스하고 있던 모습이 떠올라 본능적으로 눈이 질끈 감기려 했다.

세연은 입 꼬리를 말아 올리며 날씬한 한쪽 다리를 꼬고서 한영을 정면으로 마주 보았다.

세련된 여자다. 사회생활을 하는 여자들에게선 저런 싱싱함이 저절로 배어 나오는 걸까? 당자처럼…….

한영은 문득 자신에게 질린 남편이 이해가 가기도 했다.

어쩌면 그동안 당자에게 그렇게나 못된 소리들을 자주 쏘아붙였던 건, 부러움에 기인한 건지도 모르겠다. 자신과는 너무나 다른 당자의 모든 행동이, 모습이, 삶의 방식이 이해가 안 가는 동시에 막연히 부러웠던 게 아닐까.

"뜻밖이네요. 김 선생이 나한테 전화를 다 하고."

"찬이 어머니, 찬이 어머니 심정 다 알아요. 내가 얼마나 미운지도 알구요. 지금 무슨 생각을 하고 계신지도 다 알아요."

한영은 희미하게 웃었다. 사실은 다른 여자들처럼, TV에서 본 것처럼 내 남편을 빼앗아 간 이 불여시의 머리채를 휘어잡고 싶었다. 그건 넋 놓고 앉아 한심하게 남편을 빼앗긴 여편네들의 특권 아닌가?

하지만 그런다고 뭐가 달라질까.

이 여자는 무슨 말을 하려고 자신을 부른 걸까? 2년 동안 사모님, 사모님 하면서 자신을 불렀던 그 입에서 나오는 말이 어떤 것인지 들어보고 싶다.

195

한영은 낮은 웃음과 함께 말했다.

"그래요? 내가 지금 무슨 생각을 하고 있는데요?"

"찬이 어머니, 우리… 그냥 놓아주세요."

"우리, 우리라……."

묻고 싶다. 그 '우리'라는 개념이 부부로 함께 살아온 자신과 윤석에게 어울리는 단어일지, 아니면 불륜을 저지르고 있는 두 사람에게 쓰일 단어일지.

사랑하기만 한다면, 지금까지 온 정성을 바쳐 살아온 남의 삶은 모조리 쓸모 없는 게 되는 거니? 단지 사랑받지 못한다는 이유로, 나의 '우리' 안에 포함되어야 할 남자를 네 '우리' 안으로 넘겨주어야 하는 거니?

"선배랑 같이 지낸 게 이 년이에요. 이 년 동안 난 철저히 숨겨진 여자로 살아왔어요. 또 일 년을 그렇게 지내야 된다니, 너무 힘들어요."

너 말 참 우습게 하는구나. 고작 못에 찔린 년이 전봇대에 후려쳐진 년한테 상처를 들이밀면서 호호 불어 달라는 거니?

"힘들면 지금 그만두면 되겠네."

"찬이 어머니……."

"그래서? 일 년은 못 참겠으니 지금 이혼해 달라고?"

"위자료든 뭐든 원하는 대로 드릴게요."

"김 선생, 아무리 트인 사람이지만 너무 뻔뻔하다고 생각하지 않아요? 내 심정 안다면서 어떻게 그런 말을 할 수 있어요?"

원망스러웠다. 그녀가 자신의 입장이라도, 쉽게 대답해 줄 수 있을까? 그렇게 쿨하고 당당한 여자들은 아무렇지도 않게 위자료만 받고 떨어져 줄 수 있는 거니?

그때 갑자기 세연이 벌떡 일어나는 바람에 한영은 눈을 가늘게 떴다. 그러나 다음 순간 그녀가 무릎을 꿇는 바람에 충격으로 한영은 할 말을 잊었다.

"내가 이렇게 빌게요. 이왕 하는 이혼이잖아요. 서로 도와가면서 당당하게 살아요."

"무, 무슨 짓이에요? 창피하게 왜 이래요. 어서 못 일어나요?"

"안 일어날 거예요. 약속하기 전에는 안 일어날 거예요."

웅성거리는 소리가 커지면서 주변 사람들의 시선이 두 사람을 향하기 시작했다.

기가 막힌 세연의 행동도 행동이지만 창피함에 질린 한영은 얼른 세연의 양팔을 잡아 일으켰다.

"어서 일어나지 못해요? 무릎을 꿇어도 내가 꿇고, 찬이 아빠 놓아 달라고 사정을 해도 내가 해야지, 창피하게 이게 무슨 짓이에요?"

그러나 세연은 완강하게 버티고 있었다. 아무리 끌어올려도 꼼짝도 하지 않는다. 어쩔 줄 몰라 발을 구르던 한영도 이제 완전히 화가 나버려 더욱 거칠게 일으켜 세우려는 그때였다.

"이게 무슨 짓이야!"

낯익은 목소리에 한영의 손이 멈칫했다.

도대체 이 상황은 어떻게 된 걸까. 뚜렷하게 들려온 남편의 목소리에 고개를 돌리기도 전이었다. 억센 힘이 뻗쳐 와 자신의 몸

197

을 잡아채듯 팽개쳐버리는 바람에 견디지 못한 몸이 종이조각처럼 나가 떨어졌다. 부딪친 테이블이 한영의 몸과 함께 밀렸다.

"……."

한영은 믿을 수 없는 눈으로, 지금까지 자신이 믿고 의지해온, 아니 그렇다고 생각한 남편을 올려다보았다. 서럽다는 게 아마 지금 쓰면 되는 말이겠지. 가슴이 무너진다는 것, 그게 바로 지금이겠지. 그런데 딱히 뚜렷한 감정이 느껴지지 않는다. 눈물도 나오지 않아 생각만 무심하게 되뇌고 있었다. 마치 남의 일을 보는 것처럼 모든 상황이 낯설기만 하다. 방관자처럼 두 사람의 대화를 듣는다.

"이렇게 당할 줄 알면서 왜 또 만났어?"

"부탁할 게 있다고 해서……."

순간 한영의 동공이 급격하게 팽창되었다. 그녀는 남편에게 매달리듯 달려들었다.

"여보, 그게 아녜요. 김 선생이 먼저……."

"이제 거짓말까지. 당신 원래 그런 여자였어?"

차갑게 끊겨버린 말에 한영은 더 이상의 할 말을 잃었다. 매몰찬 남편의 눈빛이 한영의 심장을 후벼팠다. 이 이상의 수모가 없었다. 그러나 더 큰 아픔은 억울함보다 허탈함이었다. 도대체 자신은 지금껏 무엇을 위해 살아온 걸까.

밑 빠진 독에 물을 부으면서, 너 용케도 그렇게 행복했구나. 다시 돌려 받고 싶은 건 김윤석이라는 남자가 아닌 남편이라는 보호처였다. 그런 안일한 생각을 하고 있는 여자라서, 이렇게 냉정하게 무시하는 거니?

퍽!

그때 무슨 일이 일어난 건지 깨닫기도 전에 엄청난 소리와 함께 윤석의 몸이 의자에 부딪쳐 넘어가 한참이나 뒤로 밀렸다. 와당탕 하는 소리와 함께 여기저기서 비명이 터졌다.

"당신……."

눈으로 보고도 이해가 가지 않는 상황 앞에서 한영은 넋을 잃고서 중얼거렸다.

한쪽 손을 탈탈 턴 준수가 뒹굴고 있는 윤석을 흘끗 쳐다보고는 성큼 다가와 한영의 손목을 낚아챘다.

"가요."

"왜……?"

대답 없이 잡힌 손목에 힘이 가해져 왔다. 넋이 나가 있던 한영은 그대로 번쩍 들리듯 해서 준수에게 끌려갔다.

도대체 어째서 이 사람이 나타난 것이며, 무엇 때문에 그런 행동을 한 건지 이해하지 못한 채, 뚜벅뚜벅 걸어가고 있는 그의 등만 바라보았다.

"저 새끼 누구야?"

짜증이 담긴 윤석의 거친 목소리가 등뒤에서 들렸지만 한영은 준수의 걸음을 멈추지는 않았다.

✢

“오늘부터 실장님 애인하기로 한 사람입니다. 잘 부탁드립니다.”

그것은 어느 날 사무실로 불쑥 찾아온 기찬이 직원들에게 제멋대로 한 말이었다.

그때 당자는 평소엔 쳐다보지도 못하던 벌건 닭발을 마구 뜯어먹고 있었다. 가는 날이 장날이라고 하필이면 관심도 없는 것에 목숨을 건 날 그는 나타난 걸까.

척 보기에도 샤프한 남자의 갑작스런 출현과 또 그 대사의 생뚱맞음에 모두들 벙 쪘다. 반면 폭탄을 던진 쪽은 여유로운 미소를 입술에 살짝 걸치고 있었다.

당자로서는 그 남자가 샤프가 아니라 볼펜 할아비라도 반기지 못할 상황이었다. 아침부터 어쩐지 기분이 좋지 않다 했더니 이런 일이 있으려고 그랬나 보다.

“실장님, 정말이에요? 와아, 축하드려요!”

모두들 폭탄에 속아서는 신나게 축하인사를 하고 있으니, 양념까지 된 닭발이 다시 살아나 본래 주인에게 붙어서 팔짝팔짝 뛰어다닐 노릇이다.

당자는 답답해서 가슴을 펑펑 쳤다.

“체했어요? 조심해서 먹어요.”

꿀과 설탕을 적당한 비율로 섞어 바른 것 같은 달콤한 목소리로 기찬이 걱정을 하자 여직원들은 꺄악꺄악 난리가 났다.

그러니 반작용으로, 당자의 〈최기찬 피하기 프로젝트〉가 시작된 건 당연했다.

족발 집에 끌고 가서 커다란 뼈다귀를 게걸스럽게 먹는 걸 보여주는 등 어떻게든 그의 눈에 씌인 바람직하지 않은 콩깍지를 벗겨내려고 했다.

그러나 기찬은 언제나처럼 잔잔한 미소만 보내왔다.

'너 도대체 왜 그러니, 응?'

바람 한 점 없는 날 바라보는 호수의 수면이 저러할까. 금이 갈 것 같은 티 없이 맑은 하늘이 저러할까. 그의 진지함이 당자를 겁나게 했다.

애인을 하기로 하면 분명히 결혼하자고 할 남자다. 그의 사고 반경이란 것은, 마치 모두의 인증을 받아 차곡차곡 정리가 된 리포트처럼 반듯하고 뚜렷한 것이었다. 한번 철로에 오르면 끝까지 그 길을 따라 달리는, 그런 남자였다.

결혼에 대한 압박감이 당자를 점점 질리게 했다. 그런데도 그 남자, 뭐라고 해도 시종일관 엷은 미소로 응수하며 도무지 물러날 생각을 하지 않았다.

"한 사람에 대해서 양파 껍질 벗기듯이 하나하나 알아 간다는 게, 이렇게 재미있는 줄 몰랐어요."

그러게요. 나도 양파 껍질 벗기듯이 기찬 씨를 알아간다는 게 이렇게 겁나는 건지 몰랐네요.

"예전엔 술을 마셔도 실수 같은 걸 한 적이 없었어요. 그런데, 정말 이상해요. 당자 씨 앞에서만 참지를 못해요. 그것도 두 번씩이나."

그는 정말 고민하는 것 같았다. 고해하듯 낮게 이어지는 말을 들던 당자가 그를 물끄러미 쳐다보았다.

그렇게 고민을 하고 있다면 빨리 편한 길로 인도해 주는 게 인지상정이다.

"기찬 씨, 솔직하게 얘기할게요. 이상하다고 했죠? 내 앞에서만 두 번씩이나 같은 일을 겪었다. 하지만 기찬 씨가 인내심이 없는 것도 아니잖아요. 그쵸?"

기찬은 껄끄러운 듯했지만 고개를 끄덕였다.

당자가 진지하게 나와서 그는 조금 걱정이 되었다. 야멸차게 말할 때는 확실하다는 걸, 한 번의 경험으로 알고 있었다.

"근데, 왜 두 번씩이나 실수를 했을까요?"

"세상에는 이유 없이 벌어지는 일이 절대 없어요. 다 이유가 있어요. 그 실수도, 난 우리의 인연이라고 생각해요."

그렇죠. 이유 없이 벌어지는 일은 절대 없죠. 그게 정답이에요.

"기찬 씨하고 내 생각이 오랜만에 일치하는 것 같으니까 말할게요. 내 얘기 듣고 기절하지 말아요. 언젠가 TV를 보는데, 최기찬 교수님이 나오더라구요. 그때는 매력적으로 보였어요. 얼굴도 잘 생기고, 머리도 좋고, 성격도 부드럽고, 손도 섬세하고."

"……"

"궁금했어요. 저런 남자는 어떨까? 호기심이 발동한 것뿐이라구요. 어떤 면에서의 호기심인지, 교수님도 남자니까 아시겠죠?"

대놓고 적나라하게 말하는 당자 앞에서 기찬은 충격을 받은 것 같았다. 이런 식의 직공에는 그 평심도 쉽게 유지하기 어려운 지 한참을 당자를 들여다보던 그가 낮게 말했다.

"그래서… 절 유혹했다구요?"

"네, 그런데 솔직히 실망했어요."

"왜요?"

"이런 말 해도 되나 모르겠네?"

새침하게 주변을 휘이 둘러보는 척 하더니, 눈꺼풀을 살짝 치 뜨며 말했다.

"섹스요."

유감스럽다는 듯 쳐다봐 주는 걸 끝으로 당자는 자리에서 일 어났다. 기찬도 그 이상의 말이 없었다.

침묵 속에서 홀로 남은 그를 두고 당자는 족발 집을 나섰다. 싸늘함을 유지하며 거리를 걸었다. 더 미안한 말을 하기 싫어 이 쯤에서 그만 둬 주었으면 좋겠는데, 언제 나왔는지 기찬이 따라 붙었다.

"태어나서 딱 두 번 했어요. 첨부터 잘하는 사람이 어딨어 요?"

하……!

겨우 표정을 유지했지만, 오기를 품은 기찬의 말에 당자는 그 대로 엎어질 뻔했다.

그거 말하려고 부득불 따라 나왔니? 이 남자는 어쩌자고 이렇 게까지…….

"나도 당자 씨 말뜻이 뭔지는 알아요. 그래서 최근에 섹스 관련 책도 몇 권 사서 읽었어요.”

당자의 걸음이 우뚝 멈췄다. 그녀는 어이가 없다는 듯 헛웃음을 흘리며, 지구상에서 가장 황당하다 해도 좋을 남자를 돌아보았다.

전혀 안 그럴 것 같은 남자가 왜 이러나 모르겠다. 며칠 새에 최기찬의 몸에 딴 사람이 빙의라도 했나?

“……뭐라구요?”

“난 그게 그저 몸으로 하는 건 줄 알았는데, 머리로 하는 거라는 것도 알았어요. 내 직업이잖아요. 공부하고 실습하고…….”

“그만하세요.”

“당자 씨가 잘 가르쳐 주면, 더 잘할 수도 있어요.”

“그만해요!”

더 참을 수가 없었다. 도저히 이 남자하고 말을 섞고 싶지 않다. 정말이지 화가 난다. 너무너무 화가 났다. 억울한 쪽은 모르는 사이에 이용당하고 매달리고 있는 저쪽인데, 자신이 억울해서 눈물이 날 것 같다. 어째서 이 남자는…….

“누가 그런 책 사보랬어요? 교수님으로서 그런 말, 부끄럽지도 않아요? 주머니 속에 남아있던 정 부스러기까지 싹 가시네요, 알겠어요?”

저런 남자 따위 보고 싶지도 않다. 일 초도 더 보고 싶지 않다. 당자는 그대로 몸을 돌려 인파 속으로 빠르게 걸어갔다. 얼른 숨어버려 그의 눈이 닿지 않는 곳으로 도망가고 싶었다. 어디든 좋았다. 그의 진지한 눈빛이, 올곧게 바라보는 시선이, 어눌한 듯 순진한 모습을 잘났다고 보여주는 그런 한심한 모습에서 멀어지고 싶다.

'멍청해. 세상에서 제일 멍청한 남자야. 저러면서 무슨 교수라고. 자기가 어떤 취급을 받았는지 알지도 못하면서.'

바보처럼…….

자신이 더 잘못된 것 같다는 이런 생각, 마지막까지 하고 싶지 않은데. 그를 마주보고 있으면 자신 안에 있는 기회주의적인 감정을 적나라하게 들키는 것 같아 두려웠다. 진실게임을 하던 그때처럼, 진지한 그의 시선 앞에 있으면 진실을 말해도 벌주를 마셔야 할 것 같다.

그 남자가 한심하다고 했지만, 정말 한심한 건 자신인지도. 서러운 것도 아닌데, 슬플 일도 없는데 속눈썹이 젖고 있다.

얼른 택시라도 타야지. 그래서 집에 들어가 버려야지. 휴대폰 번호도 바꾸고, 며칠 동안 재택근무를 하는 한이 있더라도 다시는 최기찬 따위…….

"당자 씨!"

이제 떨쳐 버렸다고 생각했다. 확실하게 떨칠 거라고 생각했다. 하지만 기찬은 어느새 달려와 당자의 손목을 움켜쥐고 있었다.

당자는 그 힘에 끌려 주춤거리다가 그의 눈과 마주친 순간 얼른 몸을 돌렸다. 도망치듯 기어코 앞으로 가려는 당자의 몸이 그대로 뒤로 끌어당겨졌다.

뻗어온 두 손이 당자의 뺨을 뒤덮고서 짙게 입술을 눌렀다. 당자의 눈이 공처럼 커졌지만 기찬은 눈을 꼭 감고 있었다. 마치 입술만으로 대화를 하겠다는 듯, 시각도 청각도 관심 없다는 듯. 이곳이 사람들이 지나다니는 복잡한 거리라는 것도 모른다는 듯이 그는 당자의 고개를 힘주어 돌려 더욱 깊게 겹치며 입술을 열었다.

뺨을 감싸고 있는 손바닥의 열기에 당자의 심장이 서서히 녹아 내렸다. 입술을 빨아들이는 젖은 감각에 저절로 본능적인 신음이 흘러나왔다. 입술이 열렸을 때, 기찬은 소중한 것을 핥듯 혀를 섞으며 달콤한 타액을 나누었다. 열정적일 정도로 강제적으로 시작된 입맞춤은 더없이 부드럽고 감미롭게 지속되었다.

한순간 모든 상황을 잊을 정도로 당자는 기찬의 숨결에 도취되었다. 들리는 소리들도, 흘끗흘끗 쳐다보는 시선들도 한꺼번에 차단되었다.

짧은 순간이었지만 영원처럼 느껴졌다. 속눈썹을 적시던 눈물도 그가 전해주는 온기에 말라서 증발할 것 같다. 다른 생각 없이 이렇게 서로의 숨결을 나누는 순간 자체가 행복하다는 걸 당자는 처음으로 인정하고 있었다. 키스란 건 열망의 표현이기도 하지만, 마음을 전하고자 하는 간절한 메신저이기도 하다는 걸.

'난 기찬 씨가 원하는 여자가 아니에요. 될 수도 없어요. 이런 상냥한 배려에 몸을 맡길 수 있는 성격이 못 돼요.'

당자는 힘을 주어 입술을 떨어뜨렸다.

짜악!

다 받아들이고서 당한 듯 쳐버리는 속물 같은 행동을 했다. 고의적으로 온 힘을 실어 그 뺨을 쳐 올렸는데도, 기찬은 한 치의 움직임도 없었다. 마치 감수하는 사람처럼 그 자리에 묵묵히 서 있었다. 그의 속 깊은 눈빛도 거기에서 움직이지 않는다. 언젠가 무인도에서 올려다보았던 새까만 밤하늘 같은 그의 눈동자. 탁하지 않은 그 빛이 그래서 더 싫다.

당자는 무섭게 쏘아보고서 몸을 돌렸다. 더 이상 기찬도 쫓아오지 않았다.

그와의 거리가 벌어지자 그제야 사람들의 모습도, 웅성거림도, 쳐다보는 눈빛도 하나씩 돌아왔다. 시각과 청각이 되살아나 다시 평상시 현실로 떨어졌는데 아무 것도 느껴지지 않는다. 언제나처럼 하루에 몇 번씩이나 마주치는 인파를 느끼고 있는데, 어째서 혼자 걷고 있는 것처럼 주변이 차단되는 것일까. 에메랄드 성을 찾아 떠나는 도로시의 앞에 놓인 노란 길, 어쩐지 자신에게는 영원히 그 끝이 없을 것 같다.

이런 식으로 사람을 거부해서야…….

겨우 에메랄드 성을 찾았을 때 난 설마, 진심으로 밝게 웃지 못하는 건 아닐까?


두려움을 이기는 방법은 두려움을 직시하는 것뿐, 다른 길은 없다. 당자는 휴일에 연락을 해 온 기찬을 만나 카페에서 눈이 찢어져라 노려보고 있는 중이었다.

반면 기찬은 이지적인 긴 눈매를 당자에게 고정하고서 은은한 미소를 머금고 있었다.

이러니 더 미치고 팔짝 뛸 노릇이다. 싸움을 걸면 응당 걸려들어야 정상일 터.

"읽어봐요."

기찬이 긴 손가락으로 접힌 메모지를 건넸다.

당자는 견제의 시선을 떼지 않은 채 손만 뻗어 메모지를 폈다.

뭐야, 이번에는 바짝 땡기는 음식점을 찾았다는 건가?


인정이 없는 여자도 아닌데, 왜 난 죽도록 사랑하지 못했을까?


당자는 계속 견제해야 한다는 것도 잊은 채 완전히 문장에 몰입해 내려다보고 있었다. 한눈에 읽을 수 있는 짧은 문장인데, 길게만 느껴지는 그 의미에 가슴이 뜨끔하다. 글자가 가슴을 후려치는 듯한 느낌이다.

"어떤 책에서 읽은 거예요."

"내가 사랑도 제대로 못해본 사람 같아요?"

기찬이 커다란 움직임 없이 손가락만 들어 자신을 가리켰다. 쑥스러운지 빙긋 웃는다.

흐음…….

"기찬 씨, 좋은 사람이라는 거 알아요. 요즘 보기 드물게 좋은 사람이에요. 기찬 씨가 책임진다는 게 결혼하자는 건데…….."

"책임 때문만은 아닙니다."

"어쨌든, 난 결혼 안 해요. 우리 세계에서 일과 결혼, 두 마리 토끼를 다 잡을 수는 없어요. 난 일이 더 좋아요. 더 큰 꿈도 가지고 있어요. 모든 여자에게 그렇지는 않겠지만, 나 같은 경우는 결혼이 일의 끝과 연결될 수 있어요. 난 그럴 수 없어요."

"내가 날개를 달아 줄 수도 있잖아요."

당자는 가만히 고개를 저었다. 환상은 환상일 뿐, 자신은 형체가 없는 것에 기대를 거는 소녀가 아니다. 현실은 어디에서건 자신을 먹어치울 기회를 호시탐탐 노리고 있다. 원더우먼을 포기한 여자가 현실을 쉽게 이겨낼 기회는 그렇게 많지 않다.

"이제 정말, 끝내고 싶어요."

기찬은 아무 말 없이 그녀를 바라보기만 했다.

"먼저 갈게요."

많은 말을 할 필요는 없다. 말이란 놈은 하면 할수록 이끌려 노예가 되어버린다. 늘어놓을수록 반론이 생길 틈을 만든다. 필요한 건 꼭 해야 할 한마디뿐이다. 이 남자에게라면 더더욱.

당자는 망설임 없이 일어나 몸을 돌려 나가버렸다.

그가 싫은 게 아니다. 정확히 말하면 결혼이 싫은 것이지만, 그것보다 남자의 진심을 접하는 게 두려웠다. 영원한 사랑은 없다는 걸, 사랑이 깊을수록 배신의 상처가 더 크다는 걸 자신은 너무나 잘 알고 있다.

'날 더 이상 괴롭히지 말아요. 당신은 세상에서 가장 어려운 남자야. 미련을 한없이 갖게 해서 더 악질이야.'

일과 사랑 중 100% 성공할 자신이 없는 건 어느 쪽일까. 1%라도 가능성이 있다면 도전해서 남은 99%를 성공으로 이끌어낼 수 있는 '일'과 99%의 성공이 있더라도 1%의 흔들림으로 전부다 깨질 수 있는 '결혼'. 효율성의 측면에서 봐도 어느 쪽이 당자에게 더 우선시 될 지는 불 보듯 빤했다.

당자는 필요한 결정을 내린 것뿐이다. 그걸 알려야 할 대상에게 통보한 것이고.

기찬은 당자가 떠난 자리에서 조용히 앉아 있었다. 그녀가 가는 걸 지켜보기만 했지만, 그건 저번처럼 잡지 못했기 때문이 아니다. 담담하게 앉아 있는 그의 입가에는 처음부터 끝까지 변하지 않은 미소가 걸려 있었다. 포기하지 않겠다는, 아니 포기하기 싫다는 마음이 그 미소 끝에 묻어 있었다.

추억이란 놈의 뿌리까지 모조리 뽑아내 버리지 않는 한, 최기찬의 가슴에 심어진 당자라는 나무는 결코 시들지 않을 것이다. 그리고 추억이란 놈은, 웬만해서는 잔뿌리까지 솎아지지 않는다는 걸 그는 알고 있었다.


한 사람이 인생에 들어왔다가 또렷한 흔적을 남기고 나가는 것은 어쩌면 무척 스트레스 받는 일이다. 셀 수 없이 많은 사람이 슬쩍 들어왔다가 자취도 남기지 않고 사라지는 일이 다반사인 현실에서, 뚜렷한 인식을 남기고서 없어진다는 건 그래서 그 자체로 의미가 있다.

사람의 기억이란 건 윤기가 도는 비누방울의 집합으로 이루어진 건지도 모르겠다. 투명해서 속이 다 들여다보여 언제라도 꺼내면 바로 볼 수 있는 것이다. 추억이라 이름 붙일 만큼 의미 있는 사람들은 기억 속에서 그렇게 투명한 막으로 싸인 채 영원히 간직되는 것이 아닐지. 이제 잊고 싶어서 그 방울을 톡 터뜨려도, 터지는 순간 고운 빛가루가 되어 그대로 사람의 속으로 스며드는 것. 그게 바로 추억이라는 이름이 가진 향기로운 속성이 아닐까.

당자는 기찬을 그런 의미로 기억하기로 했다. 몸은 억지로 밀어냈지만, 마음만은 고이 간직하고 싶은 남자다. 좋은 사람이다. 그렇게 하기로 정했다면 그대로 실현되는 것, 그게 당자가 생각하는 현실의 진행방식이었다.

하지만 운명이란 놈은 그렇게 호락호락하지 않다. 대하기 쉬운 상대라면, 운명이라는 거창한 이름을 붙이지도 않았겠지.


결별의 흔들림을 뒤로 미룬 채 당자는 다시 일에 몰두했다. 그러나 점심으로 초밥을 먹는데 갑자기 역겨운 냄새가 올라와 젓가락이 우뚝 멈췄다.

순간 본능 같은 직감이 일었다. 이끌리듯 일어난 당자는 그 길로 병원으로 달려갔다.

"임신… 아니죠?"

상상임신으로 한껏 창피를 당했던 그 병원이었다.

당자는 간절한 눈으로 여의사를 바라보았다.

제발, 아니라고 말해 주세요.

"이번엔 진짜예요."

천지가 진동하는 것 같은 충격에 당자는 무의식중에 소리치고 말았다.

"왜요!"

“네?”

“그, 그게 아니라 안 돼요, 안 된단 말이에요!”

“무슨 말씀이세요? 많이 기다렸잖아요.”

의아한 얼굴로 다독이듯 말하는 여의사에게 당자는 거의 울상으로 자백했다.

“그날, 술이 취해서 필름이 끊어졌단 말예요.”

여의사가 크게 웃었다.

당자는 너무 창피해서 얼굴도 들지 못했다.

이윽고 여의사의 온화한 목소리가 들려왔다.

“난 또 뭐라고. 그건 걱정할 것 없어요. 괜찮아요.”

“네? 정말이에요?”

고개를 번쩍 든 당자에게, 여의사가 다정한 얼굴로 초음파 사진을 보여주면서 설명했다.

“이것 보세요. 여기, 까만 점.”

당자는 뭐라 말할 수 없이 난해한 얼굴로 사진을 보았다.

초음파라는 건 너무 신기했다. 아니 신비했다. 불을 꺼 버린 듯 까만 바탕에 생명이라고 하는 작은 존재가 잠자듯 숨을 쉬고 있다. 칼라가 없어서 더 신비로운 공간이다. 마치 태초의 어둠으로 돌아간 속에서, 성스러운 별빛 하나만 반짝이는 것 같다.

“이게… 아기예요?”

여의사가 어루만지는 듯한 미소를 보내주었다.

사진을 보는 당자의 눈에 천천히 눈물이 차올랐다. 어떤 단어로도 설명할 수 없는 생경한 마음이 한꺼번에 수십 개, 수만 개

가 밀려들어 감당하기조차 힘겨웠다. 도처에 그렇게 많은 말들
이 널렸는데, 지금 이 순간의 벅차 오르는 감각을 설명할 만한
말이 도저히 떠오르지 않았다.

어, 어떻게 말해야 하지? 아가야, 난… 엄마는… 정말 한심한
생각을 했었어. 이미 생긴 너를 두고, 말도 안 되는 이유를 들먹
이면서 널 부정했어. 이렇게 한심한 엄마인데 넌 찾아와 준 거
야? 그런 엄마 모습, 다 봤으면서도 이해해 준 거야? 이렇게 바
보 같아서, 미안해서 엄마는 어떻게 해.

생각할수록 너무나 미안해서 흐느낌은 점점 더 커졌다. 그 어
떤 순간도 지금 이때만큼 창피하지 않으리라, 소중하지 못하리
라. 감격스럽지는 못하리라.

건네 받은 초음파 사진을 소중히 끌어안은 당자는 연신 눈물
을 흘리며 그 사진을 가슴에 꼭 안았다. 자신의 심장 소리를 아
기에게 들려주듯.

그렇게 수많은 일 초 일 초가 흘러, 상심과 슬픔과 기쁨 속에
서 드디어, 너무나 사랑스럽고 귀한 열매가 자신의 안에서 오롯
이 열렸다. 소중한 인연이, 엄마와 아이라는 세상 그 어떤 것보
다 아름다운 관계가 이 몸 안에서 시작되었다.

"감사합니다. 정말 감사합니다."

잉태라는 신비로운 체험을 온몸의 모든 세포로 느끼며 당자는
울고 또 웃었다. 그 순간에는 세상 모든 것에 감사하는 것밖에
할 수 있는 게 없었다.

“그렇게 마시면 속 버려요.”

준수에게 끌려오다시피 한 편의점 앞에서 한영은 캔 맥주를 마시고 있었다. 파라솔 밑에는 한영이 다 마시고 구둣발로 밟아 찌그러뜨린 캔이 어지러이 뒹굴고 있었다.

안주를 놓아주는 준수를 보지 않으며 한영이 물었다.

“왜 따라왔어요?”

“글쎄요. 왜 왔을까요?”

“수영장에서 그렇게나 악담을 퍼부었으면서 불쌍한 꼴을 보니까 도와줄 마음이 생긴 거예요?”

“그러게요. 악담을 퍼부었으니까 따라온 건가?”

“장난하지 말아요. 그쪽 얼굴 보면서 웃고 싶은 마음 없으니까.”

“웃으라고 한 적은 없는데요.”

“가세요. 이런 꼴까지 보이고 싶지 않으니까.”

차갑게 내뱉은 한영은 다시 맥주를 벌컥벌컥 마셨다.

그러나 가라고 한 남자는 뻔뻔하게 그 자리에 버티고 앉아 있었다. 한꺼번에 쉬지도 않고 마신 맥주가 뇌의 기운을 흐리게 했다.

문득 캔 맥주를 쥔 손을 테이블에 내려놓은 한영이 자조를 담아 웃었다.

“나, 그런 여자에요. 남편 빼앗아간 년 앞에서 뺨이나 맞는 그런 여자. 정말 재미있죠? 하지만 이제 재미있는 거 다 끝났으니까 이제 그만 가세요. 혼자 있고 싶어요.”

그리고 한영은 정말 준수를 없는 사람 취급하면서 계속 홀로 맥주를 마셨다.

지치면 가겠지. 누구 한 사람 옆에 붙들어 둘 마음 따위 없다. 그 누구도.

찌르듯 목을 넘어가는 맥주의 맛. 혀를, 식도를, 심장을 더없이 아프게 건드리며 알코올이 지나간다.

캔이 비어버리자 한영은 또 하나를 집어 들고서 중얼거리듯 입을 열었다.

“왜 안 가요?”

“내가 실수했어요?”

“이상한 말을 하시네요. 실수라고 했어요? 그래요, 실수했어요. 왜 한 대만 때렸어요? 한 열 대쯤, 아니 아주 죽을 만큼 때려주지, 왜 한 대만 때렸어요.”

우는 것 같은 얼굴로 웃는 한영을 준수는 묵묵히 쳐다보았다. 자신도 왜 그 자리에 끼어들어 앞에 있는 여자를 데리고 나온 건지 모르겠다. 정의감이 없는 편은 아니었지만, 오늘따라 그 정의감이 귀찮을 정도로 펄펄 넘쳐서 다소 난감했다.

물론 상황을 다 아는 사람으로서 그 남편이라는 작자의 행동을 용납하고 넘어가긴 싫었다. 그 자리에서 맞닥뜨린 건 우연이었지만, 우연이라는 가벼운 인연도 사람 사는 과정은 과정이니까.

“때려서 제 기분이 풀렸어요. 이유라면, 그거네요.”

“하하. 못된 남편 때려줘서 고맙습니다.”

흐트러진 모습으로 여자가 고개를 숙이며 중얼거리고 있다. 준수는 걱정스러운 눈으로 쳐다보았다. 너무 많이 마시는 것 같아 그게 좀 신경이 쓰인다.

스스로를 책망하듯 웃던 한영이 갑자기 고개를 번쩍 들고 소리쳤다.

“왜 안 가요? 어서 가요! 그쪽 같으면 이런 모습 보여주고 싶겠어요?”

그녀의 고함에 꿈쩍도 않고 한숨만 내쉰 준수가 한영의 손에서 캔을 빼앗듯 치웠다.

“이딴 걸 자꾸 마시는데 어떻게 가요?”

한영은 피식 웃었다. 문득, 수영장에서의 그가 떠올라서였다.

있지도 않은 물귀신에 놀라 기겁을 한 남자가 오늘 단 한 번의 펀치로 윤석을 날려버린 사람과 동일인이라니.

결국 귀신보다 사람이 더 무섭다는 거네.

그러고 보니 자신은 지금 이 남자를 구박할 입장이 아니다. 오히려 칭찬을 해주어도 모자란다. 정말로 그 자리에 더 있었으면 미쳐버렸을지 모른다. 준수가 아니었다면 자신이 미친 척하고 때려버렸을지도. 물론 때려봐야 윤석이 아니라 세연 쪽을 물고 늘어졌겠지.

그럴만한 배짱이 있다면 말이지만.

조용히 앉아 있었더니 술이 조금씩 깨는 것 같았다.

"제가 실수했죠?"

한참 후에야 준수가 다시 물어온 말에 한영은 묵묵히 입술을 닫고 있다가 천천히 말했다.

"어떻게 주먹 쓸 생각을 다 했어요?"

"그러게요. 나도 모르겠어요. 내가 왜 그랬는지. 근데 궁금한 게 있어요."

한영은 캔을 만지작거리며 고개를 끄덕였다.

"뭐가 궁금한데요?"

"아이 아빠요, 다른 여자랑 바람을 피우고 있는데도… 사랑해요?"

왜 그 질문이 안 나오나 했다.

조소를 머금으며 준수의 질문을 곱씹어본다.

누구든 궁금하겠지. 누구든 의아하겠지. 이렇게 붙들고 놓지 못하는 있는 자신을. 실제로 배신을 한 남편보다 남편을 꼬신 불여우 쪽을 때리고 싶어하는 한심한 여자를.

"사랑… 일까요?"

"네?"

"그래요, 사랑해요. 아니, 모르겠어. 사랑이 뭔데요?"

"가짜 애인 노릇 해달랬던 이유가 남편을 되찾기 위해서라면서요? 사랑 때문인 거 아닌가요?"

"그래요. 사랑이에요. 사랑이 맞아. 난 아직도 그이를 사랑해. 아니, 그것도 아니야. 내 남편, 내 아이, 만들어온 시간, 만들고 싶은 시간. 난 앞으로도 그게 계속되길 바랄 뿐이에요. 잘난 사랑이 그것보다 그렇게 중요해요?"

"글쎄요, 요즘 여자들은 안 그러던데."

"요즘 여자들은 어떤데요?"

"대부분 꼴도 보기 싫어하죠. 그날로 법원 가서 정리해버리는 사람도 봤어요. 또 얼마 전에 TV드라마를 보니까, 이삿짐센터 불러서 남편 짐이랑 남편이랑 다 바람난 여자 집으로 보내 버리던데요?"

한영은 낮게 웃었다. 그런 말을 들으니, 자신은 절대 요즘 여자가 아니구나 하는 생각이 막연히 들었다.

'절대 요즘 여자는 될 수 없구나.'

"나도 그럴 것 같거든요. 용서가 안 될 것 같아요."

"난 용서할 수 있어요."

"그렇게 생각해요?"

“그래요, 용서할 수 있어요. 할 거예요. 돌아오기만 한다면 그까짓 용서가 뭐라고 못해. 찬이를 위해서라면 난 뭐든 할 수 있어요.”

“그거 알아요? 용서란, 어떤 면에서든 한 단계 위에 있는 사람이 자신의 아래에 있다고 판단한 사람에게 내릴 수 있는 관용 같은 거래요. 밀리는 상황에서는 용서 같은 것도 할 수 없어요. 그쪽은 정말 남편을 용서할 만한 위치를 갖고 있어요?”

순간 한영은 할 말을 찾지 못했다. 마치 자신의 속에 들어왔다가 나간 사람처럼, 준수가 너무 정곡을 찔러 와서 일순 머릿속이 텅 비었다. 처참할 정도로 그의 말은 틀리지 않았다.

한참을 침묵하던 한영이 천천히 입을 열었다.

“그래요, 난 그 사람을 용서하고 뭐고 할 입장이 아니에요. 지금껏 한 번도 난 그 사람의 위에 선 적이 없어요. 그래서 지금 이렇게 비참한 꼴이 되어서도 때리고 싶다는 생각조차 못하고 오로지 그 못된 년을 탓하는 걸로 위로했죠.”

준수는 팔짱을 낀 채 지그시 한영을 들여다보았다.

“난 정말 한심해요.”

“동의하면 노려보겠죠?”

“전요, 혼자 산다는 게 무섭고 자신이 없어요. 뭣보다도 아이 아빠잖아요. 아이를 위해서 어떻게든 같이 살아야죠. 가정이잖아요. 끝까지 지키기로 두 사람이 동시에 약속한 거잖아요. 지켜야 하는 거 아니에요? 아이를 위해서 그게 최선이잖아요. 그게 도리 아니에요?”

"오히려 더 좋은 사람을 만날 수도 있잖아요."

한영의 눈이 동그랗게 커졌다.

"재혼요? 아이까지 있는데 어떻게 딴 남자랑 같이 살아요? 그
럼 아이한테 또 아빠가 생기는 거잖아요. 아이가 얼마나 혼란스
럽겠어요? 그러다가 만약 잘못되기라도 하면……."

한영은 마치 눈앞에서 폭격이라도 맞은 듯한 눈으로 강하게
거부를 하며 손사래를 쳤다.

"생각만 해도 무서워요. 난 못해요……. 근데 왜 그렇게 웃어
요?"

한영이 힐난하듯 노려보자 준수는 얼른 미소를 지우고 시침을
뗐다. 사실은 손짓발짓을 하면서 대단한 악이라도 접한 듯 부정
을 하는 한영의 모습이 일순 귀여워 보여서였다.

"그렇게 웃지 마요. 비웃는 거 같아요."

"비웃은 거 맞아요. 재미있어서."

"요즘 젊은 사람들은 그렇게 대놓고 말해요? 이렇게 험난한
여자를 두고 장난치고 싶어요?"

"험난해요? 하하하."

준수가 크게 웃음을 흘렸다.

한영은 젊은 사람이라 그런지 별 희한한 상황에서도 웃을 수
있구나 하고 그다지 유쾌하지 않은 기분으로 생각했다.

무심한 건지, 인생 뭐 있어 라고 가볍게 생각하는 건지. 그것
도 아니면 남의 아픈 상황을 봐도 와 닿지 않을 만큼 사는 게 즐
거운 건지.

그래도 전혀 관계없는 여자의 말동무가 되어주고 있는 걸 보니 그렇게 나쁜 사람 같지는 않다. 호감형으로 생긴 얼굴 탓에 부담은 갔지만, 그 부담스러운 면만 빼면 외모가 깨끗하다는 건 우락부락하게 생긴 것보다야 낫지 않은가.

"전화 왔네요?"

그가 손가락을 척 들어 가리키는 대로 핸드백 안에서 벨소리가 흘러나오고 있었다.

얼른 꺼내서 액정을 들여다본 한영이 잠시 머뭇거리다가 휴대폰을 귀에 댔다.

"여, 여보?"

준수는 턱을 괸 채 가만히 한영을 바라보고 있었다.

"찬이요? 연두집에 있는데… 다, 당신, 집에 왔어요? 아, 알았어요. 금방 갈게요."

도저히 방금 전의 상황과는 연결할 수 없는 한영의 통화 내용을 들은 준수가 뭐라고 말하기도 전에 한영이 벌떡 일어났다.

"죄송해요. 먼저 갈게요."

꽤 많이 취했을 텐데도 한영은 휘청거리는 걸음을 바로 하면서 걸어가 택시를 잡아탔다.

"부른다고 뽀르르 가나?"

준수는 어이가 없어서 중얼거리다가 기지개를 켜듯 스트레칭을 하고서 벌떡 일어났다.

무심코 돌아보니 한영이 마신 캔이 여전히 뒹굴고 있다. 달려가는 모습을 보니 그렇게 괴롭게 미소짓던 여자가 맞나 싶었다.

무슨 귀신에 홀린 것 같은 하루였다.

⚜

"우와, 신기해. 저기에 정말 발이 들어가는 거야?"

아기 용품을 파는 곳은 색색들이 물감을 짜 놓은 팔레트 같은 세상이었다. 노랑, 핑크, 소라색, 티끌 하나 묻지 않은 화이트. 강렬한 원색보다는 은은한 파스텔 톤이라 같은 색이라도 훨씬 포근하고 사랑스러웠다.

한참을 넋을 잃고 쳐다보다가 안으로 들어선 당자는 밖에서 보던 것보다 더욱 앙증맞게 펼쳐진 세상에서 눈을 떼지 못했다.

특히 양말 앞에서는 사족을 못 썼다. 이건 필시 인형의 것이다. 어떻게 이게 사람이 신는 크기일까. 자신도 모르게 예쁘면 무조건 바구니에 집어 담았다.

사실 인터넷으로 필요한 출산 용품을 뽑아 왔는데도 지금은 그런 건 생각도 나지 않았다. 오로지 귀엽고 예쁘면 다 사고 싶었다. 생각 같아선 유모차와 보행기도 어깨에 덜렁 들쳐 메고 가고 싶다.

"아기 용품 사시게요?"

종업원이 다가온 것도 모르고 욕심껏 마구 집어 담던 당자가 고개를 돌렸다. 그 입가에 뿌듯한 미소가 떠올랐다.

"네, 제가 임신을 했거든요."

그래요, 제가 했답니다. 이걸 좀 더 넓은 곳에 자랑할 방법은 없을까나? 〈MASAR〉 다음 호에 실어버릴까? 여러분들, 나 임신했어요오!

"근데, 몇 개월이나 됐어요? 너무 일찍 구입하시는 물건이 많은 것 같은데요."

바구니를 슬쩍 들여다본 종업원이 의아한 어조로 묻자 당자가 오히려 더 의아한 얼굴을 했다.

일찍 구입하면 뭐 어때. 어차피 언젠가는 쓸 건데.

"3주요."

종업원이 그럴 줄 알았다는 듯 고개를 끄덕이며 웃었다.

"첫아기죠? 처음 임신하신 분들은 그런 경우가 많아요. 하지만 이런 건 나중에 사도 돼요. 아기 인형이 있는데 사서 연습해 보시는 건 어떠세요?"

"아기 인형이요?"

아니, 이제 곧 있으면 아기를 실제로 낳을 건데 인형은 뭐하러……

틀틀거리던 때가 무색하게, 침대 위에 앉은 당자의 팔 안에는 종업원이 권한 아기 인형이 안겨 있었다. 당자는 너무나 기쁜 얼굴로 인형을 안고 얼러가며 웃음을 멈추지 못했다.

아기 인형이라는 건 참 신기했다. 옷도 신발도 각각 있어서, 챙겨 입혀주고 머리에 리본까지 다니 정말 영락없이 귀여운 아기였다.

'아무튼 돈 버는 방법도 가지가지라니까. 앗! 아가야, 미안해.

이런 세속적인 생각을 하다니.'

깊이 사과를 하고 꼭 껴안아 달래는 시늉을 하자 아기가 정말 웃는 것 같다.

그러고 보니 너무 꼭 껴안으면 아프지 않을까 하는 생각이 들어 살짝 떼어놓는다는 게 실수로 침대에 콩 떨어뜨렸다.

"으에엥!"

순간 아기 인형이 찢어져라 울기 시작했다.

처음엔 이게 무슨 소린가 싶어 넋이 나갔던 당자는 다름 아닌 아기 인형이 운다는 걸 깨닫고는 기겁을 하고 안아 올렸다. 이렇게 바보 같다니, 아무리 인형이지만 진짜 아기니까 우는 것도 진짜일 텐데.

"아가야, 미안해. 울지 마, 울지 말렴."

도무지 멈추지 않아 침대를 밟고 서서, 정말 엄마가 하는 것처럼 달래고 얼러 보았지만 아기의 울음은 잘 멈추지 않았다. 얼마나 서럽게 우는지, 자신 때문이란 걸 깨닫자 마음이 더욱 다급했다.

"미안해, 정말 미안해. 흑흑."

진심으로 사과를 하던 당자는 감정이 북받쳐 자신도 모르게 훌쩍이고 말았다. 아기가 울지만 않으면 소원이 없을 것 같았다. 하지만 아무리 안아주고 뺨을 비비며 간절하게 속삭여도 울음이 멈추지 않았다.

안타까운 마음에 침대를 둘러보는 당자의 시야에 젖병이 포착되었다. 당자는 얼른 앉아 아기에게 젖병을 물렸다. 순간 거짓말처럼 아기가 울음을 뚝 그쳤다.

“아, 정말. 배고파서 우는 건지도 모르고.”

당자는 정말 아기를 키우기라도 하는 것처럼, 젖병을 빨고서야 울음을 멈추는 아기 인형을 자연스럽게 납득하고 있었다.

눈물을 손가락으로 닦으며 아기의 배가 부를 때까지 젖병을 물렸다. 앞으로는 절대 떨어뜨리면 안 된다는 다짐을 하며.


“어엉? 그런 인형이 있었어?”

아기 인형에 대해 쉴새없이 떠들어대는 당자에게 돌순은 건성으로 대답했다. 어쩐지 그 표정이 측은해하는 빛이었는데, 아마 임신을 하고 싶어 환장한 어떤 여자가 이제 인형까지 사서 적막한 마음을 달래는 것쯤으로 생각하는 모양이다. 옆에 앉은 용구의 표정도 별반 다르지 않았다.

“그래서, 지금은 어떻게 하고 있는데? 들쳐업고 출근해야 하는 거 아니야? 포대기라면 내가 구할 수 있는데, 하나 구해주리?”

“흥, 농담하지 마. 아기는 지금 자고 있어. 안 그래도 내가 아침에 업어서 재워놓고 나왔거든. 우리 아기는 너무 순해서 엄마가 퇴근할 때까지 안 깨.”

“안 깨냐? 그거 잘 됐구나. 너나 좀 깨라. 아직도 꿈꾸고 있냐?”

“신랄하기는.”

당자는 코웃음을 치며 돌순의 언어 공격을 무시했다. 그래도 계속 돌순이 측은한 사람 보듯 하자 당자는 돌순과 용구를 흘끗 쳐다보며 천천히 입을 열었다.

"사실, 나… 임신했어."

순간 돌순과 용구의 눈이 동시에 커졌다. 한동안 어항 속의 금붕어 마냥 뻐끔거리더니 돌순이 먼저 말을 쏟아냈다.

"정말이야? 드디어 됐구나!"

"으응, 드디어."

"나는 사실, 축하해야 되는 건지 잘 모르겠네."

용구는 남자 입장이니 결혼을 거부하면서도 아기만을 고집하는 당자의 입장을 피부로 느끼기는 힘들 것이다. 기본적으로는 당자를 지지해주는 쪽이지만, 아무래도 당자가 걱정되는 것이리라.

"그냥 축하해 줘. 그럼 돼."

"암튼, 대단해. 김 실장."

"그날 필름 끊겼다면서? 나올 때 소주병 빨면서 나오면 어떻게 하냐?"

"흥, 내가 다 알아 봤네요. 괜찮대. 의사 선생님께서 확신해 주신 거니까 틀림없어."

당자는 승리한 사람처럼 음하하 웃으며 커피 잔을 들었다.

"잠깐! 너 커피 마시면 안 되는 거 아니야?"

이런… 그렇지.

커피 귀신이 다소곳이 커피 잔을 내려놓는 것을 보며 돌순과 용구는 시선을 마주치며 웃었다.

돌순이 진지한 얼굴로 물었다.

"아빠는, 그 서울대 교수님이지?"

"으음, 글쎄? 난 빛으로 잉태를 했다고나 할까."

"너, 아기 듣는데 거짓말하면 못 쓴다."

"그래, 맞아. 그 사람이야."

"끝난 거야?"

"응. 더 이상 엮일 생각은 없어. 만약 눈치라도 채면 큰일이니까."

"야, 그러지 말고 진지하게 결혼을 한번 생각해 봐. 아기가 열매가 되어서 결혼하는 커플도 많다, 너. 그 사람들 다 얼마나 행복하게 사는데. 자기들을 이어준 아기에게 고마워하면서. TV 프로에도 그런 사연 많이 나오잖아."

당자는 단호하게 고개를 저었다. 돌순과 용구가 어떤 마음인지는 알고 있지만.

"그 사람하고 내가 안 되는 이유가 딱 164가지가 있거든? 근데 그걸 다 말해 주기에는 지금 좀 시간이 부족하고. 가장 큰 이유가 뭔지 알아?"

"164가지 같은 소리 하네. 그래, 가장 큰 이유가 뭔데?"

"그 사람 집, 본가 말이야. 경주에서 아직도 갓 쓰고 사는 뼈대있는 집이래. 그것만으로 나한테는 완전히 에러야. 결혼하면 그날로 직장 손 털어야 해. 그런 집에서 여자가 밖으로 도는 걸 용납하겠냐?"

"세상에. 아직도 그런 집이 있어?"

돌순의 입에서 '세상에'라는 말이 나오면 다 끝난 거다. 오징어처럼 생긴 외계인이 지구를 침략한대도 눈썹 하나 까딱 않고 통뼈 힘으로 싸워 이길 것 같은 그녀가 놀랄 정도라면, 갓 쓰고 사는 종갓집이 비정상적이긴 한가 보다.

"정말 안 되겠다. 그럼 너 비녀 꽂아야 할 거 아니야. 하하하, 김당자가 비녀 꽂고 한복 입고 하루라도 살겠다."

"그래. 내가 직장 그만두고 비녀 꽂고 장독이나 닦는 꼴을……. 나돌순, 너 장난할래?"

"쿡쿡. 미안, 미안."

"당신, 심각한 상황에서 개그하지 마. 만약 그 교수 집안이 그렇다면 확실히 김 실장한테는 어울리지 않아."

"그래, 어찌어찌해서 직장은 다닐 수 있다고 쳐. 직장 눈치, 시댁 눈치, 남편 눈치, 온갖 눈총 다 받으면서 또 집안일도 해야 하잖아. 그렇게 큰 집이라면 제사도 일 년에 몇 번은 있을 거고, 명절이면 찾아가야 하고 생신이면 또 찾아가야 하고. 몇 번은 핑계로 빠질 수도 있겠지만 며느리가 되어서 어떻게 계속 무시하고 있어. 무엇보다 애도 키워야지, 도대체 일은 언제 해? 난 자신 없어. 정말 자신 없어."

용구와 돌순은 침묵에 잠겼다. 자신 없다고 고개를 젓는 당자는 회피하려는 모습이라기보다는, 그런 상황에 처했을 때 지쳐 버리는 자신을 보고 싶어하지 않는 것 같았다. 그렇게 되어 일도 가정 생활도 제대로 해내지 못했을 때, 지금껏 완벽하게 자신의 일을 해내 온 그녀에게는 더할 수 없는 패배감이 들 테니.

두 사람은 어쩔 수 없이 그녀의 상황에 수긍하고 말았다. 결혼을 해놓고 도망가는 게 아니라, 미리 그런 상황 자체를 만들지 않겠다는 그녀의 선택이 어떻게 보면 옳을지도 모르니까.

"실장님, 휴대폰 전화 왔습니다."

마감을 앞두고 산처럼 쌓인 사진을 고르며 회의를 하고 있던 당자는 비서가 건넨 휴대폰을 받아 건성으로 흘끗 쳐다보았다.

순간 보기 좋게 정리된 당자의 눈썹이 찌푸려졌다.

'아니, 왜 이러세요. 우리 그만 끝내기로 했잖아요. 그만 해주셔야죠.'

당자는 일부러 휴대폰을 방치하고서 다시 사진 쪽으로 시선을 돌렸다. 신호가 끊기자 상념으로 머릿속이 흐트러졌다.

'아가야, 엄마가 너무 모질지? 그러니까 엄마가 하는 거짓말, 한 번만 이해하고 들어 줘. 지금 전화 온 사람은… 그냥 모르는 사람이야. 마음을 너무 무겁게 하는, 모르는 사람.'

어떻게든 생각을 털어버리고 작업에 집중하려는데 휴대폰이 다시 울렸다.

직원들의 시선이 휴대폰으로 향하자, 당자는 한숨을 폭 내쉬며 짧은 지시를 내리고 편집장실로 들어갔다.

"여보세요? 마감 날짜가 가까워서 지금 좀 바쁘거든요? 나중에 봐서 연락 할게요."

상대방의 목소리도 듣지 않고 딱딱한 말을 한꺼번에 쏟아냈다.

워낙 조용해서 주춤하고 있는데 기찬의 목소리가 넘어왔다.

[당자 씨, 그렇게 몰듯 말하지 말아요. 내가, 당자 씨 마음에 차지 않는다는 거, 그렇게 드러내지 않아도 잘 알고 있으니까.]

당자의 심장이 짧게 울렸다. 오랜만에 들어 본 목소리는 그 어느 때보다 낮았다. 그렇다고 화를 낸다거나 탓을 하는 것 같지는 않다. 내용은 충분히 투정이 섞인 말인데, 넘어오는 목소리는 물처럼 고요하다.

"있잖아요. 전화상으로 이런 말 하는 거 정말 미안하지만, 기찬 씨가 내 입장을 이해해 줄 사람이라 믿고 말할게요. 나, 편집장까지 어떻게 올라왔을 것 같아요? 기찬 씨가 상상할 수 없을 만큼 치열하게 다퉈서 올라온 거예요. 그래서 더욱 이 일을 사랑해요. 내 일이 세상에서 가장 소중해요. 난, 이미 일과 결혼했어요. 무슨 말인지, 기찬 씨 이해해 줄 수 있죠?"

또 다른 방식의 이별 통보. 마지막까지 심장을 차갑게 굳혀 일말의 망설임도 묻히지 않는다. 이게 김당자가 살아가는 방식이다.

기찬은 생각을 하는 듯 잠시 조용했다. 곧 가을바람 소리 같은 낮은 한숨과 함께 그가 말했다.

[우리가 함께 했던 것들이… 나에겐 정말 아름다운 충격이었어요. 그런데 당자 씨는 그걸 너무나 하찮게 생각해요. 처음엔 그게 서운하고 화도 났지만, 이제 조금 이해할 수 있을 것 같아요.]

낮은 울림이 있는 그의 목소리는 촉촉하게 젖어있는 것 같았다. 한숨에 묻어 있는 습기 때문일까, 아니면 그의 마음이 정말 깊은 고해를 하고 있는 걸까. 당자는 어쩔 수 없이 가슴이 찌르르 울렸다.

[그러니까 마지막으로 한 번만 만나요. 만나서 할 이야기가 있어요.]

에잇, 찌르르 울렸던 거 취소다. 약해진 틈을 타서 공격하다니, 이 남자 의외로 고단수인지도 모르겠다.

계획대로라면 이대로 끊어버려야 했지만, 잠깐 생각하던 당자는 찌릿 째려보며 저편에 있는 남자에게 말했다.

"정말이죠?"

메마른 듯한 웃음소리가 넘어왔다. 이젠 이 남자의 웃음소리를 듣는 게 세상에서 가장 힘든 일이 되었다.


"삼거리에서 갑자기 멈춘 사람이 누구야? 아줌마잖아! 초보도 아닌 것 같은데 운전을 그딴 식으로 하면 어떻게 해!"

이게 무슨 소린가.

약속 장소로 가던 당자는 때아닌 방해꾼에게 발목이 잡혀 있었다. 버럭버럭 소리치는 폼이 교양은 벌써 예전에 밥 말아먹은 것 같은, 소위 깍두기 스타일의 험악하게 생긴 남자였다. 오는 도중에 길이 약간 헷갈려서 양 갈래 길에서 브레이크를 밟았는데, 이 깍두기 아저씨가 뒤따라오고 있었나 보다. 대뜸 앞질러 오더니 타고 있던 덤프트럭을 세우고 이렇게 버럭버럭 소리를 쳐댄다.

231

근데 이 사람이 누구더러 자꾸 아줌마래?

"이 아저씨가 정말 보자보자 하니까, 거긴 횡단보도였잖아요. 그리고 아저씨가 규정 속도로 왔어요? 앞뒤 안보고 속도를 내니까 그렇잖아요!"

"이 아줌마가 정말, 내가 그렇게 순하게 생겼어?"

꿈에 나올까 두려운 소리다. 넌 거울도 안 보니?

운전을 하다보면 실수를 할 수도 있는 거고 그럴 때일수록 대화로 풀어야지, 이 남자는 대뜸 반말 짓거리에 사람을 윽박지르기만 한다.

생각할수록 화가 난 당자는 눈을 세모꼴로 뜨고 남자를 노려보았다.

"이 아저씨 봐. 까딱하면 사람 치겠네."

"내가 못 칠 것 같아!"

우족 같은 팔이 휙 치켜 올라갔다. 그 투박한 솥뚜껑 같은 손이 당자의 얼굴에 그늘을 만들며 하강을 하려는 순간, 갑자기 솥뚜껑이 그 자리에서 멈췄다.

한 대 맞는다는 생각에 말도 안 나오던 당자의 눈동자가 흔들렸다. 기가 막힌 타이밍에 남자의 굵은 손목을 움켜 쥔 보기 좋은 섬세한 손이 있었다.

"기, 기찬 씨……."

언제 온 건지 기찬이 남자의 손목을 목 조르듯 움켜쥐고 서늘한 눈으로 노려보고 있었다. 두 남자의 팔에 핏줄이 툭툭 불거질 정도로 양쪽 다 기합이 들어가 있다.

기찬이 무섭게 눈을 치켜 뜨고 입을 열었다.

"지금 뭐하는 겁니까?"

단언하건데, 지금까지 본 그의 표정 중 가장 차갑고 못돼 보이기까지 하는 눈이다. 게다가 불현듯 나타나 정의의 이름으로 악을 정벌해주는 야성미까지…….

"넌 또 뭐야!"

퍽!

야성미를 논하기도 전에 남자의 두꺼운 주먹에 기찬의 턱이 빠각 소리가 나도록 돌아가면서 뒤로 나뒹굴었다.

"기찬 씨!"

당자는 깜짝 놀라 달려가 기찬을 안아 일으켜 세웠다.

기찬이 신음을 흘리며 손바닥으로 턱을 받쳐 올렸다.

기찬을 안은 채 당자가 남자를 홱 노려보았다.

"당신, 지금 뭐 하는 짓이에요! 다짜고짜 사람을 쳐요? 당신 깡패야?"

"가만있어 봐요."

"기찬 씨, 그만둬요!"

당자가 소리쳤지만 어느 틈에 일어나 번개같은 속도로 달려간 기찬이 맞은 곳을 그대로 돌려주었다. 재킷 자락을 휘날리면서 상대방의 턱에 주먹을 내리꽂자 남자의 큰 몸이 휘청거리며 살짝 밀렸다. 하지만 워낙 중량이 있어서 그런지 기찬이 그랬던 것만큼 종잇장처럼 날아가진 않았다.

진심으로 열 받았다는 표정으로 이를 갈며 달려든 남자가 기

찬의 복부에 주먹을 쑤셔 넣어 날려버리자 상대적으로 호리호리
한 기찬이 억 소리를 내며 길바닥으로 내팽개치듯 쓰러졌다.

딱! 또르르!

그 바람에 기찬의 재킷 주머니에서 케이스 하나가 떨어져 굴
렀다.

어떻게든 말리려고 당자가 달려드는 사이 기찬이 또 벌떡 일
어나 남자에게 주먹을 꽂고, 역시 잠깐 휘청거리고 만 남자는 이
번에는 입술이 터질 정도로 정통으로 주먹을 먹였다.

찢어진 입술에서 피가 흘러내린 순간 당자가 미친 듯 소리쳤
다.

"꺄악! 그만 해요!"

하지만 남자는 멈출 생각이 없는지 기진맥진해 있는 기찬의
멱살을 낚아채 일으켜 세웠다. 그리고 또 그 솥뚜껑을 날리려는
찰나 당자가 가까스로 두 사람 사이를 파고들어 외쳤다.

"그래요. 내가 잘못했어요. 그러니까 제발 그만해요!"

기찬의 앞을 막아 선 채 남자의 팔뚝을 저지하고서 사정하듯
소리쳤다. 당자가 눈물까지 흘리려 하자 귀신처럼 치뜨고 있던
남자의 눈이 그나마 정상으로 돌아오더니 침을 탁 뱉고서 불성
실한 어조를 던지듯 내뱉었다.

"한 주먹도 안 되는 것들이 사람을 호구로 보고 있어."

"알았어요. 아저씨 호구 아니니까 그만하고 가세요."

"아줌씨, 앞으로 운전 똑바로 하고 다녀! 가만히 있는 사람 성
질나게 말이야."

　중얼거린 남자는 더없이 건들거리며 트럭으로 휙 올라가 곧 사라졌다.

　당자는 그제야 한숨을 폭 내쉬고 기찬을 돌아보았다. 기찬은 난간에 걸터앉아 터진 입술을 손수건으로 누르고 있었다. 뭐라고 할 말을 찾지 못해 물끄러미 보고만 있는데, 그가 천천히 입을 열었다.

　“억울합니다.”

　“네?”

　“억울하다구요. 딱 한 대 쳤는데, 더럽게 많이 맞았지 않습니까.”

　“그게 억울해요? 보고 있는 전 어땠을 것 같아요? 그러니까 밀릴 것 같으면 중간에서 그만두지, 왜 부득불 끝까지…….”

　타박하듯 소리를 늘어놓던 당자는 기찬의 시선이 찌릿 향하자 입술을 딱 닫았다.

　정통으로 주먹이 꽂히고, 그 바람에 길바닥에 몇 번을 굴러 기찬의 현재 상태는 가관이 아니었다. 깔끔했던 옷은 넝마 조각 같고 단정하게 빗어 올렸을 머리카락도 흐트러져 있다. 무엇보다 힘도 못 써 보고 일방적으로 맞았다는 데 대한 충격이 큰 것 같다.

　‘치, 그래도 멋지게 보이고 싶었나보지.’

　그쪽은 한참 깨져 있는데 당자는 어쩐지 웃음이 날 것 같았다. 이기고 지고, 누가 몇 대를 더 때리고가 문제가 아니라 앞뒤 안 가리고 달려들어 준 그가 고마웠다. 아주 조금 감동도 했다.

하지만 말해주지는 말아야지.

기찬이 손수건을 떼며 말했다.

"앞으로 그런 일 있으면 싸우지 마요. 그냥 미안하다고 하고 넘겨요."

"하지만 어떻게 그래요? 오늘도 저 아저씨가 먼저 시비를……."

"그러다가 다치면 어떻게 할래요!"

갑자기 기찬이 소리를 쳐서 당자는 입을 딱 다물었다. 뭔가 원망스러운 눈빛으로 쳐다보고 있는데, 맞은 게 그렇게 억울한 걸까?

"기찬 씨……."

"얼마나 놀랐는지 알아요? 막 여길 지나가고 있었기에 다행이지, 까딱했으면 눈앞에서 당자 씨가 맞는 걸 볼 뻔했어요. 그랬으면 저 자식 가만히 안 뒀어요. 정말이에요. 대신 맞아서 정말 다행이에요."

당자는 할 말을 잊고서 기찬을 쳐다보고 있었다.

이 남자는 도대체 끝가지 왜 이러는 걸까. 내 옆에서 무슨 부귀영화를 누리겠다고.

"격투기라도 배워야겠어요."

"푸흣."

"보디가드 필요하면 언제든 연락해요."

"말 그대로 맞으면서 가드해 주려구요?"

"당자 씨가 맞는 것보다는 나아요."

도시의 건조한 바람이 두 사람을 스치고 지나갔다. 그 속에서 그의 곁을 스치고 지나온 바람만은 훈풍 같다. 너덜너덜하게 얻어맞기만 했는데도 실망할 수가 없는 흑기사다.

"선물 하나 줄게요."

주워두었던 케이스를 내밀자 기찬이 고개를 들었다. 찢어진 입술에 피가 맺혀 있다. 가슴이 싸하며 안타깝다.

"그건……."

"아까 기찬 씨 날아갈 때 떨어졌어요."

기찬의 얼굴이 당황스러움으로 붉게 물들었다.

"자꾸 놀리지 마요."

"미안해요. 하지만 한 대 칠 때는 멋졌어요. 터프했어요."

당자의 손에서 케이스를 건네받은 기찬이 낮게 중얼거렸다.

"이벤트도 준비했는데……."

"안 볼래요."

"당자 씨……."

"기찬 씨, 정말 좋은 사람이라는 거 알아요. 내가 결혼할 생각이 있었다면 기찬 씨한테 매달렸을 거예요. 정말… 미안해요."

기찬은 고개를 푹 숙였다. 언제나 다정하고 상냥한 말을 건네주는 남자에게 돌려줄 것이라곤 이렇게 차가운 것뿐이라 신경질난다. 안 그래도 차버려야 하는 상황인데, 옷까지 평소와 다르게 너덜너덜해서 더 미안하다. 하지만 아무리 그래도, 비녀는 도저히 못 꽂겠다.

"짧은 시간이었지만 많은 추억을 만들었던 것 같아요. 영원히 잊지 못할 거예요. 그냥 하는 말이 아니라 진심이에요. 그래서 애기하는 건데, 기찬 씨한테서 자꾸 연락 오면 내 마음이 더 아플 것 같아요."

남들은 한 번도 안 할 수 있는 이별을, 똑같은 남자와 몇 번이나 하는 건지 모르겠다. 그때마다 심장 한 귀퉁이가 조금씩 잘려나가는 것 같아 속상하다. 잘려나간 자리마다 뻔뻔함이 채워진다. 여기에서 더 뻔뻔해져서 어쩌려고.


기찬을 두고서 그대로 빌라로 돌아온 당자는 주차장에 차를 주차 시키고 현관으로 향했다.

"어라? 저건 뭐야."

입구에 당자의 걸음을 멈추게 하는 것이 있었다. 놓여 있는 건 크리스마스 트리였다. 선명한 녹색의 살아있는 나무가 자신의 생명을 드러내듯 깜빡깜빡 불을 밝히고 있다. 동글동글 주먹만 한 방울도 주렁주렁 달려 있다.

"한여름에 웬 크리스마스 트리?"

어딘가에 계절을 잊은 사람이 있으려니 생각하자 피식 웃음이 나왔다.

곧바로 빌라로 올라가 샤워를 마친 당자는 가뿐한 차림으로 욕실을 나왔다. 물을 마시려고 주방으로 가려는데 초인종이 울렸다.

"누구세요?"

"경비입니다! 택배 왔어요."

당자는 고개를 갸웃거리며 현관문을 열었다.

경비가 싱긋 웃으며 서 있는데, 그의 손에 현관 앞에서 본 그 트리가 들려 있었다. 당자는 시간을 놓치고 떠도는 크리스마스 트리가 어째서 자신의 눈앞에 있는 건지 의아했다.

"이게, 저한테 온 거예요?"

"그러게요. 지난 겨울에 보낸 택배가 지금에야 도착했나 봅니다."

하하핫!

당자는 민망함에 실없이 웃으며 트리를 받아들었다. 경비가 간 후 트리 화분을 거실 테이블에 올려놓고 유심히 바라보았다.

"이벤트도 준비했는데……."

떠오른 슬픈 목소리, 당자의 입가에 씁쓸한 미소가 돌았다.

"최기찬 씨, 준비한 이벤트가 이거였어요?"

한숨을 폭 내쉬며 반질반질 동그란 방울에 손가락 끝을 댔다. 감싸 쥐듯 방울을 만지는데 갑자기 방울이 반으로 톡 갈라지더니 메모지가 아래로 떨어졌다.

"에?"

이 남자 메모 엄청 좋아해.

당자는 손을 뻗어 메모지를 펼쳐 보았다.


당신은 내가 사랑할만한 사람이 아니에요. 내가 사랑하지 않으면 안 될 사람이에요.

"……."

반듯한 필체로 적힌, 기찬의 마음이었다.

정말 유치한 남자다. 세상에서 제일 유치하다. 하지만 유치할수록 더 호기심을 끈다는 걸, 이 남자는 알고 있는 걸까?

당자는 어쩔 수 없이 미소를 흘리며 다음 방울을 만졌다.


당자 씨 때문에 처음 질투라는 걸 배웠어요. 좀 더 빨리 만났으면 더 빨리 배웠겠죠?


하나씩 하나씩 그의 목소리를 글자로 듣는다.


앞으로 내가 키우는 모든 꽃이랑 나무들은 다 당신을 위한 거예요. 누구를 위해서 산다는 게 이렇게 흐뭇한 줄 몰랐어요.


당신은 내 손바닥에 박힌 가시 같아요. 만나고 올 때마다 자꾸 내 살 속을 파고들어요. 그래서 가슴이 아파요.


메모지가 펼쳐질수록 당자의 눈동자가 촉촉하게 젖어갔다. 어깨에 힘을 잔뜩 주고 필요한 말만 내뱉는 차가운 남자와 어떻게든 눈을 맞춰 진실을 말하고 싶어하는 부드러운 남자간의 차이를 갈수록 느끼게 된다.


이렇게 다정하기만 해서 어떻게 하려고 그래요? 기찬 씨가 내

아들이었으면 나한테 벌써 많이 맞았을 거예요.

당신에 대해서 다 알고 싶어요. 그림은 잘 그렸는지, 수학 문제는 잘 풀었는지, 내가 좋아하는 김치찌개는 잘 끓이는지, 언제 눈물을 흘리는지 다 궁금해요.

보이지 않는 상처가 있죠? 숨기지 마세요. 내가 따뜻하게 잘 품어서 때깔 나는 진주로 만들어 행복하게 해줄게요.

순간 당자의 속눈썹이 파르르 떨리며 눌러 둔 눈물이 왈칵 올라왔다.

말하지 않아도 알아챌 수 있는 한계선을 잘 모르겠다. 기찬은 지금까지 자신의 무엇을 어떻게 보아 온 것일까. 어떤 눈으로 봤길래 자신도 의식하지 않은 것을 그는 느낄 수 있었던 걸까.

당신을 언제 내 가슴속에 심었는지 알아요? 무인도에서 멧돼지와 싸우고 쓰러졌을 때, 내가 영원히 지켜줘야겠다고 생각했어요.

메모지를 밉지 않게 노려보며, 눈물을 매단 채 웃음 지었다. 하나하나, 그와의 추억이 다시 떠오르려 한다. 둘이서 함께 만들었지만 지금은 둘로 나뉘어 각자의 가슴속에 간직되어 있을 그 모든 추억들.

내가 가장 듣기 싫은 말은 "결혼 안 할 거예요."

내가 가장 하고 싶은 말은 "보고 싶어요."

결국 메모지를 내려놓은 손은 휴대폰으로 향했다. 자신도 모르게 번호를 누르고 있었다. 하지만 마지막 번호에서 손가락은 멈추고 말았다.

"안 돼. 내가 지금, 뭐 하는 거야."

휴대폰을 던지듯 놓은 당자는 무릎을 소파로 끌어올려 꽉 끌어안았다. 점점 더 힘을 주어 자신의 몸을 꽉 옭아매고 놓지 않았다. 마치 조금이라도 틈을 주면 의지가 무너지기라도 하듯.

달콤한 말 몇 마디가 만드는 환상. 무의식적으로 의식을 옭아매는 말이란 존재가 얼마나 위험한지 알고 있었다. 순간이 전체를 속이기란 그렇게 쉬운 것이다. 당장 마음을 녹여주는 그 말 몇 마디에, 글귀 몇 개에 사람은 충분히 현혹될 수 있다. 그러나 현혹되어서는 안 된다.

하지만… 사람이란 말을 하지 않고서는 살 수 없다는 것도 사실이다. 마음이 아무리 가득해도 말로 표현하지 않으면 아무런 소용이 없다. 한 존재의 생명을 유지하기 위한 게 물과 음식이라면, 존재간의 화합을 유지하기 위한 건 바로 이 '말'이 아닐까. 대화를 하지 않으면 어떻게 상대방과 가까워지고, 자신의 마음을 보여주며, 상대방의 마음을 알 수 있을까.

진심이 섞인 말이라면 더더욱.

기찬이 자신을 현혹하려 하고 있었다. 절절한 진심을 담아 김당자의 표면에 덮인 가면을 벗겨내려 한다.

가장 두려운 건, 그가 의식하고서 하는 행동이 아니라는 거다. 그는 그저 자신의 진심을 전하려는 것뿐, 당자를 선동하려는 마음은 없을 것이다. 그러나 그 사심없는 행동들 하나하나가 당자의 뇌와 심장을 침범해 감각세포들을 모조리 건드리고 있었다. 의식하고서 달려드는 것보다 더 치명적으로.

사랑한다. 사랑하지 않는다.

몇 개의 표현으로 단순히 정리할 수 있는 관계라면 좋겠다. 그러면 뿌리치기도 더 쉬울 텐데. 그러나 이미 그와 자신에게는 단순한 관계 이상의 것이 존재하고 있다.

하나의 생명을 함께 만든 공범자. 그 운명의 실을 이쪽에서 일방적으로 끊으려는 걸, 기찬은 본능적으로 느끼고 있는 걸까? 그래서 이렇게 도저히 놓지 못하는 걸까?

동그란 방울에 담겨 배달된 소중한 진심. 환불도, 수신거부도, 내용증명도 할 수 없는, 오롯이 귀하고 귀한 사람의 마음.

차라리 열어보지 말 걸 그랬어.


"당신은 내 손에 박힌 가시 같아요."

이튿날 저녁에 집으로 찾아온 돌순이 메모지의 글귀를 따라 읽고 있는 것을 당자는 멍하니 보고 있었다. 아기 인형을 끌어안고서 소파에 앉아 부부를 지켜본다.

"만나고 올 때마다 자꾸 내 살 속을 파고들어요. 그래서 가슴이 아파요. 어머어머, 이 남자 너무 멋있다. 딱 내 스타일이네."

“이봐요, 마누라 씨. 이 사람은 대한민국 모든 여자들 스타일
이야. 얼굴 잘 생겼지, 머리 좋지, 성격 좋지, 거기다가 로맨틱하
지. 이런 남자 싫어할 여자가 어디 있어?”

“여기 인형 끌어안고 있잖아.”

돌순이 콕 집어 가리키자 당자는 뜨끔해서 시선을 슬쩍 돌렸
다.

“이봐요, 교수님 손에 박힌 가시양. 눈 돌리지 말고 말해 봐.
이 사태에 대해 뭐 느끼는 것 없어?”

당자는 아기 인형의 뺨에 뺨을 맞대고 무덤덤하게 대꾸했다.

“벌써 대답했잖아. 그 가시, 빼줄 생각이야. 흔적도 남지 않게
빼내버릴 거야.”

“하나는 알고 둘은 모르는 헛똑똑이양. 그게 그렇게 흔적도
없이 빠질 것 같아? 아무리 기술적으로 빼도 찔린 상처는 남는
거야. 그 상처, 다른 여자가 치료해주겠다고 딤비면 어떻게 할
래? 그러다가 정말 놓친다, 너.”

“그러니까 자꾸 똑같은 말 반복…….”

“앗! 여기 안 터진 방울 하나 있는데?”

당자는 기술적으로 말을 돌려버리는 친구를 찌릿 노려보다가
중얼거렸다.

“터뜨려 봐.”

여기에서 더 보면, 심장에 안 좋은데.

돌순이 신이 나서 방울을 터뜨렸다. 재미있다면서 싱글벙글이
다. 용구도 슬쩍 상체를 기울였다.

“무슨 말이 들어 있을지 되게 궁금하네.”

“자기도 그렇지? 에… 뭐라고 써있냐 하면. ‘결혼을 무서워하지 마세요. 당신 앞길에 놓인 돌멩이 하나하나 다 치우고, 깨끗이 빗질해 놓을게요.’ 야, 너 이 사람 꼭 잡아야겠다. 청소도 해준대잖아.”

당자가 피식 웃자 용구도 주책맞은 아내에게 항의를 했다.

“어떻게 그걸 그렇게 해석 하냐?”

“어허, 왜 이래. 농담도 안 통하는 세계야? 솔직히 말해서 이런 남자 정말 없다. 당자야, 나중에 땅 치고 후회하지 말고 꽉 잡아.”

용구가 당자를 슬쩍 돌아보고는, 가만히 살펴보다가 말했다.

“보니까, 김 실장도 그 사람한테 마음이 약간 움직인 것 같은데?”

당자의 눈동자가 흔들렸다.

“어제 그 사람하고 헤어지고, 사실 마음이 좀 안 좋았어. 근데, 집에 오니까 이게 와 있는 거야. 이걸 한 장 한 장 보고 있으니까… 이런 사람 또 없겠다 싶더라구.”

“야아! 김당자, 니가 그런 생각을 다 했어? 이거야말로 천지가 개벽할 일이다. 여보, 얘 이런 말 태어나서 첨이야.”

“그래서 한번 만나나 보자, 그런 생각을 했어.”

용구가 고개를 끄덕였다.

“얼굴도 영화배우 뺨치겠다. 김 실장, 이 사람 놓치면 후회할 것 같은데.”

“당신 그 사람 봤어?”

“응, 잠깐. 사무실에 한번 왔었어.”

“야, 김당자! 나 솔직히 궁금해서 돌아버릴 것 같다. 대한민국 최고 유전자를 가진 남자가 도대체 어떻게 생겼는지 구경 좀 하자. 너, 최고 유전자랑 인간성은 다른 거야. 우리가 테스트 해줄 테니까, 비싸게 굴지말고 한 번만 보자, 응?”

당자가 선뜻 웃으며 돌순의 눈을 마주보았다. 그리고 눈동자를 반질반질 빛내고 있는 친구를 향해 대답했다.

“비싸든, 싸든 지금은 나 혼자 볼 거야. 나중에, 혹시라도 잘되면 싸게 배포할게.”

✣

한영은 시원한 물살을 가르며 그날 밤의 일을 생각하고 있었다. 준수가 그 시간까지 함께 있어줬다는 생각은 하지도 못하고 윤석의 전화를 받자마자 쪼르르 달려가 버렸다.

“한영 씨는 정말 남편을 용서할만한 위치를 갖고 있어요?”

준수의 말에 정곡을 찔렸다. 자신이 스스로 남편과의 관계를 더 나쁘게 몰고 온 것이다. 그 남자는 뭐든 받는 게 당연한 쪽, 자신은 주는 게 당연한 쪽.

하지만 지금껏 그 길이 올바른 길이고, 그게 전부라고 생각하고 살아왔는데 이제 와서 어쩌란 말인가.

준수의 그 말 속에 담긴 힐책의 의미를 모르는 건 아니었다.

요즘 여자들과 비교까지 당했는데, 아무리 바보라도 어떻게 모르겠는가. 하지만 습관처럼 달라붙은 남편에 대한 자신의 행동들은 잘 변해지지가 않았다.

‘웃기지 마. 네가 스스로 변할 노력 따위 하지 않는 거면서.’

이따금씩 산소를 폐로 넣어가며 한영은 스스로를 비웃었다. 계속 그럴 거면 아무리 친구들이 가짜 애인을 만들어주어도 전혀 소용이 없을 것이다. 자신이 변하지 않는 한.

가짜 애인 역할은 깔끔하게 거절했다지만 준수가 해주는 말들에는 조금 영향을 받고 있다. 순간순간마다 뜨끔할 정도로 그의 말에 공감을 하고 있다. 하지만 듣는 그때뿐이라는 게 문제다.


“아까 그 자식, 누구야?”

집으로 들어갔을 때, 마침 샤워를 하고 나온 윤석이 무섭게 노려보며 말했다.

한영은 괜히 죄지은 사람처럼 시선을 떨어뜨리며 대답했다.

“연두 아빠 후배래요. 연두네 집에서 딱 한 번 본 적 있어요.”

“거기서 우연히 한 번 본 사람이 나한테 주먹을 날려?”

씨근거리는 숨이 느껴질 정도로 윤석이 분한 얼굴로 외쳤다.

한영은 깜짝 놀라서 더듬거렸다.

“저, 정말이에요.”

“그 자식이랑 이 시간까지 뭐하고 있었어?”

“그 사람이랑 같이 있는 줄 어떻게 알았어요?”

한쪽 눈썹을 잔뜩 찌푸린 채 노려보던 윤석이 갑자기 쿵쿵 냄새를 맡았다.

"당신, 술 마셨어?"

그녀가 아무 대답도 안 하자 그의 얼굴이 더욱 일그러졌다.

"각서까지 썼겠다. 이제 고삐 풀렸다 이거지?"

"무슨 고삐가 풀렸다고 그래요."

그 후 윤석은 그대로 안방으로 들어가 버렸지만, 확실히 윤석의 어투에는 조금 신경이 쓰이는 점이 있었다.

'그 자식이랑 이 시간까지 뭐하고 있었어?'

준수가 가짜 애인은 아니었지만 어쩌면 질투 작전에 남편이 반응한 건지도 모르겠다고 생각하니 아주 조금 마음이 놓였다. 기대를 하게 된다. 이대로만 진행이 된다면, 남편을 되찾는 것도 가능하지 않을까.


코스를 끝낸 한영은 물 밖으로 나가기 위해 난간을 잡았다.

"안녕하세요?"

그때 낯익은 목소리가 위에서 떨어져 내려와 한영은 고개를 들었다. 수영복 차림의 준수가 서 있었다. 한영은 요즘 자주 만나는 그가 반가워 생긋 웃었다. 뭐라고 해도 그는 질투 작전의 가능성을 보여준 사람이니까.

"어머, 안녕하세요?"

밖으로 나온 한영은 타월로 몸을 감싸고 그를 쳐다보았다.

문득 그날 저녁의 일이 생각나서 쑥스러웠다.

"지난번엔 미안해요. 인사도 제대로 못하고 도망갔죠?"

"총알같이 달려가는 모습이 귀여웠다고나 할까."

안 그래도 한참 비웃었을 거다.

"언제 왔어요?"

"이제 가려구요."

"그래요? 좀 기다릴 수 있죠?"

한영이 고개를 끄덕이자 준수는 멋지게 다이빙을 해서 멀어져 갔다. 한영은 한동안 그 모습을 바라보았다.


"지난번에 애 아빠 전화 받고 정신 없이 달려갔잖아요."

잠시 후 커피를 앞에 둔 한영이 먼저 말하자 준수가 빙긋 웃었다.

"네, 그랬죠."

"준수 씨한테 주먹을 맞아서 그런지, 애 아빠가 평소 때랑 약간 달랐어요."

"오호, 어떻게 달랐는데요?"

"약간 질투를 하는 것 같았어요."

진심으로 기쁜 듯한 그 미소에 준수도 빙그레 웃었다.

"정말이에요? 그럼, 내 약발이 먹힌 거잖아요."

"그런 셈이에요."

"나도 잘 모르지만 코치 하나 할게요. 아저씨랑 그 여자 사이에 계속 끼어 들어서……. 그런데 뭐라고 불러야 되죠? 누님이라고 부르기도 그렇고, 아줌마라 불러야 되나?"

준수가 짓궂은 눈으로 말하자, 한영이 새치름하게 반박을 했다.

"싫어요. 그냥 이름 불러주세요."

"이름이 뭔데요?"

"한영. 외자에요. 성은 한, 이름은 영."

"알았어요. 그러니까, 두 사람 사이에 시도 때도 없이 끼어 들어서 한영 씨 존재를 팍팍 심으세요. 그 여자가 막 짜증날 정도로. 두 사람이 편안하게 연애하게 놔두면 안 돼요. 지금 두 사람 같이 있죠?"

한영은 마지못해 고개를 끄덕였다.

"전화하세요."

"하, 하지만 둘이 같이 있는 줄 뻔히 아는데 뭣 하러 전화를 해요? 싫어요."

"아, 정말 답답하네. 그렇게 무방비로 놔두면 안 된다니까요. 드라마도 못 봤어요? 그 여자가 짜증나서 돌아버리게 해야 돼요. 얼른 전화해요."

말처럼 그게 쉬우면 자신도 편하겠다.

한영은 준수의 닦달에도 도무지 움직이지 못했다. 아무리 준수의 말이 맞더라도 그럴 용기까지는 없었다.

"어서요."

"하지만… 준수 씨 나쁜 사람이에요. 지금 대놓고 멸시를 받으란 거잖아요."

"어휴, 그럼 언제는 돌려서 멸시를 합디까?"

한영은 원망스러운 눈으로 준수를 흘겨보았다.

그러나 준수는 단호했다.

"어서요!"

한영은 어쩔 수 없이 쭈뼛거리며 휴대폰을 꺼냈다. 번호를 누르려다가 준수를 또 바라보며 물었다.

"뭐라고 얘기해요?"

"나 참, 그것까지 코치해 줘요? 글쎄요, 뭐라고 하면 좋을까나. 일단 아무거나 둘러대요. 애가 아프다거나, 저녁 준비할 건데 먹고 올 거냐? 뭐, 많잖아요."

한영은 입술을 꼭 깨물고 단축번호를 꾹 눌렀다.

신호음이 들리는 사이 한영의 손바닥은 축축하게 땀이 배고 있었다. 내 남편에게 전화를 하는 건데, 어째서 이렇게 두렵고 긴장해야 하는 건지.

한참을 울려도 전화를 받는 기미가 없어 한영은 준수를 흘끗 쳐다보았다.

"아, 안 받는데요?"

"끝까지 기다려 봐요."

그때 연결 음이 끊기며 목소리가 넘어왔다.

순간 한영의 얼굴이 새하얗게 질리는 걸 준수는 덤덤한 눈으로 쳐다보고 있었다.

한영은 손끝부터 떨리는 걸 애써 참으며 입을 열었다.

"할 얘기 있으니까, 좀 바꿔줘요."

윤석이 아니었다. 전화를 받은 사람은 세연이었다.

[서로 간섭하지 않기로 했다던데, 왜 전화했어요?]

당당하게, 이쪽 같은 건 신경도 쓰지 않는 목소리로 그렇게 말하고 있다.

한영은 치밀어 오르는 분노 때문에 바들바들 떨리는 턱을 애써 눌렀다.

[지금 바꿔 줄 수가 없어요.]

"왜… 바꿔 줄 수 없는데요."

[하하, 그걸 꼭 말로 해야 하나요?]

휴대폰을 쥔 한영의 손이 천천히 내려갔다. 휴대폰을 닫으며 한영이 희미하게 미소지었다.

"먼저 끊겼네요."

준수를 바라보자 그는 뚫어져라 한영을 쳐다보고만 있었다. 한영은 그의 시선을 피하듯 고개를 숙여버렸다.

[그냥 끊어!]

끝내 가슴을 아프게 한 건, 세연보다 옆에서 들려온 남편의 목소리였다.

휴대폰을 쥔 한영의 손이 부들부들 떨렸다. 억누르려고 했지만 도저히 되지가 않는다. 그래서는 안 되는데, 이런 전화를 하게 만든 준수까지 미워지려고 한다. 그는 자신을 위해서 애써 준 건데.

"왜 그래요?"

한영은 숨이 턱 막혀와 거칠게 호흡을 내뿜었다.

조용히 한영을 바라보고 있던 준수가 한숨을 폭 내쉬었다. 대충 무슨 일이 있었는지 짐작이 갔다.

한영은 마치 경기에 걸린 아이처럼 온통 떨고 있었다. 눈물도 흘리지 않고서 악을 쓰듯 참고 있다.

"일어나요."

한영이 채 고개를 들 시간도 주지 않고 그대로 그녀의 손목을 낚아 채 성큼성큼 밖으로 나갔다.


"내가 스트레스 받을 때 정신 없이 두들기는 거예요. 그러다 보면 머리가 좀 맑아지곤 했어요. 아무 생각 없이 스틱으로 드럼을 패보세요. 미운 사람이라 생각해도 좋고 답답한 자신이라고 생각해도 좋아요."

준수가 데리고 간 곳은 밴드 연습실이었다. 갑자기 끌고 가서 어디로 가나 했는데 의외의 장소였다.

한영은 드럼에 앉아 가까이에 서 있는 준수를 물끄러미 바라보았다.

이 남자는, 좀 신기하다. 많은 말을 하지도 않았는데, 필요한 말을 들려주고 상황을 만들어준다. 가짜 애인은 안 해 준다고 했으면서.

특별히 오지랖이 넓은 사람이 아니면. 특별히 동정심이 많은 사람이겠지.

"나 아까 전에 준수 씨 원망했어요."

"그랬어요? 아아, 그랬군요."

"왜 그런 전화를 하게 해서 그 둘이 같이 있는 걸 확인하게 만드냐고. 안 그래도 잘 알고 있는데 왜 더 비참하게 만드는 거냐고……. 또 남편을 원망하는 대신 준수 씨를 원망했어요.”

준수는 아무 말 없이 스틱을 쥐어주었다. 한영은 천천히 스틱을 쥔 손에 힘을 주었다.

“그렇게 나쁜데 드럼까지 빌려줘요?”

“안 그러면 또 수영장에서 귀신 흉내 내고 있을 거 아니에요. 나, 귀신이 무서워요. 그럼, 수고해요.”

한영은 나가는 준수의 등을 물끄러미 보고 있다가 곧 한 번, 두 번 드럼을 두드리기 시작했다.

어쩐지 툭툭 두들겨지는 소리가 듣기 좋다. 조금 더 속도를 붙이자 가슴에서 무언가가 꿈틀 하고 움직였다. 그건 항상 폭발 직전까지 눌러두었던 앙금 덩어리였다. 그대로 한심함으로 변해 달라붙어 버려서 이제는 긁어내지도 못할 줄 알았는데.

리듬도 없이, 균형도 없이, 규칙도 없이 두들길수록 자신의 내부에 오래된 페인트처럼 들러붙어 있던 무언가 들이 조금씩 갈라지면서 스스스 떨어져 내리기 시작한다.

가슴이 터질 것 같다. 더 강도를 높이자 침대 위에 누워있는 윤석과 세연의 모습이 떠올랐다.

한영은 눈을 감는 대신 드럼을 더욱 크게 두들겼다. 이 스틱만 있으면 한데 엉켜 있는 그들을 두들겨 패 떨어뜨려 놓을 수도 있을 것 같다.

미친 듯이 드럼을 치는 한영의 눈에 눈물이 차올랐다. 드럼을 치느라 움직이는 건지, 흐느끼는 탓인지 어깨가 쉴 새 없이 들썩이고 있었다.

후두둑 눈물이 떨어져 내렸다. 하도 오랫동안 들러붙어서 어느새 아교처럼 끈질겨진 분노의 덩어리는 드럼을 두들길수록 해방되는 것 같은데, 슬픔은 그쳐지지가 않았다. 아무리 치고 또 쳐도 결국엔 스틱으로 두들겨 맞는 건 자신의 심장 같다.

결국 한영의 손에서 스틱이 툭 떨어져 특유의 소리를 내며 바닥을 굴러갔다.

문이 열리는 소리가 들린다. 준수가 들어온 것이겠지만 한영은 고개를 들지 않았다. 아니 들지 못했다. 다람쥐가 쳇바퀴를 돌듯 결국 스스로를 극복하지 못하는 못난 모습을 보여주기가 창피했다. 동생뻘 되는 남자라 더욱 수치스럽다.

내가 지금 여기에서 뭘 하는 거지? 누구를 이용해서 뭘 얄팍하게 얻어내겠다는 거지?

한영은 질린 얼굴로 찢어진 드럼을 내려다보았다. 미친 듯 쳐버려서 드럼이 찢어져버렸다.

이렇게나 분노를 담고 있으면서, 가정을 지킨다는 허울 좋은 명목 아래 약한 피해자인 척 내 몸만 도사리고 있다. 지치지도 않고 오늘도 또 쳇바퀴를 굴리고 있다. 왔던 자리로 또 되돌아오고, 또 되돌아오고…….

"이런 말, 아주 독한 건지 모르겠지만……."

준수가 입을 열었다. 한영은 온통 눈물로 번진 얼굴을 아래로 향한 채였다.

"한영 씨는 자기가 비참하다는 사실을 직시할 필요가 있어요. 자꾸 도망가지 말아요. 한영 씨는 지금 비참해요."

한영은 무섭게 바닥을 노려보았다. 머물지 못한 눈물 방울이 바닥으로 똑똑 떨어졌다.

어쩌면 처음 수영장에서 만난 순간부터 서준수라는 남자는 자신이 돌리고 있는 쳇바퀴를 중간에 확 잡아채 흐름을 흩트린 사람이었는지도 모르겠다. 그가 퍼부은 말과 아무렇지도 않게 흘리는 말에 몇 번이나 심장이 뜨끔했었다. 너무 적나라해서 화가 날 법도 한데, 이상하게 그렇게 되지는 않았다.

그래, 난 비참해. 적은 명백한데. 바람을 피우고 찬이까지 버리고 도망가려는 남편은 확실히 파렴치한인데, 그렇게 잔인한 사람이 없는데.

그런데도 그를 원망하고 싶지 않다. 붙잡아둘 생각에만 급급하다.

어째서 난 내 상황을 돌아보기가 싫은 걸까. 하지만 안다고 해도, 내 한심함을 알아버린다고 해도 어쩌란 말이야. 지금 이 상황에서 어쩌란 말이야. 남편을 붙들어 매놓을 수도 없어. 아무리 매달려도 안 돼. 이혼하고서 여봐란 듯이 잘 살면서 복수할 수 있다는 보장도 없어. 조강지처 버린 남자가 피눈물 흘리면서 후회할 것 같지도 않아.

오히려 그때 조금만 더 견딜 걸, 조금만 더 참을 걸 하고 후회하는 나 자신을 보게 될까봐 두려워. 차라리 멸시받더라도 이대로 찬이 키우면서 김윤석의 아내라는 이름에만 의지하면서 살 걸 왜 이혼했을까, 그렇게 생각하면서 후회할까봐.

준수 씨, 나 어떻게 해야 해요? 이럴 땐 어떻게 해야 하냐고!

"해줄게요, 가짜 애인."

한영이 고개를 번쩍 들었다. 뭐에 화가 났는지, 준수는 무서운 얼굴로 벽에 기댄 채 한영을 똑바로 쳐다보고 있었다.

내가 지금, 무슨 말을 들은 거지?

한영은 믿어지지 않는다는 얼굴로 준수를 바라보기만 했다.

한영이 끝내 아무 말이 없자 준수가 버럭 소리쳤다.

"가짜 애인 노릇 해준다구요!"

⚜

살다보면 인생의 어느 한 시기가 꽃향기로 가득 찰 날이 있다. 하지만 당자는 아직 그런 날이 오지 않았다고 생각했다.

[애기 아빠 멋있더라.]

바로 지금, 꽃향기는커녕 상한 빵 냄새가 어딘가에서 풍겨오는 걸 보니.

당자는 휴대폰 너머에 있는 돌순을 향해 집중 사격을 퍼부었다.

"그런 말 한 번만 더 써 봐! 그리고 멋있다니, 무슨 소리야? 너, 너 설마……!"

[자주 간다는 수목원에 염탐 가 봤지. 분위기 좋고, 생김새 뚜렷하고. 아주 꽃들이 빛을 잃더라, 야.]

아우, 뒷목 땡겨!

이 주책맞은 친구를 어찌해야할지 모르겠다. 그새 거길 가 보다니. 설마 보자기 같은 거 쓰고 간 건 아니지!

"나돌순, 잘 들어. 호기심으로 들쑤실 상대 아니야. 내 인생이 걸린 문제라고. 잘못하다 임신 사실이 들키기라도 하면……."

심각하게 내뱉던 당자의 목소리가 서서히 줄어들더니 멈췄다.

빌라 바로 앞에서 당자의 걸음이 정지했다. 휴대폰을 쥔 채 시선이 한 곳으로 집중되었다.

[어이, 말하던 사람 어디 갔어? 통화하는 중에 자는 거야? 임신하면 잠이 많아진다고 하지만…….]

"내일 다시 할게. 끊어."

당자는 얼른 슬라이드를 닫아버리고 휴대폰을 쥐지 않은 손을 꼭 말아 쥐었다.

천천히 한 걸음, 한 걸음 다가갔다. 빌라 화단 앞에 쪼그리고 앉아 무언가를 하고 있는 낯익은 남자의 뒷모습을 향해.

등지고 앉아 있는 남자는 화단에 무언가를 심고 있었다. 장미가 소복이 담긴 커다란 꽃바구니가 옆에 놓여 있다. 당자가 다가온 것도 모르고 손은 부지런히 움직였다. 꽃바구니에서 장미를 꺼내 신중한 태도로 조심조심 흙을 파서 묻는다.

도대체 이건 또 무슨 짓인지.

하고 있는 행동이 하도 신기해서 아는 체도 못하고 있는데, 마치 꽃에게 말을 걸듯 그의 낮은 목소리가 흘러왔다.

"지금까지 살면서 시험에 떨어져 본 적이 없는데, 당자 씨가 나 떨어뜨리면 어떡하지? 장미야, 네가 좀 도와줄래?"

목소리에 취기가 묻어 있다. 자세히 보니 앉아 있는 자세도 약간 불안정하다. 무릎의 힘에 의지해서 겨우 버티고 있는 몸이 당장 앞으로 넘어가도 전혀 이상하지 않을 모습이다. 그래도 꽃을 심는 손길만은 그렇게 진지하고 똑바를 수가 없었다.

"내가 당자 씨에게 많이 부족하지? 알았어. 내가 더 노력할게. 아야!"

가시에 찔린 기찬이 낮은 비명을 흘리며 손가락을 감싸 쥐었다.

깜짝 놀란 당자가 한 발 앞으로 나선 순간 기찬이 다시 말했다.

"너 모르지? 우리 당자 씨도 가시 있는 거. 너처럼 예쁘니까 가시가 있는 거야."

당자의 얼굴에 형용할 수 없는 표정이 떠올랐다. 입술을 달싹거려보기도 하고, 손을 뻗어보기도 하고, 이미 촉촉이 젖어 있는 속눈썹을 크게 깜빡여 보기도 했지만 어떤 말로 그를 불러야 할지 모르겠다.

"너, 그거 모르지? 우리 당자 씨 겉으로는 씩씩한 척 해도 속은 정말 여린 여자야. 워커홀릭처럼 보이지? 그것도 사랑이 고파서 그런 거야. 그래서 내가 더 잘해줘야 돼."

낮은 한숨처럼 흘러나오는 말.

한 마디, 한마디 심장에 스며드는 목소리의 울림.

사랑할 수밖에 없는 사람…….

아무리 매정한 여자라도, 아무리 무감동한 심장을 가진 여자라도 이래서야 더 거절할 수도 없게 만드는 얄미운 남자.

"기찬 씨……."

습관처럼 그의 이름이 입술 밖으로 흘러나왔다. 그러나 기찬은 아무런 반응이 없었다. 들리지 않은 건지, 듣지 못하는 건지 조금 휘청거리는 손으로 장미를 옮겨 심고만 있다.

"기찬 씨."

조금 더 크게 불러 보았다. 그제야 기찬의 손이 정지했다. 장미를 심은 흙을 꼭꼭 누르고 있던 손길이 멈추고, 조금씩 움직이던 넓은 등도 조용해졌다.

돌아보지 않고 있다. 그를 쉽게 돌아보지 못하게 만든 건, 지금까지의 자신이라는 생각이 들자 그가 너무 안쓰러웠다.

기찬이 천천히 자리에서 일어났다. 손바닥에는 흙을 묻히고서 일어선 자세 그대로 등지고 있던 그가 조금씩 몸을 돌렸다. 당자와 시선이 마주치자 쑥스러운 듯 살짝 미소를 깨문다.

"단지가 삭막한 것 같아서……. 당자 씨가 출근할 때마다 꽃을 보면 좋겠다는 생각을 했어요. 그럼, 당자 씨의 하루도 늘 기분 좋지 않을까요."

"그래서 꽃을 심고 있었어요?"

'그런 건 부녀회에서 돈을 걷어서 하면 되는데.'

내가 지금 무슨 생각을 하고 있는 거야? 이렇게 한없이 주책을 떠는 여자인데, 기찬 씨는 그래도 내가 좋아요?

"사실은 술을 마시고 나오는데 학생들이 꽃을 팔고 있었어요. 뿌리까지 확실한 분재를 가지고 와서 심어야 하는 건데. 그래야 당자 씨가 오래오래 볼 수 있는 건데. 금방 시들면… 슬프니까."

눈꺼풀을 살짝 아래로 내리고서 말하고 있는 그의 시선을 끌어올리고 싶다. 그런 욕심이 들었다. 늘 진지하고 다정한 그의 눈동자를 마주보고 싶다.

"기찬 씨, 나 물어보고 싶은 거 있어요."

"그래요."

"솔직히 대답해 줘야 해요. 벌주로 도망도 못 가요."

"벌주 같은 거, 상관없어요."

처음부터 지금 이 순간까지 오로지 진실하게, 그는 대답해 주었으니까.

"내가 왜 좋아요?"

당신의 시선은 내 어떤 부분을 보아왔던 걸까. 내 어떤 부분을 좋게 느꼈던 걸까.

기찬이 갑자기 엷게 웃었다. 대기가 부드러워지는 평온한 미소다.

"다행이에요. 어려운 질문이면 어쩌나 했는데."

그게, 그렇게 쉬운 질문인가?

"당자 씨를 보면서 제일 먼저 떠오른 건 성게가시예요. 그렇게 많은 가시를 가지고 있는 걸 보면, 뭔가 있는 것 같아요. 말 못할 상처라든가. 아니면 꼭꼭 숨겨놓은 돈이 많이 있던가."

당자는 이끌리듯 기찬을 쳐다보고 있었다.

"그런데, 그 가시 속에 노란 속살이 들어 있어요. 그게 아주 부드럽거든요. 당자 씨도 원래 부드럽고 인정이 많은 여자예요. 난 그걸 알아요. 그래서 좋아합니다."

좋아합니다.

성게가시보다는 아름다운 산호이고 싶었던 당자이지만, 다섯 음절의 무게에 가슴이 찌르르 울려버렸다.

좋아합니다.

"그, 그런 건 너무 신파적이잖아요. 상처 같은 거, 나한테 있을 리가 있어요? 그렇게 기찬 씨 맘대로 만든 막연한 이미지말고, 확실한 거 뭐 없냐구요."

가슴이 뜨끔해서 당자는 일부러 다른 말로 돌렸다. 당당하게 물어보고선 쑥스러워하고 있다.

기찬이 취한 눈으로 비시시 웃으며 입을 연다.

"웃는 얼굴이 예뻐요."

"흥, 웃는 얼굴이 안 예쁜 사람도 있어요?"

"아주 많아요."

"둘러대긴."

"그럼 말 바꿀게요. 웃는 얼굴도 예뻐요."

당자는 빤히 기찬을 바라보았다. 긴 눈매, 유려한 콧날, 남자의 입술이라고 하기에 참 예쁘장한 입술을 가졌다. 평소에는 그렇게 단정하기만 하던 눈동자에 취기를 담고 있어 조금은 풀어져 보이지만 그게 또 편안해 보인다.

잠시 서로에게 고정되어 있던 시선을 먼저 거둔 쪽은 기찬이었다.

"나, 그만 갈게요. 불쌍한 장미들이 어서 집에 가자고 하네요."

순간 당자의 심장이 쿵 떨어져 내렸다.

안 간데도 등 떠밀었어야 할 사람은 자신이 아니었나? 근데 나 지금 왜 이러는 거지? 가겠다는 말에 서운함이 일고 있다. 아니 한없이 불안하다.

그가 간다고 한다.

"빨리 물을 줘야 할 것 같아요."

가지 않았으면 좋겠다. 하지만 그는 이미 등을 돌렸다. 이대로 있으면 가게 된다. 그를 놓치게 된다. 그렇게 다정하게 웃어주던 얼굴도, 부드러운 눈매도, 상냥한 키스도 더 받을 수 없다. 내 것이 아니게 된다. 손을, 잡아 달라 할 수 없다.

예전에도 이런 기억이 있다. 분명히 똑같은 장소에서 그를 붙잡으려고 모델이 되어달라는 둥 말을 했을 때가. 마음은 그때와 비교도 할 수 없을 정도로 커졌다. 그도 그때처럼 차갑지 않다. 이미 상황은 변해버렸다는 걸, 지금에야 깨달았다.

그를, 붙잡고 싶다. 지금 떠오르는 건 그것뿐.

"이 장미, 책임지고 계속 살릴 수 있어요?"

눈을 꽉 감고 쏟아내듯 말해버렸다.

기찬의 걸음이 우뚝 멈췄다. 그가 고개를 돌리고서 눈을 깜빡거렸다.

못 알아들은 것 같아 당자는 심통이 나 버렸다.

당신은 내 작은 생각까지 다 알아줘야 해.

"나 이 화단에 심은 장미, 내년까지 보고 싶은데 그때까지 살게 할 수 있냐구요. 매일 와서 물주고, 매일 와서 봐 주고. 온 김에… 김당자도 자주 보고……."

"당자 씨……."

"처음부터 자신 없으면 대답하지 말아요. 자신이 있으면… 으앗!"

그가 성큼 다가와 와락 안아버리자 당자는 낮은 비명을 흘렸다.

그녀를 소중하게 끌어안은 기찬이 쉰 듯 갈라진 목소리로 중얼거렸다.

"나 지금 잘못 들은 거 아니죠?"

"나도 몰라요. 두 번은 말 안 해."

"장미꽃 심으면서, 소망도 함께 심었어요. 그거 모르죠?"

바보 같은 남자. 그렇게 절절하게 말하면서 심고 있는데 어떻게 몰라. 아침에 출근할 때마다 장미꽃에 담긴 그 소망이란 게 뒤통수를 찌릿찌릿 째려볼까 봐 겁이 다 났는데.

"당자 씨, 내가 잘 할게요."

바보.

"근데 장미꽃은, 내년 봄까지 살리려면 몇 번은 바꿔야 할 것 같은데. 줄기만 잘린 거라 계속 살리기가 상식적으로……."

"그거 포기로 받아들여도 되죠?"

"아니요. 할 수 있어요! 무슨 방법을 써서라도 할게요."

정말 바보다. 그 마음만으로도 이렇게 행복한데 그것도 모르고. 하지만 알려주지 말아야지. 당분간은 말해주지 말아야지. 난 신중한 여자니까.

당자는 천천히 고개를 들었다.

서로의 눈이 마주친 순간 따뜻한 손이 움직여 당자의 뺨을 만지작거렸다. 소중한 무언가를 대하듯 더없이 조심스러운 손길이다. 한없이, 한없이 만지고 또 만진다.

애틋하게 내려다보는 그 검은 눈동자 때문에 가슴이 싸했다. 차오른 눈물이 속눈썹을 적셨다. 부드러운 미소를 머금고서 기찬이 손끝으로 당자의 눈물을 가만히 닦아주었다.

계속해서 뺨을 어루만지던 손에 천천히 따스한 힘이 들어가며 얼굴이 가까이 다가온다. 입술은 눈물 방울을 찍고서 물기를 빨아들였다. 콧등에, 이마에 깃털처럼 내려앉은 입술이 입술로 내려와 키스가 시작되었다. 입술이 부드럽게 섞이며 아주 작은 움직임마저 느껴진다. 고개를 살며시 틀어가며 수없이 입을 맞춰온다.

지금만큼은 폭풍 같은 열정이 아니었다. 서로가 서로를 마음으로 받아들인다는, 약속 같은 키스였다.

그의 몸에서 소박한 들풀의 내음이 풍겨 왔다. 화려한 배경을 지닌 남자이지만, 늘 마음만은 소박한 진심을 담고 있는 남자.

지금에야 입술과 입술이 맞닿은 느낌이다. 그동안 수없이 입맞춤을 했지만 지금만큼 설레고 행복할까. 드디어 마음을 허락

한 이 키스만큼 의미가 있을까. 이 시간이 너무 소중해서 당자의
눈물은 멈출 줄을 몰랐다.

　살다 보면 인생의 어느 한 시기가 꽃향기로 가득 찰 날이, 꼭
있다.

# 산 너머 산, 경주는 멀기만 하다!

꼭 한 사람에게서 어떤 도움을 받는다는 것보다, 누군가가 옆에 있어준다는 것 자체가 도움이 될 때가 있다.

한영에게는 준수가 그랬다. 무슨 생각이 들어 가짜 애인이 되어주겠다고 한 건지는 모르겠지만, 외롭게 서 있는 자신의 옆에 슬그머니 와서 서 준 느낌이었다.

딱히 기대를 갖고 있는 건 아니다. 입장도 잊고서 완전히 의지를 할 생각도 없다. 드럼을 찢어버릴 정도의 분노를 가졌으면서도 결국 눈물만 뚝뚝 흘리는 철없는 여자를 보고 동정심이 인 거라 해도 지금은 마다할 상황이 아니었다. 후방지원을 받는 느낌이 이런 걸까.

그 남자 때문에 든든한 건 사실이니까.

입술을 꼭꼭 깨물고서 침대에 앉아 있는데 문이 열렸다. 덤덤한 얼굴로 들어와 스킨을 바르는 윤석의 뒷모습을 조용히 쳐다보다가 입을 열었다.

“서재에 이불 펴놨어요.”

스킨을 바르던 손이 멈칫했다. 윤석이 노골적인 조소를 담은 얼굴로 돌아보았다.

“한 이불 덮기 싫다는 거야, 아니면 혼자 사는 연습이야?”

“둘 다요.”

이 정도로 담담하게 말할 수 있어서 다행이었다. 1년의 시간이 김윤석을 붙들어 둘 수 있는 기회가 된다면 좋겠지만, 그게 불가능하다면 조금씩이라도 저 남자를 객관적으로 볼 시각을 가질 수 있는 기회라도 되었으면 좋겠다.

마치 처음 연애할 때처럼, 열렬히 사랑할 때처럼, 아직 한영의 눈꺼풀에는 김윤석에 대한 콩깍지가 벗겨지지 않았다. 남편으로서 마땅히 대우해야 할 존재라는 생각만 든다. 환상이 조금씩 흐릿해지기만 바랄 뿐이다.

“그래, 그렇게 하자. 잘 자.”

냉정하게 나가는 등을 보고 있는데, 윤석이 우뚝 멈춰 서더니 돌아보며 말했다.

“그러게 전화는 왜 해? 서로 간섭하지 않기로 각서 썼잖아.”

“내가 뭐 당신이 보고 싶어서 전화한 줄 알아요?”

“타이밍이 안 좋았어, 왜 하필 샤워할 때 전활 해가지고 그래.”

[빨리 끊어!]

아직 그 목소리가 사라지지 않는데, 빤히 보이는 거짓말을 하고 있다. 그것도 나름대로의 배려라고 황송하게 받아들여야 하는 걸까.

"도대체 어디 있었길래 그 시간에 샤워를 해요?"

"그것도 물어보지 그랬어? 자세하게 알려줬을 텐데."

"그 여자가 그렇게 좋아요?"

"당신한테 더 이상 상처 주고 싶지 않아. 그렇게 자꾸 파고들고 집착하면 당신만 더 힘들어."

"그걸 알면서……!"

"그걸 아니까, 당신 원하는 대로 다 해주잖아! 이 집 주지, 생활비 주지, 자립할 때까지 시간 달래서 이혼도 일 년 뒤로 미뤄줬지, 더 이상 어떻게 해줘?"

대화가 불가능하게 된 지 오래다.

한영은 진저리를 치며 중얼거렸다.

"그게 다 무슨 소용이 있어요. 이미 내 꿈은 다 깨졌는데."

"인생 다 안 끝났어. 아직도 한참 남았어. 나쁜 놈 만나서 벼락 맞았다고 생각해. 그리고 당신도 새 인생 찾아."

문이 닫혔다.

언제부터인가 남편이란 사람이 주는 소리는 닫히는 문소리뿐이게 되었다. 눈을 똑바로 마주 본 지가 오래다. 보여주는 건 차가운 등뿐. 마주 보고 보듬어주던 가까운 온기가 사라져버렸다.

변해버리는 시간을, 바뀌어 버리는 상황을 허무한 눈으로 들여다본다.

"당신도 새 인생 찾아."

이제는 가까워질 수 있는 길이 모두 막혔다. 결혼을 한 순간 그 사람에게 가장 빨리 닿는 지름길을 부여받았다고 생각했는데, 지금 보니 내가 아무리 걸어가도 그는 이미 다른 길로 가 버리고 없다. 아무도 다니지 않게 된 길에는 쓸쓸한 허무만이 낙엽처럼 뒹굴고 있다.

도무지 길을 찾을 수 없다. 바로 앞에 있는데도, 눈앞에서 길을 잃어버렸다.


"휴우……."

수영을 마치고 준수와 함께 앉은 한영은 한숨을 폭 내쉬었다.

음료수를 마시다 말고 준수가 그런 한영을 흘끗 쳐다보았다.

"왜 그래요? 그새 무슨 일 있었어요?"

"몸이 멀어지면 마음도 멀어진다는데, 괜히 각방 쓰자고 했나 봐요."

"아니에요. 잘 했어요. 계속 끌려 다니면 우습게 봐요. 각방 쓰면서 거리를 약간 유지하는 게 좋아요."

"그러다가 완전히 멀어지면요?"

준수가 다 마신 캔을 내려놓으며 어깨를 으쓱했다.

"그런 각오도 안하고 시작했어요?"

"휴우……."

"잘 생각해봐요. 결혼하기 전에 아저씨가 어떻게 대해줬는지."

"그때야 공주님이었죠. 근데, 남자들은 왜 그래요? 결혼하기 전이랑 후랑 왜 그렇게 달라요? 뭐, 잡은 고기는 밥을 안 준다면서요? 준수 씨도 그래요?"

"다 그런 건 아니지만, 여자들한테도 문제가 있어요. 결혼 후에도 적당히 거리를 유지하면서 텐션을 줘야하는데, 철퍼덕 엎어져서 간 쓸개 다 빼주잖아요. 그러니까 남자들이 무시하죠."

한영이 준수를 진심으로 찌릿 노려보았다.

"그럴수록 더 잘해야 되는 것 아니에요?"

"그건 여자들 생각이에요. 아무튼, 지금부터라도 자존심을 찾자구요."

한영은 피식 웃었다. 듣고 보니 무슨 유적을 탐사하는 듯한 어투다. 그 자존심은 얼마나 깊숙한 곳에 숨겨져 있길래 이렇게 찾아내기 힘든 건지.

"어떻게요?"

"아저씨한텐 비록 무시당하지만, 나도 다른 남자한테 가면 백점짜리다. 그걸 보여주면서 질투심에 불을 질러야죠."

"그러니까, 그걸 어떻게 보여주냐구요?"

준수가 피식 웃었다.

"그걸 나한테 물어보면 어떻게 해요?"

그러게나 말이에요.

결국 한영도 피식 웃어버리고 말았다.


휴대폰 매장을 돌며 준수와 한영은 쉴 새 없이 티격태격했다.

그럴 수밖에 없는 것이, 남자와 여자의 시각은 다른 것인지 서로 괜찮다고 하는 디자인이 영 달랐던 것이다.

한참을 그러던 끝에 마침내 하나를 골랐다. 의견의 일치가 되지 않는네도 두 사람의 표정은 나쁘지 않았다. 준수가 친근하게 웃자 한영도 오랜만에 밝은 미소를 지었다.

"개통됐습니다, 손님."

한영은 얼른 달려가 휴대폰을 받아들며 물었다.

"내 휴대폰이랑 친구찾기도 설정됐어요?"

"네."

계산을 한 한영과 준수는 밖으로 나와 준수의 차에 탔다. 전방을 주시하며 핸들을 돌리고 있는 준수에게 한영이 긴장된 어조로 물었다.

"이걸 애 아빠 자동차 트렁크 속에 숨기란 말이죠?"

"그래야 위치추적을 하면 어디 있는 지 금방 알 수 있잖아요."

"근데 이런 것까지 꼭 해야 돼요?"

"우리가 아저씨 앞에 짠 하고 나타나야 되는데, 어디 있는지 알아야 나타나든지 말든지 할 것 아녜요. 기왕 하는 거 확실히 하자구요. 그리고 뽑을 수 있으면 아저씨 카드명세서도 뽑아요."

"그건 왜요?"

"그걸 보면 주로 어딜 다니는지, 빤히 나오잖아요."

"으응, 그렇구나."

준수가 어이가 없다는 듯 웃으며 한영을 돌아보았다.

"정말 몰랐던 거예요?"

"몰랐죠. 아는데 모르는 척 해요? 더 바보 될 마음도 없네요."

"쿡쿡. 한영 씨, 의외로 정말 착한 아내네."

"의외로는 빼야죠."

"그럼, 역시 착한 아내네. 됐어요?"

한영이 만족스럽다는 듯 고개를 끄덕였다.

"그런데 왜 그게 착한 아내예요?"

"아, 정말 못 살아. 자, 들어 봐요. 남편의 카드 내역을 살피는 건 영악한 아내가 할 행동이겠죠? 어떻게든 행동반경을 감시한다는 거잖아요. 주위에서 들은 방법이건 자신이 생각한 방법이건 남편 몰래 무언가를 추적하고 싶다는 욕망이 담겨 있잖아요. 그런데 한영 씨는 그럴 생각조차 하지 않은 거죠. 얼마나 순진해요?"

"어쩌 욕 듣는 것 같은데… 순진하면 요즘 세상에 욕이라잖아요."

"그렇게 생각하면 얼른 순진에서 탈피해요. 여우한테서 남편을 찾아오려면 곰 상태로는 어림없죠."

대 놓고 구박하고 있는 준수를 찌릿 노려보자 준수가 싱긋 웃었다. 여유롭게 핸들을 돌리며 그가 지나가듯 중얼거렸다.

"근데 난 욕먹을 것 같은 여자도 좋던데."

흘끗 한영을 쳐다보았지만, 그녀는 조그만 책자와 휴대폰의 버튼을 번갈아 쳐다보며 위치 추적 기능을 익히느라 정신이 없었다. 준수는 빙긋 웃고는 전방으로 시선을 돌렸다.

“윤희 씨, 오늘 스케줄 더 없지?”

편집장실을 나선 당자가 묻자 윤희가 고개를 끄덕였다.

“그럼 나 먼저 나갈게. 조 선배, 먼저 나갈게요. 모두 수고.”

살랑살랑 손을 흔들고 문을 닫으려는 순간, 안에서 목소리들이 새어 나왔다.

“실장님 요새 무슨 일 있는 거 아이가? 밖으로 도는 시간이 억수로 많아졌다.”

“어디 간다 말도 없이… 연애하시나?”

“실장님이 연애한다고 업무 중에 나갈 사람이냐? 일과 사랑이 칼인데.”

슬쩍 문을 닫은 당자는 쿡쿡 웃으며 활기찬 걸음걸이로 복도를 걸어갔다.

그래, 나 연애해. 모두들 궁금해 죽겠지? 절대 안 가르쳐 주지롱.


탁 트인 도로로 들어선 당자는 CD박스에서 CD를 골라 카오디오에 넣었다. 고르고 고른 태교 음악의 잔잔한 선율이 차 안을 채웠다. 당자는 핸들을 돌리지 않는 한 손으로 가만히 배를 만지며 음악에 귀를 기울였다.

기찬에게 연락이 와서 만나러 가는 길이었다. 꽤 비싼 레스토

랑에 예약을 해 놓았다며 데이트 신청을 해 왔다. 늦게 배운 도둑질이 더 무섭다고, 기찬은 하루가 멀다 하고 만나자 했다. 하지만 이제는 거부할 이유도 없었다. 한 번 시작하기로 했으니, 뭐가 되건 부딪쳐 보리라. 여전히 비녀를 꽂는 건 내키지 않았지만…….

어쩐지 기찬의 목소리에 조바심 같은 게 느껴졌지만 별일이야 있으랴 싶다.

아름다운 선율은 더욱 당자의 마음을 충만하게 해 주었다. 가만히 귀를 기울이고 있던 당자의 몸이 급격하게 앞으로 쏠린 건 그때였다.

쿵!

"꺄악!"

차체가 부딪친 충격에 휩쓸린 당자의 몸이 그대로 앞 어딘가에 부딪치려는 동시에, 당자는 본능적으로 배를 감싸 쥐고서 차를 세웠다. 가까스로 핸들을 짚으며 버티고 있는 당자의 얼굴이 하얗게 질렸다.

으윽!

어떻게든 배를 감싸려 했지만 고통 때문에 악문 잇새로 신음이 새어 나왔다. 덮쳐오는 두려움에 온몸에 식은땀이 흘렀다.

핸들에 몸을 의지하다시피 하고서 한 팔로 배를 계속 보호하는 사이 밖이 시끄러워졌다.

"어머, 어떻게 해! 어떻게 해!"

당자는 흐릿해지는 시야로 차창 밖을 쳐다보았다. 뒤에서 차를 박은 운전자인 듯 주부의 눈은 놀라서 어쩔 줄을 모른다.

문이 벌컥 열리는 순간 쓰러지다시피 한 당자의 몸을 주부가 받치려 했지만, 당자는 바닥을 기며 고통스러운 신음을 흘렸다.

“빠, 빨리… 119 좀 불러요.”

“하, 하지만 살짝 받혔는데, 119까지…….”

“빨리요!”

새파랗게 질린 주부가 얼른 차로 달려가 휴대폰을 열었다.

당자는 가물거리는 의식을 오기로 지탱하고서 버티고 있었다.


“괘, 괜찮아요?”

잠시 후, 침대에 누운 당자는 애원하는 눈으로 의사에게 물었다. 하혈이 있었기 때문에 걱정이 되어 미칠 것 같았다.

제발 지켜주세요. 우리 아기, 무사하게 해 주세요. 부탁이에요…….

의사는 아직 대답 없이 신중한 얼굴로 검사만 하고 있었다.

당자는 입술을 꼭 깨물고서 눈물을 억지로 눌러 삼켰다. 일 초가 한 시간처럼 길고 두려웠다. 당장이라도 신경쇠약으로 기절할 것 같은 몇 분이 어떻게 흘렀을까, 의사가 드디어 밝은 목소리로 입을 열었다.

“천만다행이에요. 별 다른 이상은 없어요. 착상도 잘 됐고.”

당자의 눈이 크게 떠졌다. 안도감에 한없는 미소가 차올랐다.

“정말이세요? 근데, 왜 뻐근하고 아프죠?”

“몸이 좀 약하네요. 잘 못 먹어요?”

“그렇게 잘 먹는 건 아니지만, 때는 다 찾아서 먹는 편이에
요.”

“노산은 아니지만 늦었잖아요. 이렇게 약하면 나중에 힘들어
요. 산모도 힘들고, 아이도 힘들고. 골고루 잘 먹으면 좋겠지만,
편식을 하더라도 입에 당기는 게 있으면 뭐든 닥치는 대로 찾아
서 먹어요. 산모가 건강해야 아이가 건강하죠. 스트레스 받지 말
고. 첫째도 안정, 둘째도 안정. 알았죠?”

“네.”

마치 선생님 앞에 선 초등학생처럼 당자는 기가 팍 죽어서 고
분고분 대답했다. 스트레스가 없었다고 자신 있게 말할 수가 없
다. 다른 사람도 아니고 아기 아빠 때문에!

링거를 맞아야 한다는 의사의 지시에 당자는 병실로 옮겨갔
다.

“에휴, 환자복이라니. 그래도 아기가 무사해서 다행이지만.”

침대에 누운 당자는 자신의 환자복을 내려다보며 중얼거렸다.

링거가 꽂힌 손목을 보고 있자니 참으로 착잡했다. 하필이면
사고가 날 줄이야 누가 알았겠는가. 자신 혼자면 몰라도 아기까
지 있는데. 생각 같아서는 이런 위험천만한 사고를 낸 그 주부를
요절이라도 내고 싶었지만, 뱃속의 아기를 생각해서 꾹 참았다.
산모가 독한 마음을 가지면 그 독이 가는 곳은 한 방향뿐이다.

“주부님, 어쩌다가 그러셨어요. 저는 아무런 원망도 하지 않
고 있답니다. 대신, 보험처리는 확실하게 하세요. 알겠습니까.”

중얼거리고 있는데 병실 문이 벌컥 열렸다.

“야, 어떻게 된 거야! 괜찮아?”

혹시 기찬이면 어떡하나 잔뜩 긴장하고 있는데, 무소의 뿔처럼 혼자서 들이닥친 인물은 다행히도 돌순이었다.

당자는 미소를 머금으며 고개를 끄덕였다.

“괜찮아.”

“아이는?”

“괜찮대. 피가 좀 비쳤는데 간혹 그럴 때가 있다네.”

돌순이 안도의 한숨을 폭 내쉬며 철제 의자를 끌어다가 침대 옆에 놓고 앉았다. 사고 소식을 듣고 뛰어왔는지 얼굴이 사색이다. 연락할 곳이 돌순 밖에 없었다.

“나도 연두 가졌을 때 그런 적 있었어. 그나저나 이만하기 다행이다, 야. 그놈의 최고 유전잔지 뭔지 그것 받으려고 별 쇼를 다했는데, 떨어졌으면 어쩔 뻔했냐?”

그러게나 말이다, 가 아니지.

“얏! 농담이라도 그런 말 하지 마. 이 아이는 내 목숨이나 마찬가지란 말이야!”

“아이구, 도둑 씨 받아놓고 끔찍이도 생각한다.”

“느어… 어디 가서 그런 말 했다간 나한테 죽을 줄 알어. 아니, 돌아가실 줄 알어.”

“내 참. 아까 전화했을 때는 다 죽어가더니, 아이 얘기하니까 눈에 핏발이 다 서네. 김당자도 어쩔 수 없이 여잔가 보다.”

그 말이 기분 좋아 빙그레 웃고 있는데 핸드백에서 휴대폰이 울렸다.

"돌순아아, 나 핸드백 좀 줘 봐."

"으이구, 저 필요할 때만 생글거리지. 옛다!"

"호호. 누구한테 전화가 왔으려나. 회사인가… 크엇!"

요상한 소리가 터져 나오자 돌순이 흘끗 쳐다보았다.

"누군데?"

"기찬 씨. 만나러 가다가 사고났거든."

"그 남자는 아마 늦게 온다고 화내는 게 아니라, 무슨 사고나 나지 않았나 걱정하고 있을 거다. 얼른 받아 봐."

난감한 얼굴로 망설이던 당자는 어쩔 수 없이 휴대폰을 귀에 댔다.

순간 목소리가 두 톤은 높아지며 애교 살이 묻은 목소리가 줄줄 흘러나왔다.

"어머 기찬 씨, 많이 기다렸죠?"

"어머 기찬 씨, 많이 기다렸죠? 어유, 생여우."

돌순이 항의를 퍼붓건 말건 당자는 일절 무시하고 그 생여우 짓에 박차를 가할 생각만 했다. 어떻게든 기찬의 관심을 돌려서 이곳으로는 절대 출입금지를 시켜야 했다.

[지금 어디 있어요? 무슨 일이 생긴 건 아니죠?]

"아이, 아니에요. 회사에 갑자기 바쁜 일이 생겨서요."

[정말이죠? 회사 일 때문에 못 온 거죠?]

"그럼요."

[난 또 오는 길에 무슨 사고라도 난 건가 하고 걱정했잖아요.]

허억! 감도가 민감하십니다.

[그럼, 언제 올 수 있어요?]

"어쩌죠? 오늘은 만나기 어려울 것 같은데……."

[늦어도 괜찮아요. 기다리고 있을 테니까 일 다 끝내고 천천히 와요.]

당자는 이마를 치며 이 남자의 성실함을 괴로워했다.

"저기, 기찬 씨. 오늘은 정말 안 돼요. 내가 전화할게요."

전화기 저편이 조용하다. 드디어 납득한 건가 생각하는데 한없이 무거운 소리가 넘어왔다.

[당자 씨, 설마 또 멀어질 생각 하는 거 아니죠?]

순간 당자의 입가에 잔잔한 미소가 돌았다.

뭐, 이 정도면… 나 아주 사랑받고 있는 거 맞지?

"그런 거 아니에요. 네, 꼭 전화할게요."

통화를 끝낸 당자는 빙그레 미소를 지으며 휴대폰을 내려다보았다.

돌순이 뱉이 꼴린다는 얼굴로 당자를 흘겨보았다.

"아이고, 아주 행복해 죽네. 그렇게 좋아?"

"아니야, 그런 게 아니라… 그동안 내가 좀 심했나 봐. 또 자기 차는 거 아니냐고 그러잖아."

돌순이 풋 웃음을 터뜨렸다.

"야, 웬만하면 접수해라. 네가 내 친구지만 솔직히 난, 그 남자가 아깝다."

'시끄러, 이 기집애야' 라고 소리칠 수도 없는 '사실' 이다.

"그래, 나도 그렇게 생각해."

"에에? 웬일이냐? 내가 뭐 어때서 하고 싸지를 줄 알았더니."

"괜찮은 사람인 건 사실이니까. 하지만, 아직 결혼은 두려워. 기찬 씨 집에서 나를 받아 줄지도 솔직히 걱정되고."

긍정적으로 생각해 보자면, 기찬의 본가인 경주와 서울은 일단은 떨어진 거리이니 그렇게 매이지 않아도 될지 모른다. 게다가 기찬이 확실하게 받쳐줘서 당자의 직업을 인정받으면 지금까지의 페이스를 흩뜨리지 않고 지낼 수도 있을 것이다. 기찬이라면 충분히 그렇게 해줄 것이다. 만약 배신의 기미가 보일라치면, 가차없이 차버리면 되는 거고. 하지만 오로지 '가정' 일 뿐인 것들에 완전히 의존하기가…….

"그 남자가 죽자살자 목매다는데 뭐가 걱정이야? 으유."

돌순의 목소리가 저기 먼 곳에서 들리는 것처럼 아득하다. 친구의 말처럼 그렇게 걱정 탁 붙들어 맬 수 있는 거라면 얼마나 좋겠는가.


링거 처치를 받고 퇴원해 빌라로 들어서려는 당자를 경비가 불러 세웠다.

"아니, 왜 이제 와?"

"왜요?"

으음, 내가 경비아저씨한테 통금 시간을 받아서 다녔었나?

"계속 기다리던데."

경비가 가리킨 곳을 보니 기찬이 아무렇게나 앉아서 졸고 있었다.

깜짝 놀라 동그랗게 커지던 당자의 눈이 이내 잔잔해졌다. 전혀 안 그럴 것 같은 이 남자의 돌발행동이 점점 귀여움의 정도를 넘어서고 있다. 너무 귀여워서 얼른 일으켜 세워 뒤통수를 한 대 딱 때려주고 싶을 만큼.

기찬에게 다가간 당자는 아무 말 없이 기찬을 바라보기만 했다.

얼마나 기다린 걸까. 그렇게 걱정하지 말라고 신신당부를 했는데, 이 걱정 많은 남자는 또 회사를 찾아갔었나 보다.

용구에게 전화가 왔는데, 초밥을 들고 회사로 왔더란다.

아무 것도 모르고 있던 용구는 당연히 당자에게 휴대폰 연락을 했고, 아무 것도 모르는 당자는 병원이라고 대답했다. 잘 빠져나갔다 싶었는데 바로 걸려버린 것이다. 너무나 성실한 이 남자의 행동반경을 계산에 넣지 못한 게 죄라면 죄다.

"그냥 계단 내려오다 발이 삐었다고, 대충 둘러대서 돌려보내."

당자는 어쩔 수 없이 용구에게 부탁을 하고 통화를 마쳤었다. 이 남자 정도의 부지런함이면 여자 꽁무니나 쫓아다니게 두어서는 안 된다. 지구를 지키게 하든지 해야지, 원.

"해 떨어질 때 와서는 지금까지 이러고 기다렸어."

경비의 말에 당자의 의식이 현실로 돌아왔다.

잠들어 있는 남자는 무슨 까만 봉지를 들고 있다. 처음 만났을 때 이런 모습이었다면, 절대 접근하지 않았을 거다.

후후!

당자는 사랑스러운 그 모습을 보며 웃었다.

"기찬 씨. 기찬 씨."

당자가 어깨를 흔들자 기찬이 천천히 눈꺼풀을 들더니 곧 눈을 번쩍 떴다.

"당자 씨!"

"교수님이 이게 뭐예요? 누가 보면 어쩌려고. 어서 일어나요."

"미안해요."

"들어가요."

"당자 씨, 발은 괜찮아요?"

헉!

자연스럽게 걷던 당자의 걸음이 초 전환을 하여 절뚝거렸다. 이 정도면 확실히 대단한 순발력이라고 자랑하는 바이다.

기찬을 돌아보며 배시시 웃었다.

"아, 아직 좀……."

"계단에서 삐었다면서요. 조심하지 그랬어요."

"그, 그러게요."

거짓말이 거짓말을 낳는다지만, 이렇게 제대로 걸리는 경우도 오랜만이다.

쓴웃음을 삼키며 절뚝거리는 연기에 박차를 가하는데, 갑자기 그가 옆을 휙 지나가 등을 보이며 쪼그려 앉았다.

"뭐, 뭐하세요?"

"발을 절면서 하이힐을 신으면 어떻게 해요. 자, 업혀요!"

정체가 뭔지 모를 봉지를 달랑달랑 들고서 업히라고 성화를 부리는 남자를 멋지다고 해야 하나, 주책맞다고 해야 하나.

막상 업히자니 망설임이 일어 머뭇거리고 있는데 기찬이 재차 돌아보며 다그쳤다.

"어서요!"

"좀 무거울 텐데, 괜찮겠어요?"

"그럼 어떻게 해요. 발까지 삔 사람을 걸어가게 할 순 없잖아요."

이 사람은 어떻게 이렇게 쉽게도 속아넘어갈까. 어떻게 의심 한 번 안 하고 언제나 손을 내밀어 주는 걸까. 이젠 그 손을 따뜻하게 잡아 위로해 주고 싶다.

당자는 이끌리듯 걸어가 그의 등에 살짝 몸을 실었다. 곧 가뿐하게 일어선 기찬이 가볍게 걷기 시작했다. 잠시 내외하듯 몸을 떨어뜨리고 있던 당자는 천천히 몸을 숙여 그의 등에 뺨을 댔다.

넓은 어깨…….

따뜻하다.

"보기보다 가볍네. 살 좀 쪄야겠다."

체온에 섞여 그의 목소리가 울려서 들려온다. 몸과 몸을 맞댄다는 건 이렇게나 기분을 좋게 하는 걸까. 어떤 포근한 담요도, 시트도 비할 바가 아니다. 소녀 때로 돌아간 기분이다.

아빠처럼 다가와 주는 남자.

"당자 씨 이렇게 업고, 그냥 끝없이 갔으면 좋겠어요."

그의 곁에서는 늘 훈풍이 분다.

"어서 앉아요! 우선 찜질부터 해야 돼요."

안으로 들어오자마자 성실맨은 뜨거운 수건을 만들어서 벌써부터 저렇게 닦달을 하고 있었다.

이제 와서 발이 삔 게 아니랄 수도 없고, 당자는 그야말로 미치고 팔짝 뛸 노릇이었다.

아주 조금만 덜 성실해 주면, 입안에 가시가 돋느냔 말이다.

"그, 그게요. 기찬 씨……."

"어서 앉아요!"

당자의 말을 일축한 기찬은 거의 강제로 앉히다시피 해서 오른쪽 발목을 수건으로 감쌌다.

으으, 멀쩡한 다리에 찜질을 받아야하는 이 고통을 누가 알까. 그런데도 저렇게나 정성스럽게 서비스를 해 주고 있는 남자를 쳐다봐야 하는 심정은 또 누가 알까.

'근데, 진짜 안 좋은 건 배인데. 왜 이렇게 뻐근하고 아프지?'

곰곰이 생각하던 당자는 골고루 잘 먹으라던 의사의 엄포를 떠올리고는 고개를 주억거렸다.

'그래, 산모가 건강해야 아이도 건강하지. 가만있어 보자, 먹고 싶은 게 뭐가 있나…….'

"대게!"

갑자기 소리를 질러 깜짝 놀란 기찬이 고개를 들어 당자를 바라보았다.

"대게 먹고 싶어요?"

“그게 아니라, 먹고 싶은 건 아니라, 대게도 걸을 때 옆으로
슬슬 걸어갈까 그게 궁금하잖아요, 갑자기.”

“그러니까, 먹고 싶은 거죠?”

“딱히 그런 건 아니지만, 이 시간에 하는 데가 있을까요?”

기찬이 풋 웃음을 터뜨리며 손목시계를 들여다보았다.

“대게는 겨울에 먹어야 제 맛이지만, 금방 다녀올게요.”

“아는 집 있는 거예요?”

“움직이지 말고 이대로 앉아 있어요.”

“에? 기찬 씨!”

꼭 사오세요!

하루 종일 김당자를 찾아 헤매게 한 걸로도 모자라, 빌라 앞에
서 노숙자 포즈까지 하게 한 대한민국 최고의 유전자를 이제는
대게 심부름까지 보냈다. 그런데도 죄책감 같은 건 들지 않는다.

“아빠가 이 정도는 해 줘야지. 그렇지, 아가야?”

그렇게 정적이던 사람이 후다닥 소리가 날 정도로 뛰어나가는
걸 보는 게 이렇게 기분 좋을 줄은 몰랐다.

“그런 마음이 검은 머리 파뿌리 될 때까지 가면 얼마나 좋아.”

체념하듯 중얼거리고 만다.


따르릉!

“으응…….”

벨 소리에 눈을 뜬 당자는 휴대폰을 끌어 귀에 댔다. 어느새
자고 있었나 보다.

"여보세요? 응, 이제 깼어. 임신하면 다 이러니? 몸이 축축 늘어지네. 교통사고 때문인가? 완전히 몸이 무거워지는 시간 170분이야. 어? 그 사람? 어젯밤에 대게 사러 간다고 나갔는데 아직 안 들어 왔나봐. 여행 간다고? 그래, 알았어. 잘 갔다 와."

돌순과의 통화를 끝낸 당자는 휴대폰을 내려놓고 중얼거렸다.

"이 남자가 대게 사러 동해까지 갔나."

침대에서 내려와 바닥을 딛는데 다리에 이물감이 있다. 내려다보니 하얀 붕대가 멀쩡한 다리에 칭칭 감겨 있었다. 거짓말 한 번 숨기려다가 별 짓을 다 당한 다리를 보고 있자니 어이가 없어 그저 웃음만 났다. 그러면서 밖으로 나가는 당자의 걸음은 절뚝거리고 있었다.

핫!

당자는 기가 차서 혀를 끌끌 찼다.

"내 참. 내가 왜 절뚝거리고 있는 거야? 이젠 아주 저절로 절뚝거려지는 몸이구만."

고개를 설레설레 저으며 주방으로 들어서던 당자의 걸음이 우뚝 멈췄다. 기찬이 커다란 몸을 웅크리고 식탁 위에 엎드려 잠들어 있었다. 딱 딸자식 병간호에 잠 못 자는 엄마다.

"근데 이건 무슨 냄새야?"

요상한 냄새에 고개를 돌리니 가스레인지 위에서 약탕기가 끓고 있었다. 모락모락 올라오는 김을 보고 있자니 호사도 이런 호사가 없다. 약초에 탕약까지, 안 아프면 요절날 분위기다.

"그나저나 대게는?"

당자는 대게를 먹고 싶다는 일념으로 고개를 돌려보았다. 평소에 잘 쓰지 않는 대형 들통이 있어서 설마 하고 열어보았더니, 먹음직스럽게 익은 대게가 수줍은 붉은 빛을 띠며 그 안에 자리 잡고 있었다. 훈훈한 김이 모락모락 올라온다.

"대게는 정말 커서 대게구나."

중얼거리는 당자의 목소리 끝이 갈라져 있었다. 뚜껑을 덮고서 시큰한 눈시울을 문질렀다.

밤새도록 이걸 찾아다녔을 기찬을 생각하니 가슴 끝이 저릿했다. 하루에 몇 가지씩이나 감동을 줄 만한 남자를 찾은 건 아니었다. 그저 유전자가 좋으면 그것으로 되는 거라 생각했다. 하지만 기찬은 자꾸만 당자를 들쑤시고 있다. 대게 이벤트 따위, 그렇게 세련된 것도 아닌데…….

시간이 갈수록 그를 따스한 시선으로 보게 된다. 이 남자가 그렇게 만들고 있다. 의식하고 있는 건지, 아닌 건지 저렇게 피곤한 얼굴로 자고 있으니까 물어볼 수도 없다.

"근데, 옛날에 이런 비슷한 경우가 있었는데."

이불을 가지러 방으로 들어간 당자는 턱을 살짝 쥐고 곰곰이 생각에 잠겼다.

지금이야 아픈 척하는 거지만 정말 아파서 꼼짝을 못했을 때, 아무리 연락을 해도 아무하고도 닿지 않았던 때가 있었다.

뭘 곰곰이 생각할까. 바로 그날의 일 때문에 아기를 가져야겠다는 생각을 했는데.

그런데 지금에 와서야 그날이 무척 옛날 일처럼 느껴지는 건,

이렇게나 상황이 바뀌어버렸기 때문일까. 죽을 사들고 와준 연두 외에는 누구 하나 알아주는 이가 없었던 외로운 상황. 정작 필요할 때 누구도 곁에 있어 주지 않았던 쓸쓸함. 세상 잘못 산 건 아닐까 하는 나약한 생각까지 하게 만들었던 그때.


　―나 지금 좀 바쁜데 어떡하지? 내일 내가 전화할게. 그래, 미안.
　―나, 지난달에 결혼했어. 너한테까지 연락하기는 좀 그렇더라.
　―이번 주말까지 홍콩 출장 중입니다. 메시지를 남겨주시면…….


자동응답기까지 해서 세트로 쳐죽일 것들.
남자란 인간들은 정작 필요할 땐 한 놈도 없었다.
하지만 지금은 있다. 속고 있다는 것도 모르고, 일을 한다는 자신에게 초밥을 사들고 회사까지 찾아와 주는 남자가. 또 속고 있다는 것도 모르고, 경동시장까지 가서 약초를 사들고 와서 찜질을 해 주는 남자가. 대게가 먹고 싶다는 말 한마디에 바람처럼 달려나가 이렇게 먹음직스럽게 준비해 주는 남자가.
단지 외로움이 두려웠던 것이라면, 당자는 현재 가장 행복하고 충만한 사람이었다. 남편감을 고르는 것이 목적이었다면 더 생각하고 말 것도 없는 남자였다.
몽글몽글 맺힌 눈물이 똑 떨어져 내렸다.
당자는 깜짝 놀라 티슈를 뽑아 얼른 눈물을 닦았다. 하지만 지금 저기 가까운 곳에서 지켜주듯 잠들어 있는 남자를 떠올리자 티슈는 계속해서 젖어갔다.

"왜 우니? 행복하다고 벽한테 자랑하는 거야?"

당자는 스스로에게 투덜거리고서 얼른 얼굴을 정리했다. 그리고 이불을 꺼내 문을 여는데 바로 앞에서 기척이 느껴져 소스라치게 놀랐다.

"깨, 깼어요? 놀랐잖아요."

"에이, 걸으면 안 된다니까. 빨리 침대에 올라가요!"

기찬이 펄펄 뛰면서 다시 침대에 처넣을 생각을 하기에 당자는 얼른 밖으로 빠져나갔다.

"소파에 앉아 있으면 되잖아요."

"그럼 이대로 가만히 앉아 있어요."

기찬이 주방으로 사라지자 당자는 자신의 배를 가만히 만져보았다.

"이제 안 아프네. 다행이다. 아가야, 나 정말 힘들게 너 가졌거든. 그러니까, 우리 사고치지 말고 쨍하고 햇볕 볼 때까지 파이팅 하자. 알았지?"

"혼자서 뭘 그렇게 중얼거려요?"

"흐억! 아니에요. 잠꼬대였나? 와, 그 시간에 파는 곳이 있었어요?"

넓은 쟁반에 담겨 나오는 대게를 보며 당자가 환성을 보내자 기찬이 싱긋 웃으며 쟁반을 테이블에 내려놓고는 게 가위로 하나하나 잘라주며 말했다.

"어젯밤엔 못 사왔지만, 소래포구까지 가서 새벽 장 열리자마자 사왔어요. 그러니까, 맛있게 먹어야 돼요."

"정말 소, 소래까지 갔다 왔어요?"

기찬이 통통하게 발려진 살점을 건네주며 짓궂게 웃었다.

"당자 씨를 위해서라면 저 하늘에 별도 따다 줄 수 있어요. 말만 해요."

"저 하늘에 별은 가져다가 뭐 하게요. 대게로 충분해요. 아아, 정말 맛있다."

너무 맛있게 대게를 먹는 당자를 보며 기찬이 은은하게 웃었다.

'먹는 것만 봐도 배부르다더니, 이런 느낌인 건가?'

'저 인간이 날 여자로 만드네. 무수한 여자들이 남자의 이런 모습을 보고 철퍼덕 엎어지는구나.'

대게를 사이에 두고서 남녀는 또 동상이몽을 꾸고 있었다. 역시 맛있는 음식이 있으면 친밀감은 극도로 높아진다. 거실은 행복한 웃음소리가 한시도 끊이지 않았다.

하지만 잠시 후에 그녀는 기절초풍할 것 같은 얼굴로 기찬을 견제하고 있었다. 슬금슬금 엉덩이로 소파를 밀어내며 어떻게든 이 위기를 빠져나갈 방법을 찾았다.

"뭐, 뭐 하는 거예요?"

이 붕대조차 당장이라도 풀고 싶은데, 저 성실한 남자가 이제 약사발까지 들고 와서 진상하려 하는 것이다.

"약이에요. 먹어야 해요."

"이, 이런! 이렇게 가뿐할 수가! 약초를 붙여서 그런지 금방 다 나은 거 있죠. 자, 봐요. 춤이라도 출 것 같은데요?"

“이게요, 걷는다고 다 낫는 게 아니에요. 관절 속에 염증을 없애야 돼요. 최소한 내일까지는 가만히 두세요. 자, 얼른 마셔요.”

아으, 정말 미치겠다. 어째서 이 남자는 보이지도 않는 관절 속사정까지 상관을 하는 건데!

당자는 압박해오는 약사발을 외면하며 애원의 눈으로 기찬을 쳐다보았다.

“저기, 기찬 씨…….”

“쓰지도 않아요. 눈 딱 감고 마셔요.”

단지 써서 그런 거면 한 트럭도 마시겠다, 정말.

“기찬 씨, 사실은 어제…….”

“어서 마셔요!”

야! 나 임산부야! 이런 것 마시면 안 된다고!

“아 참, 기찬 씨!”

“이거 마시고 얘기해요.”

졸도하겠다, 정말. 그러니까 딱 반만 성실해 달라구요.

당자는 어쩔 수 없이 약사발을 받아들었다.

“좋아요. 기찬 씨 정성을 생각해서 마실게요. 하지만 워낙 쓴 걸 못 마셔서요. 찬장 안에 초콜릿 있거든요. 입가심하게 좀 가져다줄래요?”

“알았어요.”

기찬이 주방으로 가자마자 벌떡 일어난 당자는 얼른 약을 쏟을만한 곳을 찾았다. 아아, 이 놈을 어디에 버리지. 그릇? 서랍?

화장품 안에? 미치겠네, 나오기 전에 버려야 하는데. 당장이라도 기찬이 나올 것 같아 어쩔 수 없었던 당자는 그대로 창문을 열고 밖으로 부어 버렸다.

"으악! 누구야!"

비명 소리가 들린 것 같았지만 환청이려니 뻔뻔스럽게 자리로 돌아간 당자는 얼른 약사발을 입술에 대고서 꿀꺽꿀꺽 마시는 척을 했다.

남자가 가슴에 와서 박히니까, 별별 생 쇼를 다 하는구나.

"다 마셨어요?"

기찬이 다가오자 당자는 오만상을 쓰며 고개를 끄덕였다. 얼른 초콜릿을 받아먹는 척도 수준급이었다. 정말 어렵게 약을 삼킨 척하면서 기찬을 바라보자 더없이 행복한 얼굴로 그가 바라보고 있다.

저 뿌듯하기까지 한 표정은 도대체 뭐냔 말이야.

기찬 씨 어머님은 태몽으로 뭘 꾸셨대요? 세상에서 가장 성실한 용 꿈이라도 꾸셨대요?

"근데, 약초랑 이런 건 어떻게 알았어요?"

자세한 맛 같은 걸 물어볼까봐 당자는 얼른 화제를 돌렸다.

"식물을 연구하다 보니까 자연스럽게 약초 공부를 하게 됐어요."

"아아, 그럼 기찬 씨랑 같이 살면……."

별 생각 없이 말하던 당자의 입이 딱 멈췄다.

내가 지금 뭐 하는 거야. 아주 호랑이 굴에 스스로 머리를 디

밀고 있군 그래.

이쪽은 견제를 하고 있는데 저쪽은 햇살 같은 미소를 지으며 당자가 물러선 만큼의 보폭만큼 성큼 다가왔다.

"같이 살게 되면, 당자 씨 건강은 내가 책임질게요."

한 치의 망설임도 없다.

"당자 씨……."

갑자기 기찬의 목소리가 낮아져서 당자는 의아한 얼굴로 그를 바라보았다.

깊은 눈동자로 당자를 가만히 보던 기찬이 말을 이었다.

"사실은 오늘 만나면 하려고 했던 말인데요."

"네."

무슨 말을 하려고 저렇게 또 밑도 끝도 없이 진지한 걸까. 대게까지 맛있게 먹어버렸으니 웬만하면 들어줘야 할 것 같은데. 돈 꿔 달라는 것만 뺀다면야.

하나하나 짚듯 당자의 얼굴을 찬찬히 본 기찬이 부드럽게 입을 열었다.

"경주 구경, 안 갈래요?"


편집장실에 앉은 당자는 볼펜으로 입술을 톡톡 두드려가며 깊은 생각에 빠져 있었다.

"경주, 경주라……."

경주라 하면, 역사가 살아 숨쉬는 도시로 992년 간 신라의 수도가 된 땅이다. 이는 곧 신라의 역사로서, 석굴암이나 불국사

에밀레종이 유명하다. 또한 최씨 문중이 서슬 퍼렇게 버티고 있으며 비녀와 장독대의 압박이 숨을 막히게 하는…….

"에라, 모르겠다. 경주면 경주고, 최씨 문중이면 문중이지. 다 사람 사는 동네인데 서울하고 다를 게 있겠어?"


"경주? 자기 집에 가자는 거야?"

이 비상시국에 대해 돌순 부부에게 상의를 하자 돌순이 놀란 얼굴로 되물었다.

"응. '경주 구경 안 갈래요?' 했지만, 설마 불국사 보러 가잔 소리는 아닐 거 아니야. 수학여행 때 다 마스터 한 건데."

"으이구, 이 기집애야. 수학여행 같은 소리하고 자빠졌다. 정식으로 프로포즈 한 거잖아."

"왜 아니야. 내가 경주까지 따라가면 프로포즈를 받아들인다는 뜻인데. 대게 한 번 얻어먹고 이게 무슨 짓인지 모르겠다."

"그럼 대게 안 먹었으면 그 자리에서 거절했겠네?"

"그거야……."

그렇다고 말할 수는 없다. 대게가 중요한 게 아니다. 마음은 이미 흔들리고 있다.

돌순이 고개를 갸웃거리며 말했다.

"내가 아는 언니는 임신해서 게 종류 많이 먹더니 아들 낳던데."

"시끄러워. 무조건 딸이어야 해."

"세상 일이 마음먹은 대로만 되면 오죽 좋겠냐. 아들이든 딸이든 건강하게만 낳으면 최고인 거야.”

누가 뭐라니.

중얼거리던 당자는 경주에 생각이 미치자 또 한숨을 폭 내쉬었다.

“난 솔직히, 아직 결혼은 자신 없어.”

“야, 좀 크게 생각해. 경주 갔다 온다고 당장 결혼하는 것도 아니고. 그 사람이 어떻게 자랐는지, 집안 분위기는 어떤지, 한 번 보는 것도 나쁠 건 없잖아. 조사 차원의 연장이라고 생각하던가.”

“그래, 그건 연두 엄마 말이 맞아. 나 같아도 그쪽 부모님들은 어떤 분들이신지 한번 보고 싶을 것 같아. 아이한텐 할아버지, 할머닌데…….”

순간 당자의 눈이 커졌다. 생각도 안 했던 생소한 두 단어에 놀라버린 것이다. 전혀 염두에 두지 않았던 단어들이다. 하지만 세상이 지속되는 한, 바뀌지 않을 관계란 것도 사실이다. 아이의 엄마가 자신이라면, 할머니 할아버지도 그분들일 건 분명하니까.

돌순이 타이르듯 말했다.

“딴 것 볼 것 없이 네 자신부터 생각해봐. 아버지 없이 자라면서 제일 잘 나가는 패션잡지 편집장이 되기까지. 솔직히, 그동안 얼마나 서럽고 독하게 살았냐. 네가 결혼 안 하면 네 아이도 너랑 똑같이 자라야 되는데, 그렇게 키우고 싶어?”

딱히 부정할 말이 없어 한숨만 나왔다.

"싱글 맘인지 뭔지, 말은 좋지. 그렇지만, 넌 내가 볼 때 네 자신 밖에 모르는 나쁜 년이야. 네가 무슨 권리로 네 아이의 행복을 싹부터 잘라버리는 거야?"

"여보……."

"남자가 흑싸리 쭉정이면 또 몰라. 괜찮은 사람이라는 건 너도 인정하잖아. 그러니까 가! 가서 보면 네 맘이 달라질 수도 있고. 영 아니다 싶으면 그때 가서 결정해도 늦지 않아."


그때 내쉬었던 한숨을 당자는 편집장실에서 다시 흘리고 있었다. 돌순의 말은 적나라하기는 할망정 틀리지는 않았다. 난 정말 나 자신 밖에 모르는 나쁜 년일까? 이럴 때 지식인 검색을 이용해서 타이핑해 넣었을 때 바로 답이 나오는 문제라면 얼마나 좋을까.

'그렇습니다. 나쁜 년 맞습니다.'

당자는 가만히 자신의 배를 내려다보았다. 사랑스러운 생명은 그곳에서 조금씩 자라고 있을 것이다. 생명의 증거를 하나씩 보이면서 점점 더 커 가겠지.

자라고 있다. 언젠가는 이 세상과 조우를 해야 한다. 그때 아이에게 있는 건 오로지 엄마 뿐…….

아빠도, 할머니도, 할아버지도 내가 싫다는 이유로 아이에게는 선택권조차 주지 않으려 한다. 이게 과연 타당성이 있는 걸까. 그쪽에서 거부를 한다면 모를까. 그럼 실컷 욕이라도 하면서, 내 아이를 팔에 얼싸안고서 오기로라도 살아줄 텐데.

"네가 무슨 권리로 네 아이의 행복을 싹부터 잘라버리는 거야?"

돌순의 그 말이 머릿속에서 떠나지 않았다.

아무리 그래도… 나쁜 계집애! 태교하는 사람 앞에서 그렇게 적나라하게 내뱉다니. 우리 아기가 아직 세포라서 다행이지, 아니었으면 너 국물도 없어, 인마!

당자는 벌떡 일어나 온갖 잡지와 스크랩북, 사진을 한 무더기는 들고서 다시 책상으로 돌아와 하나씩 펼쳤다. 찾던 사진을 늘어놓고서 차근차근 들여다보았다. 하나 같이 순백의 웨딩드레스를 입은 모델들이다. 순결한 신부를 상징하는 그 아름다운 빛.

은사 레이스가 은은한 고급스러운 드레스, 예쁜 코사지로 장식이 된 큐트한 디자인의 드레스, 셔링이 잡힌 보디스와 비즈 장식이 여성스러운 드레스, 순수한 신부의 이미지를 강조한 드레스까지.

한 장 한 장 넘길 때마다 당자의 눈매가 부드러워졌다. 하얀 세상을 보고 있자니 문득 나도 입어보고 싶다는 생각이 든다. 웨딩드레스라는 건 여자의 환상을 충족시켜 주기에 충분하다. 결혼식과 별개로 드레스만큼은 꼭 입어보고 싶다는 생각이 드니.

아름다움의 총집합이다. 게다가 인생 최고의 환희와 누구도 침범할 수 없는 고결함까지 내재하고 있는 웨딩드레스라는 건, 정말이지 볼 때마다 사람을 설레게 한다. 마지막 성냥에 불을 밝히는 성냥팔이 소녀처럼, 그 순간만은 아름다운 상상을 동경하게 되는 것이다.

"역시 김당자라면 베라 왕 정도는 입어줘야겠지?"

몇 시간을 내내 사진만 보고 있었을까. 눈을 떼고 앞을 보니 온통 하얀 환각이다. 그러나 이미 눈빛은 확고해져 있었다.

당자는 자신의 배를 내려다보며 결연한 어조로 입을 열었다.

"그래, 아가야. 아빠가 어떻게 자랐는지. 할아버지, 할머니는 어떤 분이신지 보러 가자!"


역사의 숨결이 살아 숨쉬고 있는 불국사의 경내는 불교의 장엄함이 숭고하게 깃들어 있었다. 아름드리 나무들이 건축물을 지키듯 둘러싸고 있고, 마치 신라 시대 그때부터 계속 자라온 것 같은 노송(老松)이 위엄 있게 서서 중생을 내려다보듯 굽이 서 있었다.

"일주문은 일심(一心)을 상징하는 거예요. 신성한 가람에 들어가기 전에 세속의 번뇌를 불법의 청량수로 말끔히 씻고 일심으로 진리의 세계로 향하라는 상징적인 가르침이죠."

하나하나 박식한 최 교수님께서 설명을 할 때마다 당자는 그 말이 진리인 듯한 눈으로 진지하게 고개를 끄덕였다. 가경(佳境)도 가경이지만, 경내에 감도는 기운 그 자체가 태교에 저절로 도움이 되는 것 같다. 마음이 차분해지면서 숭고함의 일각을 맛보는 기분이다.

경건한 마음으로 함께 경내를 걸었다. 산뜻한 대기에 기찬의 싱그러운 미소가 묻어 가슴속으로 살랑살랑 불어오는 것 같다. 처음부터 시종일관 기찬의 입가에서는 미소가 사라지지 않았다.

찻잎을 머금은 듯한 녹색의 미소.

"이 나무 곧게 잘 자랐죠?"

아름드리 나무 옆에서 멈춰 선 기찬이 다정하게 나무의 껍질을 쓰다듬듯 하며 말했다.

당자는 고개를 크게 젖혀 나무를 올려다보았다.

"이 나무, 제 탄생목이에요. 내가 태어난 날 아버지께서 주지스님께 부탁하셔서 묘목 한 그루를 선물로 받아오셨대요. 벌써 30여 년이나 되었네요."

회상하듯 기찬의 눈매가 아득해진다.

당자도 새삼스러운 눈으로 다시 나무를 바라보았다. 하늘에 닿으려는 듯 가지가 시원하게 뻗어 있다.

"아버지는 늘 제게 이 나무의 곧음과 녹색 빛의 여유로움을 닮으라고 말씀하셨어요. 형제가 없는 저로서는 이 나무가 형제자매나 마찬가지기도 했구요."

"기찬 씨 아버님 참 멋쟁이시다."

문득 자신의 아버지가 떠올라 당자는 쓴웃음을 삼켰다. 가풍이 그 사람의 됨됨이에 영향을 미친다면, 기찬은 분명히 부친의 영향을 받은 사람이리라. 항상 그에게서 느껴진 곧은 의지와 녹색 빛의 여유로움. 언제나 그에게서 휴식 같은 느낌을 받곤 했었다.

작은 들꽃 하나도, 이름 없이 흔들리고 있는 잡초 하나도 소중히 여길 수 있는 사람이다. 아무리 도심 속에 있어도, 언제 밟을지 모를 풀을 피해 신중하게 걸어가는 것 같은 이 남자.

"제 아버지가 그랬듯이 저도 아이가 태어나면 이 나무 바로 옆자리에 탄생목을 심어줄 거예요. 이 나무가 내게 그랬듯 아이에게도 분명히 인생의 큰 버팀목이 되어줄 겁니다."

듣고 있니, 아가야? 지금 우리 아가도 아빠 말씀 듣고 있지? 아직 엄마는 네 존재를 아빠한테 말해주지 못하고 있어. 그런데도 아빠는 이렇게 네게 조용히 고백을 해 주는구나.

세상에서 가장 좋은 아빠가 된다는 단언은 함부로 하지 못한다. 하지만 그렇게 되도록 노력할 사람이라는 건 안다.

당자는 기찬을 그 어느 때보다 따뜻한 눈으로 바라보았다.

택시는 아름답게 이어지는 경치 속을 달리다가 커다란 전통 한옥 앞에서 멈춰 섰다. 대갓집이라고 표현하면 좋을 기와집 앞에서 당자는 기찬을 따라 택시에서 내렸다.

타인의 집을 방문할 때는 '양손은 무겁게, 마음은 가볍게' 가 모토다. 하지만 기찬의 부모님께 드릴 선물이 담긴 쇼핑백을 들고 있는 양손은 가뿐한데, 어쩐지 마음은 무겁기만 하다.

과연 기찬의 부모님께서 자신을 마음에 들어 하실지, 그의 부모님은 어떤 분들이실지, 어떻게 처신을 해야 자신에게 완전히 마음이 빼앗겨서 오냐, 오냐 하시는 상황이 될지. 기왕 내려온 거, 조사 차원이라 하지만 좋게 인식이 되면 금상첨화일 텐데.

'아드님을 제게 주십시오!'

라고 외쳐봐야 이런 기와집에서는 통하지도 않겠지? 통하기는커녕 마당 쓸 때 같이 쓸려버리지 않으면 다행이다.

당자는 우선 자신의 마음속을 더듬어 보았다. 과연 목적은 가

녑게 조사만 하고 가는 것이냐, 아니면 장래 며느리로서 인사를
드릴 마음이 있느냐.

돌순아, 아직은 나 아무래도 덜 부담스러운 쪽으로 생각하는
게 좋을 것 같아. 마음을 단단히 먹기가 쉽지 않네. 기와만 봐도
심장이 벌컥벌컥 뛴다, 야.

"당자 씨, 괜찮아요?"

"네?"

고개를 돌리니 기찬이 걱정스러운 얼굴로 쳐다보고 있었다.
당자는 시선을 흘리며 아무렇지 않은 듯 말했다.

"괜찮아요. 안 괜찮을 건 또 뭐가 있나요."

난 김당자라구요. 멧돼지하고도 맞장 떠서 이긴 여자란 거 잊
었어요? 설마 기와집이 멧돼지만 하겠어요.

"다른 생각은 말고 나만 믿어요. 내가 좋아하는 사람을 부모
님께 소개시켜 드리는 거예요. 내 옆에만 서 있으면 돼요. 지켜
줄게요."

당자는 생긋 웃었다. 하지만 속마음은 김빠진 미소를 짓고 있
었다.

'지키는 건 끝까지 내가 하고 싶은데.'

기찬이 부드러운 눈으로 당자를 바라보다가 시선을 앞쪽으로
돌렸다.

"여기가 우리 집이에요."

당자는 마음의 동요를 지그시 누르며 담담하게 집을 올려다보
았다.

장독대가 백 개 정도는 될 거란 데 붕어빵 세 개 건다.

"우리 집에 처음 오는 사람들은 다 놀라는데, 당자 씨는 안 그런가 봐요."

"아아, 내가 생각했던 것보다 훨씬 크네요."

의식하지 못하고 말을 내뱉던 당자는 곧 뜨끔해서 눈치를 살폈다.

안 그래도 벌써 기찬이 의아한 얼굴로 쳐다보고 계시다.

"내가 우리 집에 대해서 얘기한 적 있어요?"

아이고, 이 주둥이.

"아, 전에 언제… 한옥이라고 얘기하지 않았어요?"

"그랬구나. 집 애긴 잘 안 하는데 당자 씨한텐 했구나. 들어가요."

기찬이 걸음을 옮기자 당자는 한숨을 내뱉고는 얼른 그를 따라 커다란 대문으로 향했다. 아무튼 말조심해야지, 다짐을 하며.

그 규모가 무색하게 대문 안의 널따란 공간은 조용했다. 한가한 오후가 생각나는 평온한 기운이 감돌고 있다. 마당도 깨끗하게 비질이 되어 더없이 깔끔하다.

'아가야, 잘 봐. 여기가 아빠가 태어나고 자란 곳이란다. 참 좋다, 그치?'

정갈한 꾸밈과 고전미가 느껴지는 멋스러운 전통 한옥을 둘러보는데, 마침 결 좋은 나무문을 밀고 나오던 중년 여인이 기찬을 보고는 눈이 휘둥그레져서는 달려왔다.

"아이구, 왔어?"

살갑게 맞는 중년 여인을 당자는 살피듯 쳐다보았다.

이분이 어머님? 그건 아닌 것 같은 분위기인데.

"네. 아버지는요?"

"어머니랑 사당에 가셨어. 내일이 증조부님 제사잖아."

아하, 역시 어머님은 아니구나. 근데 제, 제사? 그것도 증조부님? 제사라면 혹시 일해야 하는 거 아니야? 아니, 그보다 맛있는 게 많으려나.

제사와 제사 음식의 상관관계에 대해 생각하고 있는데 시선이 느껴져서 고개를 들었다. 중년 여인이 의아한 눈으로 당자를 보고 있었다.

자신도 모르게 마주 눈에 힘을 주는데, 기찬이 말했다.

"저랑 같이 서울서 온 손님이세요."

"으응. 어서 와요."

"네."

당자는 호의적인 미소를 띠며 가볍게 목례를 했다.

기찬과 몇 마디를 더 나누고 중년 여인이 가자 기찬이 당자를 돌아보며 말했다.

"당자 씨, 마루에 올라가서 좀 앉아 있을래요? 난 사당에 갔다 올게요. 여기서 멀지 않으니까 금방 올 거예요."

"그래요."

"심심하면 집 구경해요. 전통 한옥이라 구경할 만한 가치가 있어요."

"그럴게요. 어서 갔다 와요."

기찬이 대문 밖으로 나가자 당자는 쇼핑백을 마루에 올려놓고 천천히 주위를 둘러보았다.

자아, 이제 적진에 뛰어 들어왔으니 어떻게 하는 게 좋으려나. 특히 제사가 있는 날이라니까 북적거릴 테고, 무엇을 어떻게 해야 야물딱진 서울 여자가 내려왔다고 동네방네 소문이 날까나.

천천히 집 주변을 돌던 당자의 눈이 번쩍 떠진 건 그때였다.

헉!

얼마나 놀랐는지 섬뜩하기까지 했다. 그렇게나 상상 속으로만 생각하던 광경이 눈앞에 펼쳐져 있으니 놀랄 만도 했다. 그러니까 이게 다…….

장독이다.

말 그대로 백여 개의 장독대가 반질반질 윤기를 뽐내며 좌악 진열돼 있었다. 뚜껑이 열려 있는 건, 햇볕을 쬐기 위해서겠지? 그러니까 식물이 광합성을 하듯 장독 안의 된장, 고추장, 간장도 햇볕을 쬐면서 소독을 하고 양분을 받아들여 발효를 하면서…….

에라, 모르겠다. 장독 따위 내가 알 게 뭐냐.

그나저나 이 많은 장독이라니, 역시 보통 집이 아니구나.

뜨악해져서 장독들의 천국을 바라보고 있는데, 톡톡 뺨에 무언가가 떨어지기 시작했다. 놀라서 고개를 번쩍 드니 빗방울이 하나둘씩 가세해 점점 확실해졌다.

"어머, 어떡해. 이 옷 비 맞으면 안 되는데!"

"뭐 해요! 빨리 와서 안 거들고!"

그때 갑자기 들린 큰 목소리에 당자가 고개를 돌렸다. 어디에서 언제 나온 건지 우르르 달려온 아주머니들이 재빠른 손길로 장독대 뚜껑을 일사분란하게 덮고 있었다.

"네? 아, 네……."

이런 상황이 백 퍼센트 군중 심리에 해당될 것이다. 아줌마들이 워낙 결사적으로 달려들어 장독을 비호하고 있으니 당자도 무조건 그래야겠다는 생각이 들었다. 마치 장독 안에 비가 한 줄기라도 들어가면 큰일이 나기라도 하듯. 어느 틈에 당자도 착착 뚜껑을 닫고 있었다.

'내 참. 내가 지금 뭐 하는 거지? 난 손님인데.'

그래도 손은 본능적으로 움직이고 있었고, 약 67개째의 장독을 닫는다고 생각한 순간 누가 자신을 쳐다보고 있는 것 같아 고개를 들었다.

왜인지, 수수하지만 말끔한 차림새를 한 아가씨가 뚫어져라 자신을 보고 있었다. 확실히 장독에 붙어 있는 다른 아주머니들에 비해 눈에 띄게 젊고 예쁘장하다. 근데 왜 저렇게 보는 거지?

"아, 뭐하고 섰어?"

그때 처음 기찬과 당자를 반겼던 아주머니가 상대방 아가씨에게 외치자 그녀는 서둘러 뚜껑을 닫기 시작했다.

당자도 그 기약 없이 우렁찬 목소리가 자신에게 날아올까봐 얼른 작업을 개시했다. 그 사이에도 여자는 계속해서 자신을 흘끔흘끔 쳐다보는 것 같았다.

내가 너무 예뻐서 쳐다보는 건가?

아무튼 드디어 뚜껑을 다 닫고서 뿌듯해하고 있는데, 기가 막히게도 거짓말처럼 비가 뚝 그쳤다.

이, 이게 뭐야?

당자는 너무 억울해서 노려보듯 하늘을 올려다보았다. 아무리 자신이 뻘짓에 삽질이 취미라지만 경주까지 와서 이럴 줄은 몰랐다. 괴로워하고 있는 당자의 옆에서 아주머니들이 투덜거렸다.

"지나가는 소나기잖아. 빨리 가서 닦던 그릇이나 마저 닦아야겠네."

현실 적응이 무척 빠른 분들이시다.

하나 둘씩 아주머니들이 돌아서자 그 아가씨도 당자를 한 번 돌아보았다가 곧 사라졌다.

당자는 물끄러미 여자의 뒷모습을 쳐다보다가 궁금증을 참지 못하고 한옥 뒤채로 몰래 따라갔다.

"아주머니, 아까 그 여자분 누구예요?"

모퉁이에 몸을 숨긴 당자는 때마침 들려온 소리에 바짝 귀를 기울였다.

역시 자신의 이야기를 묻고 있다. 그 아가씨는 아까 전의 장독 뚜껑 특공대 아주머니들과 둘러앉아 짚으로 놋그릇을 닦고 있었다. 어투로 보아하니 잘못 생각한 게 아닌 모양이다. 저 아가씨는 자신을 경계하고 있다. 하지만 어째서?

"응, 서울서 기찬이랑 같이 왔대."

"오빠 왔어요?"

깜짝 놀란 듯 억양이 올라가는 건 그렇다 치고, 오빠? 오빠라고? 분명히 여동생은 없을 텐데…….

"응. 집에 들어서자마자 곧장 사당으로 갔어."

"아니, 그 아가씨가 기찬이 총각이랑 같이 왔으면 혹시… 결혼 허락 받으러 온 것 아냐?"

한 아주머니의 목소리에 더욱 귀를 기울이며 당자는 흘끗 아가씨 쪽을 주시했다.

"아이구, 아냐. 어르신이랑 집안 식구들이 다 정숙이를 며느리로 생각하고 있는데 무슨 소리야."

순간 당자의 심장이 쿵 내려앉았다.

아니 이건 또 무슨 아닌 밤중에 홍두깨요, 장독 뚜껑도 다 안 덮었는데 태풍 들이치는 소리? 정숙이라고? 이름은 딱 기왓집 사람들이 좋아할 만한 작명이긴 하지만… 무슨 소리냐고!

"내일이 제삿날인데, 그게 아니면 여자를 어떻게 데려 와?"

한 아주머니의 말에 정숙도 수긍하는 눈치였다. 고민이 그 얼굴에 가득 차는 게 멀리서도 느껴질 정도다.

"작년에도 무슨 세미난지 뭔지 왔다가 여자 교수를 데려왔잖아. 집 구경 한다고. 그리고 여자가 나이가 좀 있어 보이던데… 그런 건 아닐 거야."

뭐, 뭐시라!

당자는 당장이라도 달려나가 놋그릇을 엎어버리고 싶은 걸 꾹 참으며 모퉁이에 더욱 달라붙었다. 이 위치에서 들키면 저 우악스러운 아주머니들이 놋그릇이 아니라 자신을 닦아버릴 지도 모르겠다.

“아니면, 다행이고. 난 또 정숙이가 그 여자랑 줄다리기를 해야 되나 싶어서 그러지. 차려입은 것 보니까 보통이 넘겠던데.”

크아! 웃기고 있네! 누가 누구랑?

쳇!

당자는 입 꼬리를 말아 올리고는 사악한 눈빛을 반짝였다.

필요한 건 다 들었다. 그러니까 저 정숙이라는 아가씨와 기찬이 어떤 식으로든 관계가 있어서, 이 집의 며느리쯤으로 인식이 되고 있는 모양인데. 그렇다면 아까 장독대에서 서로 눈이 마주친 건, 숨길 수 없는 여자의 본능이었다는 말인가? 피차 마찬가지로 당자 역시 그녀가 어쩐지 신경 쓰였으니까.

‘흥, 줄다리기? 웃기고 있어. 이 김당자를 뭘로 보는 거야? 안 그래도 그 천연암반수 같은 남자를 꼬시느라 그 고생을 했는데, 지금 또 정수기 물까지 받으라고? 됐다 그래.’

눈에 힘을 빡 준 당자는 옷매무새를 가다듬고 모퉁이를 유연하게 돌아 자연스럽게 그들 앞으로 나섰다. 어디까지나 집을 구경하다가 우연히 발견한 사람처럼.

“안녕하세요?”

교양과 품위와 아름다움을 온통 뒤섞어서 자연스럽게 인사를 건넸다.

줄다리기를 시작한 거냐고? 택도 없는 소리. 기선 제압이다. 덤빌 생각 따위 하지도 못하게 미리 밟아주지.

갑작스러운 당자의 출현에 모두들 짧게 당황스러운 기색을 보였지만 곧 반갑게 인사를 해 왔다.

한 사람씩 인사를 하다가 정숙과 시선이 마주치자 당자는 여유롭게 미소를 건넸다. 이마가 반듯하니 예쁘장한 얼굴의 정숙도 살짝 눈인사를 건네 왔다.

당자는 시종일관 밝은 미소로 주위를 둘러보는 척하다가, 쌓인 놋그릇에 고의적으로 시선을 멈추고는 살갑게 말하며 앉았다.

“저도 한 번 해 볼게요.”

모두들 뜨악한 얼굴로 당자를 쳐다보았다.

“왜요? 하면 안 돼요?”

“그렇다기보다, 옷 버릴 텐데… 이것 하고 해요.”

“고맙습니다.”

아주머니가 건넨 앞치마를 받아든 당자는 얼른 몸에 걸치고 다시 앉았다. 모두들 얼마나 호기심을 가지고 쳐다보는지 얼굴이 다 뚫어질 것 같다.

녹이 슨 놋그릇과 짚을 받아든 당자는 양손에 각각 그것들을 들고서 아주머니들이 하는 걸 일단 지켜보았다.

“이게 옆에서 보는 거랑 달라요. 힘이 많이 들어요.”

눈썰미로 살짝 쳐다 본 당자는 곧 지푸라기를 감아 싸쥐고 놋그릇을 닦기 시작했다.

뭐든 깡으로 한다. 박박 닦으면 되지 별 거 있겠어? 아가야, 보렴. 엄마는 이렇게 뭐든지 열심히 하는 사람이란다. 그릇에 얼굴이 비칠 정도로 열심히 닦자는 생각으로 박박 문지르고 있는데.

슥삭삭삭삭!

어디선가 기똥찬 테크니컬을 구사하는 소리가 들려와서 흘끗 쳐다보니, 정숙이 더없이 빠른 손놀림으로 익숙하게 놋그릇을 닦고 있었다.

'흥, 그러셔? 내가 이 놋그릇 따위에 질 수야 없지.'

당자는 더욱 손놀림을 빨리 해 하나를 닦아내고 다음 놋그릇을 집어 들었다. 순간 정숙도 손을 뻗어 놋그릇을 집어 갔다.

이것 봐라?

당자는 더욱 가속을 붙여 열심히 닦았다. 빛과 같은 속도로 현재 닦는 걸 마치고 또 하나를 더 집어오려는 순간, 먼저 집어간 손이 있었으니.

슈류우우우!

당자의 머리끝에서 보이지 않는 김이 올라오기 시작했다.

흥! 최기찬배 놋그릇 쟁탈전에서 내가 질쏘냐! 놋그릇 하나, 패스! 또 하나, 패스! 패스! 패스!

두 여인의 손이 움직일수록 지푸라기는 환상적으로 꿈틀거렸고 반짝거리며 쌓이는 놋그릇의 개수는 점점 늘어만 갔다.

'집안 식구들이 다 정숙이를 며느리로 생각하고 있는데 무슨 소리야.'

말도 안 되는 소리다. 그런 소리까지 듣고 가만히 앉아서 질 수야 없다. 배경 조사고 겸사겸사고 뭐고, 이래선 상황이 달라진다. 김당자 성격상, 그렇게나 공을 들인 남자를 절대 내 줄 수 없었다. 언감생심 흘끗 쳐다보는 것도 못하게 하겠다!

공동재산, 공동소유, 사유재산 철퇴?

쳇, 웃기지 말라 그래라. 그건 다 옛날 얘기고, 목적을 이룬 지금 그 프로젝트는 벌써 예전에 종잇장보다 더 가벼운 처지가 되었다. 내 재산은 내가 지킨다. 공동재산 절대 불가! 마르크스가 언제 죽은 사람인데, 구소련이 붕괴된 게 언젠데!

무조건 사유 재산 인정! 최기찬은 내 거란 말이다!

그런 의미에서 대청마루로 옮긴 당자와 정숙은 이불 호청을 꿰매고 있는 아주머니들 틈바구니에서 이번에는 서로를 의식하며 다듬이질을 하고 있었다.

따닥따닥따닥!

또닥또닥또닥!

퍽퍽퍽퍽퍽!

하지만 너무 힘을 준 걸까? 다듬이질이 손에 익은 정숙에 비해 당자는 시간이 지날수록 팔이 아프고 저려왔다. 놋그릇에 너무 열정을 쏟아낸 탓도 있는 듯하다.

그러나 정숙은 전혀 당자를 의식하지 않는 듯 태연하게 익숙한 손놀림을 할 뿐이었다. 눈이 손에 달린 건지 앞을 보고도 박자만 잘 맞춘다.

흥, 신경 안 쓰는 척 하면서 우위를 차지하겠다 이거지? 하지만 난 주위에서 욕을 들어먹더라도 내 거라고 더 광고하면서 내 걸 지키는 주의거든?

당자는 때아닌 다듬이질에 놀란 팔을 어떻게든 오기로 진정시키며 죽어라 두들겨 댔다.

'에고에고. 내 남자 지키려다가 내 팔 날아가겠네.'

잠시 쉬기 위해 슬쩍 박자를 늦추었지만, 태어날 때부터 다듬이 방망이를 들고 태어난 것처럼 정숙이 끝까지 유연하게 두드리고 있자 짜증이 벌컥 솟은 당자는 어떻게든 그 빌어먹을 천을 다시 두들겨 댔다.

아주머니들이 그런 당자를 보면서 웃음을 눌러 깨물고 있다는 것도 모른 채.

'에휴, 겨우 끝났네. 세탁소에 맡기면 안 되나? 이걸 꼭 다듬이 방망이로 쳐야 했나? 다리미는 뒀다가 국 끓여먹나?'

그러나 당자의 희망과 달리 일은 다듬이질에서 끝이 아니었다. 다음 일은, 방망이질로 잔뜩 겁을 준 하얀 천을 정숙과 양쪽에서 마주잡고 당겨야 했다. 그렇게 두들겨 패고도 모자라 이제 아예 찢어지는 아픔을 준다는 것이다.

정숙이 눈을 살짝 내리깔고서 아무렇지도 않은 얼굴로 천을 팽팽하게 휙 당기자 당자의 몸이 살짝 기우뚱했다.

으앗! 이게 무슨 불시의 공격이니?

가까스로 엎어지는 걸 모면하고 바로 앉은 당자의 입가에 어색한 미소가 돌았다.

호, 호, 호. 느 인자 죽었스!

제 순서가 되자 당자는 젖 먹던 힘까지 끌어 모아 천을 휙 끌어당겼다. 이 정도면 저 호리호리한 아가씨가 그대로 날아올 만하지.

하지만 통뼈인 건지 꿈쩍도 안한 정숙이 엷게 미소를 띠며 이번에는 저쪽에서 팽팽하게 천을 홱 잡아당겼다. 다소곳한 미소와 함께 펼쳐진 팽팽신공에 당한 당자의 몸이 또 기우뚱했다.

에고에고!

당자는 겨우 몸을 바로 하고 앉아 아랫배에 힘을 빡 주었다.

아가야, 답답하더라도 조금만 참아다오. 내 저것만은 꼭 이겨야 쓰겠다.

도대체 어떻게 저 말라깽이는 꼼짝도 안 하는 건지 모르겠다. 어떻게든 이번에 결판을 내려고 천을 휙 잡아당겨 보았지만 정숙은 여전히 여유롭게 받아치고는 쉴 틈도 주지 않고 맹렬하게 팽팽신공 제 2단계 흡입신공을 펼쳤다.

어찌나 빡세게 당기는지 그대로 천과 함께 딸려간 당자는 결국 견디지 못하고 앞으로 콕 엎어지고 말았다.

“하……”

천에 코를 박고 엎어진 당자는 기가 차서 말도 안 나왔다. 그대로 엎어진 채 설욕을 눌러 참으며 눈만 깜빡거렸다.

도저히 인정할 수가 없다. 깡 하면 김당자요, 끈질기기가 아교보다 더한 여인이 자신인데 어떻게 번번이 이런 실패를…….

더 화가 나는 건 저 말라깽이의 느긋한 태도다. 마치 자신은 전혀 아무런 생각이 없다는 듯, 경쟁 따위 하지 않는다는 고요한 얼굴로 실제로는 공격을 해 버리고 있지 않은가. 사실은 뒤채에서 물어볼 정도로 신경 쓰고 있으면서.

그러면 그렇다고 솔직히 말하고 정정당당하게 나와야 하는 거 아니야? 놋그릇도! 다듬이질도! 팽팽 당기기도! 넌 전혀 신경 쓰지 않고 있는 게 아니잖아!

도대체 저 말라깽이가 생각하고 있는 게 뭔지 모르겠다. 정말 다른 사심 없이 일만 하고 있는 건지, 통달한 얼굴로 일하는 척 하면서 속으로는 경쟁을 하고 있는 건지.

혼자 펄쩍펄쩍 뛰다가 혼자 당한 것 같아 당자는 더 자존심이 상했다.

이 설욕은 반드시 돌려준다. 여우같은 기집애. 내가 아직 파악이 다 안 돼서 그렇지, 정체를 꿰뚫는 순간 넌 석굴암 옆에 묻히고도 모자라.

"어머, 다녀오셨어요, 아버님?"

"오냐."

그 순간 들린 목소리에 당자의 눈과 귀가 동시에 번쩍 떠졌다. 분명히 앞의 목소리는 지금껏 자신을 물 먹인 정숙의 것이 맞았다. 그렇다는 건, 뒤로 이어진 저 점잖은 음성의 주인은?

당자는 후다닥 몸을 일으켜 세워 요상한 오라가 풍겨오고 있는 마당 쪽으로 삐그덕 고개를 돌렸다.

아니나 다를까 마당에 눈에 익은 잘생긴 남자 한 명과, 전혀 초면인 지긋한 어른 한 분, 그리고 수더분한 인상의 중년 남자가 또 한 명 서 있었다.

'오 마이 갓! 가, 갓 쓰셨네요? 호호호.'

요상한 무언가를 보듯 물끄러미 자신을 쳐다보고 있는 기찬과 시선이 마주쳤다. 그리고 천천히, 탕건을 두른 점잖은 어른께로 시선이 돌아갔다.

　모르긴 몰라도 저분께서 최씨 문중의 현재 가장이시자, 기찬의 아버님일 것이다. 기찬과 정말 많이 닮았으니 물어보고 자시고 할 것도 없었다. 탕건 아래 짙고 숱 많은 눈썹이 꿈틀하며 이쪽을 보고 있다.

　이제 보니… 모두들 자신을 쳐다보고 있다.

　'내가 미쳐.'

　삽질은 아직도 끝나지 않았던가.


　살다보면, 인생의 어느 한 시기가 꽃향기로 가득 찰 날이 있다. 때때로 그 꽃가지를 스스로의 삽으로 쳐버려서, 그게 문제였지만.


『불량커플』 2권에 계속…